文
景

Horizon

社 科 新 知　文 艺 新 潮

述而批评丛书　第二辑

小评论

周立民　著

上海人民出版社

上海文学批评的青年力量
——述而批评丛书第二辑序

新的时代发展引领文学创作的转换，青年作家、批评家如何面对时代变化中的价值和精神问题，如何以创作和批评的方式发出青年一代的铿锵之音，文学在深度参与现代化建设时，如何在文学创作和文学批评上引领潮流、创新方法、更新观念，更好地在中国式现代化中发挥文化的作用，这是批评面临的新责任。

习近平总书记高度重视文艺评论的社会功能，强调："要加强和改进文艺理论和评论工作，褒优贬劣，激浊扬清，更加有效地引导创作、推出精品、提高审美、引领风尚。"上海的文学批评一直有非常好的传统，涌现出一大批具有全国影响力的评论家，引领时代风气，积极参与并带动了中国当代文学的进程。斗转星移，薪火相传，述而后作，传承创新。新时代以来，上海出现一批年轻的文学评论新人。2018 年，上海作协积极推动"述而"批评丛书的出版，集中推出 11 名出色文学批评家的作品，引起社会关注。把青年新力量的队伍吸纳进来，文学批评新力量会迎来很大的转机。如今上海又一批年轻的文学批评新人脱颖而出，有的是作协成员，有的是高校教师，有的是媒体中坚。为进一步加强上海青年评论家的影响、培养上海青年评论家队伍，我们继续推动“述而”青年批评家丛书的出版，希望聚集目前上海最具影响力和潜能的年轻批评写作者，精选每一位作者最有代表性的文学批评文章，再推出一套能够全面反映当下上海青年文学评论整体风貌的精品文集，集中展示这一批评家群体的成就和风采，也展示上海文学批评的新发展与新收获。从中我们可以看到，上海青年批评者正在新的科技基座上思考人文，推动人文，书写当下，思考未来，努力做时代的同路人与风向标，对新兴的文学现象进行客观判断，展开有效批评，提出前瞻建议，发出与时代息息相关的声音。

批评随时代而变。当代文坛，创作繁荣，色彩斑斓。塑造当代文学格局的，不仅有风格各异的传统文学期刊，更有引领青年创作风尚的新锐杂志；不仅有传统文学及其出版机构，网络世界的文学平台则更加丰富多样，自媒体、文学社区、网络文学网站等，共同组合出当下文学版图的样貌。随着网络文学的繁荣和网剧等新的艺术题材的兴起，第二辑“述而”批评丛书跟第一辑一个很大的不同，是除了收入传统的文学批评文章，还有意收入了网络文学及泛文学（如电影、电视剧、网剧等）批评的相关作品，在重视传统文学批评的同时，引导读者关注和思考网络文学和泛文学的发展，为日新月异的艺术发展提供有益的参考。

文学的创造性转化和创新性发展需要广大文学工作者的共同努力，青年批评家勾连现在与未来，是最具有潜力的创造性力量。在现代性进程内部有效改造中国传统文论，走出书斋的象牙塔，迈向时代的十字路口，走出内循环的舒适区，在世界性的合唱中加入中国批评的声音，亟待我们直面与践行。“述而”批评丛书第二辑的出版是这份共同努力的一部分，希望能取得有益的社会效果。在新时代的引领下，上海文学具有更加开放创新、流动多元、跨界共融以及面向世界的品质，我们要用全球视野重新认识和深刻把握脚下的热土，进一步深入生活、扎根人民，用文学的方式书写上海改革开放波澜壮阔的生动实践。未来我们将进一步促进创作、打造精品，用系统的观念全面梳理和构建中国式现代化的文学话语和叙事体系，继续赋能文学、提升价值，向广大人民群众提供高品质的文学供给，为推进中国式现代化书写文学篇章、贡献青年力量。

上海市作家协会党组书记、专职副主席

马文运

序

理查德·艾尔曼的《乔伊斯传》里面写到《尤利西斯》最初是发表在一份名为《小评论》(*The Little Review*)的杂志上，这份杂志由玛格丽特·安德森和简·希普两位女士主编，“这家刊物更倾向于创新，以发表散文为主”[1]。她们欣赏乔伊斯的创作，面对各种社会压力都不屈服，后来还为这部杰作上过法庭。我们不必以事后诸葛亮的态度去赞赏她们的眼光，至少可以说她们对这部作品和作家的捍卫是尽心尽力的，也可以说是爱和欣赏吧。我不知道这种关系是否可以移作评论家（读者）与作家、作品的关系，至少在我也是心存这样一份爱与欣赏，才有了这些阅读，有了在阅读后发表一些感想的冲动。尽管并不都是赞美，我也有失望和不满，可是，它们都是基于对作家的一份坦诚和对文学的一份尊重。在这新一年的开端，滑动鼠标浏览旧作时，我还有一份在严酷时光中大家抱团取暖的感慨，于是，更加珍惜那些在漫漫长夜中陪伴我的优美的文字。

---

[1] ［美］理查德·艾尔曼:《乔伊斯传》，金隄等译，北京十月文艺出版社，2006，第480页。

当年看到《小评论》这一刊名时，我就曾想：真不错，将来用它当个书名。前两年，我还曾想以它作为总题写一组系列文章，我已经积累了不少“评论对象”，这些作品都单独堆在一起。时光疾驰，作品越堆越高，我的小评论还未见一字。我设想中的“小评论”，可长可短，但还是以精短为主，用随笔或札记的形式写出，既是作品品评，也是我的心境自述，文字要闲，却又不乏锐利……我早就说过，不喜欢当今学术体制下的那种学术论文，它们像干瘪的僵尸，不论“研究价值”多高，它不美不鲜活，吸引不了我。因而，我在心中也把文学评论和学术论文分开，后者在体制和“规范”的要求下，从很不可爱到流水线生产的很不可靠，前者本来很有自己的个性，但近年因为批评的“从业者”都是学院中人，在大多数情况下，批评与学术合流，这让我感到批评的活力正在丧失。有人还扬扬自得地论述什么学院派风格，我不否认学院教育对批评家人文素养的养成和系统的学术训练居功甚伟，但我也不得不说，批评学院化的结果，犹如把鲜活的蔬菜做成植物标本，让人味同嚼蜡。这不仅仅是文风的问题，还在于它融入了并无真知灼见的学术生产洪流，让批评失去本来葆有的锋芒和敏锐。“学术”并未提高“批评”的尊严，反而提前抽干了批评的热血。何况，我们的多少“学术”无非贩卖各种舶来的理论和观点，本无体系又无创见，再加上连一点审美的“感觉”都丢掉了，这种赔了夫人又折兵的事情，值得提倡吗？

据说，“庞德先生曾数次就美国大学里的学术研究坦率地发表意见，批评它死气沉沉，指出它与真正的文艺鉴赏和富有创意的文学生涯是多么隔绝。他始终准备着与学究作风相对抗”[1]。这是一百年前的事情了吧，况且庞德后来还被医生鉴定为精神失常送进了精神病院，他的话自然是不经之论。不过，今天仍然很时髦的艾略特在谈庞德的诗歌时，说过这样的话：“有个肤浅的测试认为原创性诗人直接走向生活，次生性诗人直接走向‘文学’。探究此事，我们发现真正‘次生性’的是将文学误作生活的诗人，而他经常犯此错误的原因无它——阅读不够。”[2]我想置换一下，把这里的“诗人”置换为批评家，次生性批评家让批评走向“学术”。批评和学术并非天然对立、互不相容，只是时下的学术风气所致。比如，写学术论文要求克己，最大程度地让“我”躲在“客观”的皮夹克之下，而批评之所以有活力，恰恰是因为这种文字里“我”的鲜活可见。在某些时候，我并不认为批评是对作品的判断、检讨、“指点”，它更是对话、交流，甚至是评论家以作品为素材的自我表达，这才是它更有魅力之处。当然，这样会遭受没学理之类的批评，有些人总以为“文章乃经国之大业”。我没有这样的雄心壮志，以致不得不与这些高远的追求分道扬镳，另寻小道写一点自得其乐的“小评论”。

“小评论”本应是我下一本评论集的名字，这里被我偷懒提前使用了。偷懒的背后还有一种惫懒的心绪。这些年，我所写的有关当代文学评论的文字越来越少，追踪时尚作家们的阅读热情更是大大冷淡。毋庸讳言，这首先是因为当代文化环境令

---

[1] ［英］T. S. 艾略特：《埃兹拉·庞德的韵律与诗作》，苏薇星译，载《批评批评家：艾略特文集·论文》，上海译文出版社，2012，第 208 页。

[2] ［英］T. S. 艾略特：《引言》，载《涉过忘川：庞德诗选》，西蒙、水琴译，北京联合出版公司，2023，第 41 页。

我十分迷茫，从刊物、研讨会到各种奖项、盛典，乃至脱口秀这种兴奋剂都用上了，我不知道自己究竟该如何粉墨登场，本来就缺乏表演细胞。至于在圈子固定化、趣味单一化、利益复杂化的所谓“文坛”，如何做好虚无党，我更是晕头转向。血压高了，我提不起阅读的兴趣，更不要说再写一点什么了。同时，我也从不否认当代依旧不乏优秀的作家和作品，我也不曾远离他们，只是不在那些热热闹闹的文学“现场”，而在我安安静静的书斋里、在作家的书本之间。我更愿意隔着书本与作家交流，更愿意躲进小楼成一统，谈一点对那些不曾轰轰烈烈的作家的感想，用与“流量”远一点的“小评论”，真实地写出自我心。

鲁迅编完自己的集子后，曾说：“但愿这本书能够暂时躺在书摊上的书堆里，正如博厚的大地，不至于容不下一点小土块。再进一步，可就有些不安分了，那就是中国人的思想，趣味，目下幸而还未被所谓正人君子所统一……”[1]我也奢望在“统一”之外，为“小评论”留一点空间，寄存我并不想争一日之长的闲心。我不惴浅陋把这些新新旧旧的文字编在一起，梳理它们的心态与鲁迅编《坟》时的感觉可能很接近：“就是这总算是生活的一部分的痕迹。所以虽然明知道过去已经过去，神魂是无法追蹑的，但总不能那么决绝，还想将糟粕收敛起来，造成一座小小的新坟，一面是埋藏，一面也是留恋。”[2]我也想做一个纪念，纪念我走过的时光，纪念曾在一起的人和事，纪念一种自由和任意的心态。特别是我看到其中有一篇为谢有顺的随笔集所写的书评，那是

---

[1] 鲁迅：《题记》，载《坟》，人民文学出版社，2006，第 2 页。

[2] 同上。

二十多年前，回想意气风发的谢有顺和那些时光，我有那么多感慨。今天重读收在书里的一些文字，我为自己当年的坦率、无所顾忌而惊讶。倘若它们伤害过谁的话，我请求原谅，请接受我的真诚并理解我曾经的热情。

前年，鲁迅作品单行本重印时，我请出版社的朋友寄了一套给我，有别于厚重的全集本，这两年，我断断续续地闲读起来。人过中年，再读鲁迅，读出他的忧伤和沉重自然不稀奇，在这之外，我感到的不是冷，而是热，是温暖和坚毅，比如这一段："如果我的过往，也可以算作生活，那么，也就可以说，我也曾工作过了。但我并无喷泉一般的思想，伟大华美的文章，既没有主义要宣传，也不想发起一种什么运动。不过我曾经尝得，失望无论大小，是一种苦味，所以几年以来，有人希望我动动笔的，只要意见不很相反，我的力量能够支撑，就总要勉力写几句东西，给来者一些极微末的欢喜。人生多苦辛，而人们有时却极容易得到安慰，又何必惜一点笔墨，给多尝些孤独的悲哀呢？"[1]先生说得多好啊，这也是我的心里话，它鼓励着我，有一天我还是要把那本真正的"小评论"写出来，这正所谓"哀莫大于心不死"吧。

2024 年 1 月 7 日凌晨两点

---

[1] 鲁迅：《写在〈坟〉后面》，载《坟》，第 298 页。

目录

长长短短

零零碎碎

大大小小

妙不可言
——读《无愁河的浪荡汉子·朱雀城》

序子的奶奶一个字都不认得，但她却说："做文章、做诗其实就是会讲'巧话'！""脑筋不巧，蠢蠢架，写出来有人看……"[1]序子（小名"狗狗"）四岁时还不会写文章，却说："我不喜欢和老娘子讲'现话'。总讲，总讲！"[2]这是小说《无愁河的浪荡汉子》中的情节，既然是自传体小说，那么不妨把"序子"认作黄永玉本人，写"巧话"、不讲"现话"，恰恰就是这部小说的艺术特征。倘若有人问我，对这部八十万字的小说有什么印象，我会毫不犹疑地说：妙不可言。倘若看到我捧着这部大书疯疯癫癫、笑个没完，你千万不要大惊小怪，因为你翻开它也会如此。为什么？就因为它唯陈言之务去，而"巧话"则是大珠小珠撒满地。

真的？只要你莫急莫慌，一字一句读下来，随手捡起的都是"宝贝"。写春天有条不紊、一步一个脚印地到来是这样："春天

[1] 黄永玉：《无愁河的浪荡汉子·朱雀城》，人民文学出版社，2013，第1028页。

[2] 同上，第185页。"讲'现话'"指"重复讲过的话"。

来了，来得很认真。”[1]“认真”不仅状貌，而且写出了内里的精神、气质，极其传神。写对画风筝的朱哑子的敬佩：“见到他，会尊敬得发抖。”[2]本来“尊敬”是一种看不见摸不着的情感，而“发抖”那可是神态毕现了。写序子要离开山里的生活和玩伴时，说“这顿饭吃得很没有颜色，很不生动”[3]。画家对“颜色”真是信手拈来，用来写气氛、写心境，则别开生面。形容一个人的丑，是“七零八碎的丑”[4]，什么是“七零八碎的丑”？好像都能够感觉到，却又画不出样子，慢慢想去吧！看幼稚园的田爷爷对序子们说：“快去快去！花等你都等急了，都漫出来了……”[5]花等急了，还不算妙，妙在那个“漫”字，写尽菊花怒放之态，也写出菊香四溢的气势……这样的例子实在是两天两夜都举不完，这小说在语言上不落俗套，引人入胜，没有“现话”，不动声色中皆为“巧语”，亦庄亦谐，大俗大雅，语体文与口语、方言杂糅，大开大合，整个儿体现出作者一种天马行空的自由精神。技法是可以磨炼、传授的，而含在语言中的精气神儿，如果不是天分，那也只能是在先天和后天、天然与人为的碰撞、偶遇和修炼中所得，这同样是可遇而不可求的。它不禁让人赞叹：有个黄永玉、有部《无愁河》，真是中国文学之大幸，因为那些句子实在不是匠人能写出的，甚至也不是“写”出来的，而是滚出来、流出来、涌出来的。

或许正是因为身处文坛之外，头脑中没有那么多“文章作

---

[1] 黄永玉：《无愁河的浪荡汉子·朱雀城》，第 172 页。

[2] 同上，第 209 页。

[3] 同上，第 373 页。

[4] 同上，第 427 页。

[5] 同上，第 928 页。

法”，作者能够大笔一挥，离题万里，毫不在意；也能细如绣花，一针一线，琐碎繁复，毫不顾忌，自由自在地造就了这部奇书。而目下文坛很多人却如小脚女人，哪怕想放脚，那些长而又长的裹脚布也要解三天，可真是黄花菜都凉了。读那些妙趣横生的故事，让人不禁高呼：黄永玉真是个“妙人儿”。与此同时，我认为这个九十岁的老头儿又是十足的文学先锋派。在写法上，他东拉西扯，没完没了，从来不讲什么规矩，然而在奇思妙想之中，你又能看出他的良苦用心（比如有一章，一家家扯朱雀城的店铺，到最后几句话方才明白，是写新的军队进来造成朱雀街市萧条，一笔拉回，让你恍然大悟）。用现代精神意识化中国古典小说的写作传统，又打破了艺术体裁之间的成规戒律，这“东拉西扯”打破规矩、自由自在任我行，正是一种一往无前的先锋精神。比如写那位上课放屁的“屁先生”，他的故事叙述完之后，接下来居然引了两页多林行止的《“屁”话连篇》，接下来又扯到塞林格的《麦田里的守望者》；讲四个小学生被罚倒痰盂，居然插进一段：“讲到吐痰吐口水，历史不缺这方面跟战争、道德修养有关的掌故材料。”接着便一本正经地谈开了……谈人生，谈艺术，谈学问，好像唯独忘了正在写小说，时下的小说家有几个敢这么“扯”？再如，书中经常以括号的方式跳出叙述，作者跑出来，讲一讲自己的内心想法或交代多少年以后的事情，甚至“窜”入了这样的段落，讲《圣经》里那段著名的打左脸和右脸的话，老头儿写的是“屁股”，而后在括号里标注：“写书的年纪大了，记不清是屁股、手板，还是脸。请读者将就着看吧！”[1]讲到

[1] 黄永玉：《无愁河的浪荡汉子·朱雀城》，第806页。

傅公祠，提到与曹雪芹祖上有点关系，来了这么一句：“有兴趣的专家可以去查一查，查不到也不要来信问我，我没有这方面的兴趣和学问，不会回信的。”[1]一副老顽童的面孔，可这是什么写法呢？这括号里的文字，简直成了这部小说的“副文本”，它打破了原有文本的完整性，有时候简直是在穿越，由一句歌词穿越到郁风在国外的趣事，由戏班子揽生意背介绍，穿越到《非诚勿扰》节目中孟非的开场……这不是先锋是什么？

别误会，上面的介绍好像给人的感觉是整部作品就是一点正经也没有，那可就忘了老头儿在这部书卷首的题词：“爱、怜悯、感恩。”此书的正经处看得我可是眼含热泪，比如序子与祖父的情谊、交流，序子对祖父说：“我有好多话总总想和你一个人讲。”最后祖父去世，序子倚在棺材旁的深夜倾诉也令人动容。再比如序子与王伯和山里孩子的情感，还有置身自然中的成长启悟，处处让人不能不掩卷深思。我甚至把它看作谈艺录、问学录，像爷爷对序子讲过的话：“学堂那些书读下去是有用的，像盖房子砌墙脚。讲的是砌墙脚，不是盖房子。盖房子要靠以后不停读课外的书，有的读书人蠢，一辈子砌墙脚，一间房子都盖冇成。以后长大做事情，交朋友，有砌墙脚的学问，盖房子更多靠的是课外的学问。”[2]序子爸爸讲：“读书人多费点脑子是好事情。可以把学问一点点存起来。……不管你以后长大成人是穷是富，当不当名人专家，多懂点稀奇古怪知识还是占便宜的，起码是个快活人；不会一哄而起只准读一本书，个个变成蠢人。”[3]此皆通

[1] 黄永玉：《无愁河的浪荡汉子·朱雀城》，第742页。

[2] 同上，第677页。

[3] 同上，第941页。

达之言。更不要说小说中每一个人的命运了，作者不愧是木刻大师，写人物也如刻木刻，除去冗余，几笔下去，凸显出来的都是人物最有神采之处，据说全书写到大小人物九十多位，我觉得将来若有个有心人将每个人物的故事独立出来，会有《史记》人物列传的风韵，也有《聊斋》般的传奇。这是一位阅尽沧桑的老人以孩子的眼光和心向我们讲述历史和生命的履痕，从这一点讲，它有着难得的真诚和沉甸甸的分量。

《无愁河的浪荡汉子》绝不止上面讲到的这些，这是一部奇书，“奇”在可以有很多种读法。比如，完全可以有索隐派的读法，去钩沉小说里的人物与真实历史的种种纠葛，不是有人写文章谈小说里的“玉公”（陈渠珍）吗？在《朱雀城》这部中，沈从文还只是人们口传中在北京、上海卖文章的人，将来的出场会是怎样？作者的母亲（小说中的“柳惠”）也是个有意思的人物，当小学校长，加入共产党，砸菩萨，马日事变后逃命，脱党，回来后教书，不断生孩子……把她再与丁玲的母亲和向警予这样的人物排在一起，或许更有意思了。又比如教育局做饭的师傅居然叫“鼎堂”（外号“锅铲”），“鼎堂”是谁？研究甲骨文的“四堂”之一、大诗人郭沫若是也，我以小人之心猜想：作者安排他去做伙夫，莫非是在替表叔沈从文报一箭之仇？还有一种读法，把沈从文写家乡的书跟黄永玉的连在一起，对比来读，当然，黄永玉自己的文章《蜜泪》《火里凤凰》（里面也提到过“王伯”）等也是缺不了的参考书。至于那些研究风物的、民间文化的，更是碰上了广阔天地。我都在想有朝一日去湘西，一定要把那三页（356页—358页）讲炒菜的撕下来，去验证一下湘西菜是不是这么个做法……乔伊斯说他在《芬尼根的守灵夜》中设置的谜团够那些教授们忙活三百年的，我看《无愁河》也够我们忙活一阵子。

序子对爷爷说有好多话要讲，又突然讲不出来了，但他说：“我没有话也还想和你讲……”爷爷说：“想一想再讲……”[1]我想《无愁河》也是这样，既然它妙不可言或说一言难尽，那么更多的话留着“想一想再讲”吧。

2013年9月16日凌晨

[1] 黄永玉：《无愁河的浪荡汉子 · 朱雀城》，第676页。

让这本书抚慰我一切的心伤
——黄永玉《还有谁谁谁》及其他

有朝一日告别世界的时候我会说两个满意：

一、有很多好心肠的朋友。

二、自己是个勤奋的人。

这是黄永玉先生在《只此一家王世襄》里所写的。老人家真是一个勤奋的人，一百岁了，还要办画展，还要出新书。这“新书”可不是从旧文中挑三拣四凑成的选本，它名副其实，都是这两三年的新作，有相当一部分还是第一次与读者见面。这本书叫《还有谁谁谁》，草绿色的内封，仿佛象征着老人永不衰竭的创造力。

要概括这本书的内容，可以说它写了作者人生的第一个满意：很多好心肠的朋友。依篇目次序，这些人是：王世襄、黄苗子、郁风、黄霑、张学铭、王道源、唐生明、曹玉茹、王逊、常任侠、许幸之、黄雯，韩素音、潘际坰、郑振铎，老龚头、蒋经国、萧桐……（不完全统计）这里面自然不乏写在历史里的大人物，却也有一些我们不太熟悉的人名，比如曹玉茹，她是黄先生家里的阿姨。另外，我这样列举名字未免有些枯燥，然而在黄先生的记忆中和笔下，却是一张张笑脸、一个个鲜活的灵魂，还有讲不完的生动故事。这不是松松垮垮的回忆文字，而是声情并茂的上好文章。有时候，就觉得黄先生在你面前，文字里有声调，有表情，有手势……

这本书是《比我老的老头》的续编，也可以看作《无愁河的浪荡汉子》的外编。这些人被他写得俨如《世说新语》中的人物，性格各异，活灵活现，却并未超凡脱俗。如写潘际坰先生去找住在宾馆里的黄永玉玩，因为大堂的服务员让他登记单位，这触伤了他工作在“自来水公司”的伤疤（他是《大公报》报人，更以此自豪），他便拂袖而去，害得黄永玉左等他不来右等他不见，电话催问，支支吾吾不说理由，只说不来了……潘先生晚年我见过，是一位风度翩翩的老人，说话轻声细语不紧不慢，要不是黄永玉“揭发”，实在想象不出这么有“性格”。王逊也曾有让人哭笑不得的举动：非常年代，他敲了黄永玉的门说，你要有思想准备，我把你和表叔（沈从文）都揭发了……黄先生忆人，从来不是空洞的给谁发奖状、评功摆好，而是以大量的细节写出人的个性、精神状态，还有人在时代中的种种表现。所以他在写人，也在写岁月，写历史，写人性的幽微，写面对时代巨浪的无奈。读这样的书，不仅增广见闻，收获“八卦”多多，而且对历史、生活也会有一份很达观的理解，很多事情是带着笑讲出来的，读来令人忍俊不禁，细思又不禁默默无语，乃至是含着泪在笑。感谢黄先生，他不记下这些故事和人，他们就随风飘散、灰飞烟灭了，如果那样，未来的历史书会少了太多有分量的篇章。

黄先生经历了惊涛骇浪的大时代，有着不平凡的一生，也阅人无数，在他的书里有一种特殊的智慧。黄先生把他的人生态度、见解都呈现于文字中，每一次读他的文字都是在经受慷慨的人生教育。在这之中，我最欣赏的是达观，不斤斤计较，也不必患得患失，用他形容郁风的话讲，这叫“宽坦”吧？据说黄苗子发配北大荒，第一次给郁风寄回的明信片上竟有这样的字句：“大家背着包袱，登高一望，啊！好一片北国风光……”郁风捏着明信片哈哈大笑，对黄永玉说：“你看他还有这种心情：好一片北国风光！”黄永玉奇怪捏着这样的“断肠词”自己还笑得出：“唉！她一生的宽坦，世间少有！”[1] 近年某些文字渲染加上我们不适当的想象，人们总误以为“黄永玉们”当年的生活不知比我们现在轻松、优裕多少，其实，仔细体察一下，哪里啊，一个十来岁就四处漂泊、独自讨生活的人，什么苦难没有经历过，哪一粒时代的尘灰没呛得他们眼泪涟涟。可是，哭哭啼啼有用吗，抱怨连天能解决下一顿饭吗？他们唯有打掉了牙齿往肚子里咽，自强自励自尊。正像黄先生晚年说的：人只要笑，就没有输。没输，更多的不是有保障、有条件，而是带着“宽坦”，带着“笑”，是这些世人们不太珍惜的东西护持着他们，他们的人生才活出了别样的风景。

看黄永玉的人生，品他的文字，给我另外一重深刻的教育是他的勤奋。什么鬼才啊、天才啊，不能说都是鬼话，至少这些我们看不见，或深或浅均不可测。但是，黄先生的勤奋却是摆在我们面前的，他常常引以为豪的是一刀一刀刻木刻：“我这种

[1] 黄永玉：《只此一家王世襄》，载《还有谁谁谁》，作家出版社，2023。

从小一个人在社会上混，点点滴滴都是汗水得来，实打实，没有侥幸的勇气。刻木刻也是一刀又一刀在木头上啃，一根线刀刻错了，要难过好几天。”[1]他写剧本，写诗，写长篇小说，画画，做雕塑，包括写这散文哪一样不是这么“一刀又一刀”的呢。是体力活儿，也是智力活儿，何曾一日闲过，何曾一时闲过？记得他九十岁时，回答有人提问，他干脆地说：我每天工作忙得做不完，哪里还有时间做梦。

在这本书的序言中，黄生生若无其事又不乏雄心地说他要开个画展：

> 出这本书之后到一百岁我还要开个画展，起码还要忙三四张画。大概，大概就没有时间再写文章了。现在离一百岁还有一年多时间……万一活不到那个时刻，看不到自己的画展，当然有点遗憾，那是老天爷的意思，谁也帮不了忙。

昨天上午，在奔往北京的高铁上，我读这一段文字的时候默默落泪了。我知道他在医院里，几天来一直都在祈祷他能像闯过人生的那么多关坎一样，这一次还能创造奇迹。我不知道的是，那时，他已经像他画的荷丛中的仙鹤一样展翅高飞了。而且是那么决绝，不举办任何纪念活动，不领骨灰，撒作肥料……起初，我觉得这太无情了，后来又觉得恰是太多情，才永远也不告别，永远在大家中间叼着烟斗，讲着旧事，回忆老人……这本《还有谁谁谁》到底成了黄生生此生最后一本书，他带着它，还有《比

[1] 黄永玉：《让这段回忆抚慰我一切的忧伤》，载《还有谁谁谁》。

我老的老头》《无愁河的浪荡汉子》去另外一个世界中与他笔下那些人物会合了。这些本就是同一本大书，人生的大书，时代的大书，历史的大书。

2023 年 6 月 14 日晚九时四十分于京沪高铁上

艺术啊，太艺术
——冯骥才《艺术家们》阅读札记

一、一次酣畅淋漓的写作

冯骥才说过："我在写作写到最充分时，便想画画；在作画到最满足时，即渴望写作。"[1] 长篇小说《艺术家们》以文字描述与画家和艺术相关之事，写作的钢笔和作画的画笔，两笔齐备，这将是一种怎样的感觉呢？[2] 这部小说的文字是激越的、充满情感的、富有感染力的，低沉时如小溪潺潺，欢跃时似激流奔腾，那种倾泻和跳动甚至是作者自己都无法控制的。这是一次酣畅淋漓的写作，写作时，作者的心和情感随着文字、人物和他创造的这个世界跳动、旋转。

冯骥才是一位情感丰沛的作家，不过，在写作中，理性也从未缺席，他对此有着非常自觉的把控力，尤其是在小说中，情理交融

[1] 冯骥才：《遵从生命》，载《冯骥才 · 书画卷 III》，青岛出版社，2016，第 343 页。

[2] 冯骥才在《艺术家们 · 写在前面》中说："我一直想用两支笔写这本小说，我的话并非故弄玄虚。这两支笔，一支是钢笔，一支是画笔。我想用钢笔来写一群艺术家非凡的追求与迥然不同的命运；我想用画笔来写惟画家们才具有的感知。"

从未失衡。《艺术家们》有着鲜明的冯氏风格，却又有与以往不同的状态，冯骥才似乎从未这么自我地写作，自我到像一位舞台演员忘记了在舞台上他饰演的角色，毫无顾忌地以本真面对观众，极其投入地手舞足蹈，那一刻，他完全忘记了舞台与现实生活的界限。《艺术家们》里有冯骥才的艺术主张、审美趣味、道德伦理，也有他个人经历的投影、时代经历的印记、城市记忆的直接书写。任何一部小说，哪怕是主张零度情感的小说创作，都可能包含这些元素，可是小说建造的毕竟是一个虚构空间，作者的倾向性要尽可能隐蔽。《艺术家们》里，作者的声音却十分强大，作者的"自我"与小说人物的"角色"之间常常不由自主地转换、不停地越界。冯骥才完全放开了，或者说他把持不住，积郁心中的块垒不断倒出。虚虚实实，很多壁垒拆掉后，我们直接面对的是作者的内心。值得注意的是，这部小说是在作者四卷本回忆录《冯骥才记述文化五十年》完成之后写的，而回忆录所描述的时间段（1966—2013）与小说叙述的时间几乎吻合，小说中表达的对时代的认知和对艺术的很多看法在回忆录中都可以找到本源。那么，小说是对回忆录的重写吗？显然不是，回忆录的"真实性"要求，在某些时候反而限制了作者的自由表达，小说就大不一样了，它有"纯属虚构，请勿对号入座"的保护伞，那些回忆录中不方便讲的话、表达的观点，这一次可以一吐为快了，可以说是：真作假时假亦真。

这一切当然缘于小说的人物、情节和观念与作者内心的贴近，尽管索隐派的方法在《红楼梦》研究中早已声名狼藉，我还是饶有兴趣地想就《艺术家们》做一个索隐。小说以楚云天为叙述中心，而楚云天与冯骥才之经历"不谋而合"真是耐人寻味。众所周知，冯骥才在踏入文坛之前，不仅有学画的经历，而且一直从事美术工作，他曾自述，高中毕业后报考美院，因家庭出身未被录取，只能到国画生产组，以复制古画为生，后来，“我所在的‘国画生产组’被改为塑料花工厂，我的专职改做接洽业务，绘画全然成了业余的事……直到一九七五年我被调入一所美术学校任教，学生是一些工厂的美术设计，我教授中国画和美术理论，因得以理清绘画的技法理论”[1]。楚云天虽然上过大学，可是在轻工业局设计室的经历与冯骥才在国画生产组很相像，到后来更是高度吻合，小说写道：“两个月后的一天，楚云天果然被研究所的主任叫去，说要把他调到艺术学院去筹建‘工人美术大学’……云天的工作是讲授中国画和美术史……”[2]现实中，这所大学的校名叫“天津工艺美术工人大学”，冯骥才在那里教的也是这些内容。楚云天在绘画之外对文学情有独钟，最初产生轰动影响的作品《二月》，因为赶上了新时期的“解冻”大潮，干脆被人直接称为“解冻”。这些情节与冯骥才踏入文坛的作品和经历何其相似。小说里楚云天和隋意那间顶楼上的小屋，虽然不能与冯骥才现实中的“文革”居所一一比附，可是“文革”中冯骥才与妻子也曾在几间类似的小屋中蜗居，并且经历了如小说中所写的大地震[3]。这样的例子不胜枚举：小说中讨

[1] 冯骥才：《砚农自语》，载《冯骥才·书画卷 III》，第 368 页。

[2] 冯骥才：《艺术家们》，人民文学出版社，2020，第 99 页。

[3] 参阅冯骥才：《无路可逃》，人民文学出版社，2016。其中记载了冯骥才结婚后两个月，即 1967 年 3 月搬到天津睦南道 58 号后院八平方米的小屋居住，后来又几次搬家，住得最久的是长沙路思治里（1970—1984），这里是个方正的十平方米的小屋，位于顶层四楼，“上边再无人家，只有天空、云彩和飞鸟”。这已经非常接近小说里描述的楚云天的住所。这两间相对独立的小屋曾是他和朋友交流、听音乐的地方，“那张‘老柴第一’的唱片不知被我放了多少遍，几乎给唱针磨平了”。

论的文人画问题，冯骥才就此写过多篇文章[1]；楚云天与吴冠中谈论艺术中的“重复”问题[2]，现实中是冯骥才的经历；平山郁夫对楚云天画作的评价，那曾是他对冯骥才画作的评语；大年三十，去北京看现代艺术展[3]，冯骥才在回忆录中有与小说大体相同的描述——调整了的细节只是在小说中是一个画家跳楼了，而现实中是一个人开了枪[4]。

小说里的很多艺术家，在现实中也有迹可循，很多细节都来自冯骥才的亲身经历。如高宇奇，小说中楚云天对他的画推崇备至，他说：“我认为这幅画完成后，无论在思想价值，还是艺术的创造性上，都将是二十世纪中国人物画中最伟大的作品。”[5]高宇奇的原型取自画家李伯安，他们境况相似，默默无闻却又无比执着。冯骥才与李伯安的相识与小说中描述的差不多，在他去世后，1999年冯骥才曾撰文《永恒的震撼》高度评价他的人和画。谈到他的百米巨作《走出巴颜喀拉》时，冯骥才认为：“拜金主义将无数有才气的艺术家泯灭，却丝毫没有使李伯安受到诱惑。于是在本世纪即将终结之时，中国画诞生了一幅前所未有的巨作。在中国的人物画令人肃然起敬的高度上，站着一个巨人。”[6]连这

---

[1] 冯骥才有《文人画说》《文人画问答》《一个作家的“画语录”》《绘画是文学的梦》等多篇文章讨论文人画，收录于《冯骥才·书画卷III》等书中。

[2] 冯骥才：《艺术家们》，第175页。

[3] 同上，第217页。

[4] 1989年农历除夕日，冯骥才赴北京参观首届中国现代艺术展之事及感受，可参阅《激流中》，人民文学出版社，2017，第218—228页。

[5] 冯骥才：《艺术家们》，第232页。

[6] 冯骥才：《永恒的震撼》，载《文雄画杰：中西文坛艺坛人物》，作家出版社，2020，第138页。

样的细节都是相同的，冯骥才第一次见到李伯安时跟他许诺：等画作完成，“我们帮你在中国美术馆办展览庆祝，让天下人见识见识你李伯安”[1]。

“钢琴家延年”在小说里连名字都没有改，写的事情，回忆录里也叙述过，连起“朗费罗”这一外号的逸事，冯骥才都慷慨地借给了楚云天。[2]小说里写过“三剑客”曾去一位徐老师家里参加艺术沙龙，这位老师也实有其人。他是天津耀华中学的老师李文珍，冯骥才回忆：“大约四十年前，我经常和画友岳钦忠去李文珍先生家串门……他总坐在那张带扶手的椅子上抽着烟斗。无论谁进来或走掉，也很少起身。”“虽然他是他的家庭艺术‘沙龙’的主人，可说话不多。在他的‘沙龙’里谈话很自由，或是谈论谁的画，或是对谁拿来一幅近作议论一番，或是说说笑话。李先生不喜欢长篇大论，对他的话我们却十分留意。他常常冒出一句话，一语破的，道中绘画某一本质。”[3]小说里的情节不就是这些记忆的情景重现吗？

小说中人物的很多情趣、爱好和艺术主张与冯骥才也是一致的。比如小说中写到楚云天对芦花的感觉：好似连天的雪浪，独特、壮观，他偏爱芦花毫无名气、无人宠爱却又不自弃；钦佩它无尽的温柔、不为狂风吹折的品质。[4]现实中，冯骥才对芦花也情有独钟，称它为“秋天的礼物”，说“芦花给萧瑟之秋带来一片

---

[1] 小说中的对应情节见第233页。

[2] 参阅冯骥才：《无路可逃》，第143—147页。

[3] 冯骥才：《秋日里对春风的怀念》，载《文雄画杰：中西文坛艺坛人物》，第150—151页。

[4] 冯骥才：《艺术家们》，第100页。

柔情”，多次以芦花入画。[1] 在一篇谈画的文章中，他也曾如此抒情地写道：

> 我喜欢芦花。这种在荒滩野水中开放的花，是大自然开得最迟的野花……它生在细细的苇秆的上端，在日渐寒冽的风里不停地摇曳。然而，从来没有一根芦苇荻花是被寒风吹倒吹落的！还有，在漫长的夏天里，它从不开花，任凭人们漠视它，把它只当作大自然的芸芸众生，当作水边普普通通的野草……我敢说，没有一种花能比它更飘洒、自由、多情，以及这般极致的美！也没有一种花比它更坚韧与顽强。它从不取悦于人，也从不凋谢摧折。直到河水封冻，它依然挺立在荒野上。它最终是被寒风一点点撕碎的。[2]

此时，你不觉得冯骥才与楚云天已经合而为一了吗？需要说明的是，生活中实有其事，哪怕作者在回忆文字中也曾写过，但是进入小说文本后二者还是完全不同的，它要服从小说叙述的需要，在小说中承担不同的功能。进一步说，小说是整体性的，而记忆或回忆文字更多是片段性的。

我列举这么多小说的“本事”，不是要“解密”什么，除了感兴趣作者的经历和见闻如何进入小说文本外，在我看来，它们更

---

[1] 冯骥才 1992 年创作的以芦花为题材的画作名为《秋天的礼物》，见《冯骥才 · 书画卷 III》，第 89 页；在 1991 年题为《柔情》的画作中，题跋是“芦花给萧瑟之秋带来一片柔情”，见《冯骥才 · 书画卷 III》，第 85 页；另外还有 2007 年的《秋苇如花》等画作表现芦花，见《冯骥才 · 书画卷 III》，第 151 页。

[2] 冯骥才：《水墨文字》，载《冯骥才 · 书画卷 III》，第 358 页。

重要的意义在于凸显《艺术家们》在冯骥才创作中的特色。它不是“自传体小说”，如高尔基的自传体三部曲那样，在人物塑造上，它更倾向于虚构。然而，小说素材与作者经历如此密切的亲缘性，必将促使作者在写作的过程中不断“越界”，无间隔地心灵相通，进而在表达上更加自由和欢畅。“越界”使作者在某些时候挣脱了文体的束缚，忘记了文体限定，而更着意于自我表达。小说的前卷很有情节性，符合我们对于传统小说的认知，到中卷和后卷，很多线性的情节被打破，变成块状的碎片，议论也越来越多。作者更加自由了，他可以打开更多封闭的东西，直接把心中的意图表现出来。在这一点上，《艺术家们》与以生活中的实有人物或事件为素材的小说也有所不同，比如王蒙的《笑的风》[1]，写到 1980 年代以来的文坛时，也有很多真实素材进入文本（里面提到“天津一位两米多大个子小说家兼画家”，我认为就是以冯骥才为原型），可是，它们仅仅是人物活动的背景，更多的作用是铺垫，从中，我看不出王蒙的“心”。《艺术家们》则把它们当作人物主体的一部分，直接表达了作者的心声。这不是一部行动的、故事的、情节性的作品，它更是一部思考的作品。这个思考，是名词也是动词，《艺术家们》呈现了小说人物的思考过程，也呈现了它的结果。如此看来，《艺术家们》是冯骥才的心灵史，也是他的谈艺录，对于当代社会或艺术界未尝不是一部启示录，这里面，显然有他的很多忧思。

[1] 原载于《人民文学》2019 年第 12 期。

二、野山野水，恣意纵横

《艺术家们》中的楚云天，有作品轰动朝野，有美术家协会的职务做坚强名片，还有相当的社会威望做后盾，是画坛闻人、成功人士。好在，在小说里看不到他作为“成功人士”的洋洋自得，反而有很强的危机感、自我反省意识，以及非常大的包容度。楚云天的画，被界定为“文人画”，文人画在历史上，相对于院体画，是一种非主流的表达，是画家和文人个性、趣味的彰显。然而，在小说描述的时代中，楚云天凭借其名声和地位，在画坛上已经不能说是非主流。在这样的位置上，他对于真正处于非主流地位的、乡野的、民间的艺术家的尊重和赞赏令人瞩目。《艺术家们》对于画坛隐者的彰扬体现了作者对当代艺术和艺术界的一个总体认识和不言自明的大胆判断，它们也是这部小说精神活力的源泉。

中国文人在进退之间，向来有对隐者恋慕的传统。从伯夷叔齐的“采薇”，到桃花源中的梦想，隐者，是文人世界的另一面。穷则独善其身，达则兼济天下，在只有把才华货与帝王家的年代里，独善其身的“隐”是另外一种价值观和文人释放自我的渠道。在当代社会里，终南学道、隆中耕种之途被切断、之心被湮灭，熙熙攘攘皆为利来，人们追求的“成功”中不知有多少满面尘灰，此时，相对于那些名声在外的“显者”而言的“隐者”，则是一股清流令人起敬。对比那些盛名之下的在风口浪尖上的人物，小说里那些寂寂无名却身怀绝技、个性鲜明、特立独行的隐者更受到推崇，小说里道德伦理和价值引领的角色都由他们承担。

那位在中学教美术的“徐老师”是一位隐者；钢琴家延年也

是，不是“时人”，而是“古人”，楚云天感觉他“好像十九世纪欧洲小说里的一个人物”[1]。延年的“琴房”是“一幢古老的红砖楼房”的地下室：“由于年久失修，房基的防水层坏了，受潮的墙面变得深红，墙根都已生霉发黑，院内地面坑洼不平，凹处积水，滋生出许多野草。他们进了楼房，没上楼梯，而是绕到楼梯后边，推开一扇厚重的小门，下了几蹬台阶，便是一间黑暗、潮湿又阴冷的地下室。延年摸索着打开灯，空荡荡的房间放着一架破三脚琴。”[2]这样的地方，这样的琴，延年一弹起来，一切都大不一样：宛如山泉，春水倾泻，满目青山，花开遍地……城市中这么偏僻的角落顿时成为艺术的桃花源。大地震之后，这个地下室被震毁，琴也被砸坏。走出动荡的岁月之后，楚云天再次去看延年，发现他住的房子像“牢房”一样狭窄阴森，远不如当年自己家的房子，原来延年后来又找到了一架琴，为了这架琴，他提出用两间大房子换这样的一间“牢房”，如此“献身给艺术”让楚云天感动不已。[3]这是《世说新语》中的人物啊。

《艺术家们》里极力推崇的两位画家易了然、高宇奇，也是落寂民间的隐者。

易了然，当地人亲切地称他为“我们黄山的大画家”，楚云天却“没听过这人的名字”，不过他立即意识到：“天下之大，藏龙卧虎，真是不可小觑。”[4]他与这位“乡野怪才”一见如故，很快就成为“知己好友”：“楚云天喜欢这个徽州鬼才身上那点仙风

[1] 冯骥才：《艺术家们》，第36页。

[2] 同上。

[3] 同上，第171页。

[4] 同上，第154页。

鹤骨，放浪不羁和恃才傲物……”[1]这是对“野生”的非主流画家的肯定。楚云天后来给易了然的画集写序，这也相当于作者对易了然的直接评价：“这位徽州才子的笔墨、气韵、天性、胸襟、情致、风格、方法以及非他人能有、非他人能及的才情。”他认为易了然的山水是“野生山水”：“唐宋以来的山水画，无论荆浩关同，还是刘李马夏，都是人工‘修葺’过的山水，其山势水态，石形树姿，都有人为的成分。好似公园的花木，都是一种人为的自然。易了然君则不然，他的山山水水，全是一任天然。野山野水，恣意纵横；野木野草，混沌一气。作画时胸无成竹，信笔为之，随心所欲，自然天成。”[2]这令我不由得想起冯骥才与画家宋雨桂的对话，他说自己是文人画，而宋雨桂是“原始人的画”，这话不是鄙薄，而是对另外一种价值的推崇，冯骥才说：“他的山水，不刻划，不着意，不做作，不营造。他本真、原生、天然、率性，混混沌沌中有极大的张力。古来山水，皆人所为，很少雨桂这样的发自天然和一任天然。”[3]

高宇奇在小说里是“艺术家们”的当代精神标杆，正如他的名字，小说里把他写成一个举世皆浊我独清的奇人，他依旧是时代的“隐者”：“毕业于当地的美院，在一家杂志社做美编。他画人物，画得极棒，连北京来洛阳的一些大画家对他都服气。但世界是不公平的，似乎在北京的画家都是全国的，外地的画家都是地方的。他身居这个早已过了气的古都里，离着北京那样的文化

---

[1] 冯骥才：《艺术家们》，第 156—157 页。

[2] 同上，第 209—210 页。

[3] 冯骥才：《老鬼宋雨桂》，载《文雄画杰：中西文坛艺坛人物》，第 115 页。

中心数百里地，他从来没参加过全国美展，没拿过奖，榜上无名。他又不肯把画送去拍卖，画无市价，谁认他的画？”世俗上成功的标准与他不沾边，生活里他也只是“蝼蚁”：“他坚信自己是最好的人物画家。可是你认为自己是皇上有什么用？你不还是在街头买早点吃早点，在公厕里上厕所，坐公共汽车回家。你自信，孤傲，愤愤不平，更不管用。在一般人眼里你只是在大地上走来走去的一只蝼蚁。”[1]幸好一个企业家看中了他，为他的创作和生活提供条件。他画的是农民工，这本为“高尚”的艺术所忽略的一群人。为此他发疯似的工作，楚云天把他当作“艺术圣徒”，小说里肖沉评价道：“我们谁也无法和这个人站在同一个高度上。他远离当代文化的闹市，他在世外，在深山里。我们都不能免俗，但我们只要不把美神从自己内心的中心位置挪开就好。”[2]谁是雅，谁为俗，哪怕是“不能免俗”，已泾渭分明。小说最后又给他的人生和艺术添上辉煌一笔：他花了几年工夫即将完成画作，却因为有了新的构想和画法而断然舍弃，从头再来。这从“效益”而言是得不偿失，从艺术而言，正如楚云天所赞赏：“这才是一个真正的艺术家要做的！”[3]

在这个人物的身上，作者寄予了对“艺术家们”的最后希望，特别是在商品大潮冲击中画家们的身段纷纷走形的情况下，楚云天认为：“幸好有一个站在名利场外的宇奇，让我看到艺术的神圣性还在，理想主义没有被消费主义赶尽杀绝。”[4]高宇奇为了搜

[1] 冯骥才：《艺术家们》，第227页。

[2] 同上，第280页。

[3] 同上，第281页。

[4] 同上，第284页。

集素材，在太行山遭遇车祸而死，以身殉艺术。楚云天兑现承诺为他办了画展，“这是市场时代一个堪称真正的艺术家的胜利”，他还赞扬高宇奇，虽然默默无闻，但是“他留给我们的不仅是一件具有这个时代特征的永恒的画作，还有一种用生命祭奠艺术的精神”。[1]

“他从心里感谢高宇奇使他更纯粹地回到了艺术里。”[2] 高宇奇让楚云天坚定了自己的选择和信心，给他的精神来了一次刷新。小说的结尾是他在老屋中看书看信看报、喝茶、写文章、画画，远离墙外的滚滚红尘，甘愿把自己从主流的位置移开。在《艺术家们》的序文中，冯骥才说：“这便是我心中的艺术家。他们的苦恼不是缺乏世俗的财富，而是不能创造出更有价值的艺术和精神的财富。所以，他们是天生的苦行僧，拿生命祭奠美的圣徒，一群常人眼中的疯子、傻子或上帝。”结合作品看，这番话更像是针对高宇奇、易了然、延年这些人说的，整部小说的价值取向也就更加明确了，那些植根于民间，植根于大地，率真的、朴实的，有着独立追求的“隐者”，才是真正的艺术家。这使得小说与时风流俗拉开了距离，有了自己的精神内核。

冯骥才对画坛隐者的推崇和对他们的艺术价值的判断，有一个不能忽略的背景：在过去的三十年里，冯骥才积极投身中国民间文化的抢救行动，这些深入中国大地，深入民间，深入多元的文化世界之内的行动，使冯骥才对这个社会的认识，对艺术的看

---

[1] 冯骥才：《艺术家们》，第 352—353 页。

[2] 同上，第 353 页。

法，已经不再仅仅是概念和感觉，不再是单一的文化精英学说，他的视野与以往大不相同。这部作品中，黄河、太行山、泰山等带有标志性的民族文化的基石、元素很多，作者把它们内化到作品主人公的内心中，有力地拓宽了作品的文化空间，使之具有不同于其他的文化视角和眼光。这也正是通常所说的“工夫在诗外”吧。

三、毕竟时代不同了

冯骥才说：“我不回避自己是一个理想主义者和唯美主义者。我的理想发自心灵，我的唯美拒绝虚伪。”《艺术家们》充分展示了他的这一面，他对楚云天等人真是呵护有加，以致让我感觉冯骥才是不是对他的人物太偏爱了？冯骥才的小说总是不失温暖的迷情，可是，在《艺术家们》的序文中他还提到一个“不回避”：“我不回避写作的批判性。这是探讨生活真理之必需。”我甚至认为，“批判”“探讨”是这部作品写作的十分重要的原动力。

小说后两卷中，“批判”和“探讨”占据着重要的位置，如果不看到这一点，我们会责怪作者没有把前卷中完整的叙述贯彻下去，抱怨后两卷情节分散甚至停滞，所见多为议论和抒情。冯骥才是一位需要发出声音的作家，对于艺术界的看法以及对于艺术在这个时代的位置和处境，他有急不可耐的呼喊，只有从这个角度来看这部作品才会理解他这样处理的良苦用心。或者说，写着写着，他不由自主地这样了，这个时候，不是人写小说，而是小说写人。

楚云天、罗潜、洛夫“三剑客”由心心相印的朋友到后来分道扬镳，这个过程中，作者写出了时代变化对人的诱惑和影响。他们的困惑和迷惘有着强烈的时代性，在那个特殊的年代，他们一贫如洗、备受压抑却反而精神高扬，用罗潜的话说是："物质上一无所有，精神上不免奢侈一些。"楚云天说："我们并不因此而辛苦，而是因此更快活。"[1]而当一个解冻、自由和多元的时代来临，他们都一下子找不到自己的方向，甚至人生失重。"江河解冻后，所有船只都活动了，它们四处游弋，却一时不知驶向哪里。笼子拆了，鸟儿全都惊呆，望着笼外又大又空、漫无际涯的天空，应该飞往何处？"[2]这是1970年代末，艺术家们面临的第一次困惑，当然，也是他们重新选择的一次机遇。在一个无所作为的时代，大家的起点和路程是一样，终于到了可以大展身手的时候，彼此也走到了分手的路口。在这一途中，楚云天和洛夫出名了，罗潜还是寂寂无闻。出名后的楚云天没有丧失自我，而洛夫正飘飘然。面对罗潜仍然"落魄"的境况，楚云天怜惜之余也有了"毕竟时代不同了"的感慨。[3]他们得益于这个时代，它成就了他们的地位、影响。然而，在他们还没有站稳脚跟时，第二次浪潮来了，时间上讲应当是1990年代初。"有时他必须戴上这种社会面具假模假样地去出头露面，给别人的场面充当花瓶。"[4]批评家肖沉对楚云天说："你该从《解冻》走出来了。"[5]《解冻》是令他名满天下的作品，妻子隋意则说："你

[1] 冯骥才：《艺术家们》，第19页。

[2] 同上，第133页。

[3] 同上，第166页。

[4] 同上，第179页。

[5] 同上，第174页。

可愈来愈有点俗了。”[1]楚云天面临精神危机，在别人眼里风光无限的他，一时不知怎样走出困惑。他的困惑多半来自外界的刺激，是面对时代的一种无力感和茫然无措的深层精神危机：

> 他感到这急速发展的社会正在发生一种本质性的改变。在迅速地市场化的过程中，社会愈来愈缺乏整体的精神，缺乏精神的纯粹性。浮躁、功利、拜金、享乐主义、个人主义、庸俗社会观，时尚、流行文化等等渐渐主宰了生活。消费社会的物质至上，使得人们不再关心纯精神的事物。同时，画坛和文坛都在盲目地陷入西方现代主义模仿的热潮中而浑然不觉。他感觉自己已经抓不住这个时代了，找不到时代的精神和生活的魂了。他已无从感知这个已经渐渐变成光怪陆离碎片化的社会了。[2]

这是《艺术家们》中卷和后卷中不断反思考问的问题，楚云天的身心无法做到与社会剧变同步，孤独、困惑、犹豫便随之而来。整个小说的后两卷，是楚云天和其他的艺术家面对这个问题各自不同的回答。洛夫是被物质生活绑架和艺术潮流驱使的投河者，罗潜是现实生活中的落伍者，生活压力使他不得不与精神追求越走越远。对于他们，楚云天只有痛惜。《艺术家们》中，作者的更多笔墨是谴责，谴责那些失去理想、随波逐流和急功近利的拜金者、伪艺术家。超级写实的高手于淼就是一例，先是靠政

---

[1] 冯骥才：《艺术家们》，第 180 页。

[2] 同上，第 180—181 页。

治投机，赢得重视和名声，而后又在拍卖场混得风生水起，成为画坛的暴发户。画价排第一位的唐三间，梅花画得不错，他把艺术与画价捆绑在一起，在楚云天心中便品格低了。一边饮酒一边作画的屈放歌，成为海外藏家和书画市场的奴仆。拍卖行的马总，赤裸裸地说："谁不想卖钱，甚至卖出好价钱？这么一说，我们和您是一条流水线了。"[1]对于这些人和画坛的怪现状，小说里的谴责毫不含糊、不留余地。认同之余，我又在想：这么直接的评判和漫画化会不会伤害人物的圆润和小说的艺术品质呢？

《艺术家们》护持纯粹艺术的力量和声音如此强大，这样的谴责在正义性之外，是否会遮蔽某些问题的复杂性？比如楚云天，在小说的后两部分中仿佛只是一个简单的思考者和评判者，他内心的变化、波澜表现不足，他面对这一切包括对自身的反思有些俭省，以致在后两卷中，读者仿佛看到他喋喋不休的自诉，结论无法代替内心的活动，也不能取代内心的辩证、灵魂的呼号。这是一个很值得深入书写和分析的人物，他有着自己纯粹的艺术追求和独立的个性，然而，也有不得不为的妥协，有不能任意而为的软弱，更重要的是他的特殊地位，他是在体制的庇护下又拥有民间的声望的既得利益者，他的纯粹和洁白也许并非一尘不染，包括他对待感情的态度和两次出轨，我总觉得他的很多问题让作者轻易地解决了，使之内心和谐，同时又能激情面对这个世界，进而轻易地把小说后两部分的内心风景甚至风暴赶走了。楚云天这个人物，让我总是不由自主地想到张炜二十年前完成的长篇小说《能不忆蜀葵》，那也是一部关于艺术家和欲望

[1] 冯骥才：《艺术家们》，第263—264页。

横流的时代的小说，里面有个人物名叫杞明，也是一位画家，与楚云天有着相似的身份和地位，唯一不同的是杞明还是拍卖场中的佼佼者，而楚云天是不介入这方天地的。同样，杞明也有一个朋友淳于阳立，他是一个特立独行的人，也算是画坛的“失败者”。不过，淳于就是当着杞明的面也是不断地讽刺他，说他是个伪君子，表面谦逊的人，无论搞艺术还是搞女人都是个“黑手党”……这里有妒忌的成分，也有看透杞明灵魂的清醒。张炜没有给他的主人公楚云天一样的待遇，比起《艺术家们》的处理，他对待人物更冷静。或许冯骥才永远做不到这样，他在某些地方是永不改悔的温情主义者，于是，《艺术家们》从头到尾充满了温情，哪怕同时也有不绝于耳的愤怒的声音。

四、如醉如痴地陷落在市场里了

《能不忆蜀葵》和《艺术家们》都把艺术家们的这种处境和不堪归罪于金钱、商业、市场，无一例外地做着道德和艺术上的批判：

> 这是一个各种欲望都可能变为现实的时代。于是，所有城市都在疯狂地成长壮大，每个人拥有的物质都在无限度地膨胀，物欲使人们馋涎欲滴。于是，拜金成了一种惑乱人心的社会“宗教”。
>
> 谁能想象画坛中，八十年代开的花，九十年代全结了果——所有绘画都可以按平方尺用一沓沓货币来结算了……现在是个千载难逢的时代，只要你愿意，你肯干，你手段多，

你的画便立竿见影地化为锦衣玉食、富贵荣华。这来，画坛中的千军万马，全都如醉如痴地陷落在市场里了。[1]

这似乎是作家的天然的精神传统，他们一般不大会那么热烈地拥抱时势、时尚和物质，甚至对“现代文明”抱有强烈的警惕之心。像夏目漱石的《草枕》，那个年轻的画家对于喧闹的都市厌恶有加，对于像火车这样的现代物质文明更是有诸多反思。至于像赫尔曼·黑塞这种崇尚纯真的生命和更为广大的自然的作家，更不用多说了。

楚云天在听到拍卖市场的奥秘后，曾感叹：“这是多么糟糕的一个时代。”面对资本的侵蚀和金钱的诱惑，小说里这样描述画坛的状况：“有的画家已经把一年两次的‘春拍’和‘秋拍’当成自己的主战场了。市场有它的脾气，它不顺应你，你必须顺应它……于是楚云天看到不少本来年轻有为的画家一头扎进市场，主动向买家挤眉弄眼，主动磨平自己性格的棱角，主动去媚俗，原先动人的才气渐渐荡然无存……要学会卖画，必然要精通种种市场上的招数。有一个二年级的学生专画丑画，丑人丑物丑石丑树，卖得挺火。很多学生不和老师学，都向他学，都画丑画。”如此乱象，楚云天不由得感慨：“市场社会一定是奇葩盛开。”[2]《艺术家们》对消费社会、商业市场的批判可谓入木三分。问题是，市场不是一个闯进人们生活里青面獠牙的妖怪，它是含情脉脉的大众情人，她的眉眼和飞吻不知俘获了多少人，它凶残，却

[1] 冯骥才:《艺术家们》，第 304 页。

[2] 同上，第 270—271 页。

也有俘获人心的一面，小说中仅仅以批判和拒斥的态度来对待它，似乎不足以说明艺术家们的现实处境和精神状态。

《能不忆蜀葵》中，淳于阳立曾直接投入资本运作，最后还是铩羽而归，每次丢盔卸甲时，给他的办法都是躲进小屋里、躲进荒村野岛上疗伤。这是张炜在“民间理论”的“照耀”下给出的出路。冯骥才的灵丹是让人物与大自然、壮美的山河融为一体，获得启示，这是在天人合一中完成自我？面对着这样的时代，艺术家似乎完全无能为力，除了在“污浊”的现实面前转过身去，甚至仓皇逃避。《艺术家们》在激烈地批判的同时，已经非常宽容地对现实做了适度的认同。当楚云天批评“画价简直是一种毒药”时，余长水的回答是：“可是现在世道变了，你画得再好，价钱低，没人关注你。”还对他说：“绘画史是过去，现实是拍卖市场。现在艺术家们比谁高谁低，全看拍卖市场的排行榜。”余长水还说了一个更现实的问题，他要结婚他要买房，这都让楚云天哑口无言。当他忧虑余长水为了利益放弃理想时，肖沉说：“你忧虑的太多了。高宇奇只有一个，有一个就不错了。你也别把自己的理想主义放在别人身上，有你这么一个理想主义者也很不错了。”[1]对于这些问题，开小画廊出售商业画的罗潜给出的答复，则是一条非常简单的常识：“远离市场可以，前提是不缺钱用。为了生存，或生活得好一些，最终还得服从市场。”[2]余长水的结局挺完美：“十几年过去，余长水在南方事业与生活上全都顺风顺水。但他直把楚云天那天与他分手时所说的话，当作自

[1] 冯骥才：《艺术家们》，第306—307页。

[2] 同上，第309页。

己的座右铭，严格把商品画与个人探索的画清晰地分开。清浊二溪，决不混流。”[1]艺术与市场，左右逢源，这是不是太轻描淡写了？这与小说渲染了那么多市场的力量和资本的作用岂不是自相矛盾？

楚云天呢，他坚持自我，只有选择孤独：“楚云天已经热闹了很多年。早期巨大的成就使他有资本我行我素，但现在他明显有了一点孤独感。孤独感是无形的，是一种身在其中，四周什么也抓不住的感觉……谁会成为你的知音？只有孤独为伴了！”小说里说：“如果你选择了孤独，就必须坦然面对它。习惯孤独，这不容易。”[2]这里面有两个问题还是原封不动地存在着，一是“孤独”而求“知音”，可见虽然是他的自我选择，但毕竟还是心有不甘；二是“有资本”才能“我行我素”，恐怕这才是根本，作者无可奈何又那么爱护他的人物，才让楚云天有如此幸运的生活。然而，这些却不足以描述“艺术家们”普遍的生存状况，根本的问题无法解决，目前的选择只是自我防御和逃避现实的另外一种方式罢了。尽管，你可以在前面加上“坚守”两个字，让它变得十分悲壮。

那么，回到前面的问题：这个消费主义的时代和物质欲望的泛滥是不可抵抗的吗？如果艺术家们的躲避、逃避是掩耳盗铃的话，那么迎面走上去又将如何？在无可逃避的现实处境中，商业之罪恶及它与纯粹的艺术互不相容，是不是被文人们固有的清高刻意夸大了呢？这一连串的问题不是义愤填膺的批判所能解决

[1] 冯骥才：《艺术家们》，第 354 页。

[2] 同上，第 307 页。

的。就现代艺术史而言，当社会转型进入工业化之后，文学、艺术与商业便构成共生关系，很难完全彼此排斥；进入资本社会之后，文学和艺术成为社会消费和生产中的一环，常常也是在资本控制下的“生产”。尽管现代艺术发轫之时，都是以与大众趣味相隔而标榜和立足的，然而，在它的发展过程中，却逐渐与大众形成互动，从而也逐步进军市场。彼得·盖伊在《现代主义：从波德莱尔到贝克特之后》一书中特别指出：“这里我想声明一点，现在那个难听的流行词汇‘商品化’完全不能表达这种画商和买主之间交易的复杂性。这个词严重忽视了后者完全不带任何商业色彩的审美热情。况且，至少从某种程度上说，艺术在两千年来一直都是商品。”他还认为这些中间商还承担着“教育者角色”，在交易行为中，“无意中提高了买方大众的审美修养”，使现代艺术能够传播开来。[1] 另外的艺术史家也表达过类似的看法，认为进入现代社会以来，我们无法完全找到可以排除“资本”或“财富交换”的艺术。不仅如此，“在人类史上，也从来没有一个时代像今天这样，经济的力量在塑造文明时发挥了如此大的威力，其能力要远胜过先前宗教和政府在文明形成中的作用”[2]。具体谈到“艺术商品化”（“作为商品的艺术”）时，布雷特尔认为：“首先，很清楚，艺术现在和曾经都是以非常相似的方式来和其他奢侈品一样进行交易的……其实，前卫艺术在它那整个时代里位居最奢华商品的行列，而且成为艺术家、商人、批评家、收藏家及

[1] 参阅［美］彼得·盖伊：《现代主义：从波德莱尔到贝克特之后》，骆守怡、杜冬译，译林出版社，2017，第 47 页。

[2] ［美］理查德·布雷特尔：《现代艺术 1851—1929》，诸葛沂译，上海人民出版社，2013，第 69 页。

其拥趸的俱乐部中的珍品，是他们将其推上了一个相当高的文化高地。”“艺术要取得商业上的成功，就必须在不失却本身价值的情况下有规律地转变自身，这样一来，现代艺术就和其他奢侈品的历史存在密切地关联起来了。”他注意到“艺术不失却本身价值”的情况，也指出：“商业模式并未决定艺术史”，这是因为“其一，艺术的固有的关键性（或独特性）产生于现代社会之中；其二，艺术理论的中心思想是，艺术作品可以超越时间，能够在时间的流逝中呈现不断增长的关键意义和财富价值。艺术，不存在明确的报废机制”。[1]也就是说，尽管艺术与商业存在无比复杂的关系，可是，这并不意味艺术家只是一个棋子，没有自己的选择和独立性；也并不意味艺术就是沉默的羔羊，只有待宰的命运。

就这一点而言，《艺术家们》对艺术的商品化之道德义愤是十分饱满的，然而，它对这几者相互牵扯的关系之处理就稍显简单化。还有一个问题：作为当代人，回避不了商业、市场、消费、物质，退缩或者“清高”难说是良策，小说虽然不是提供药方的药典，但小说在这方面的书写不应只有一途，还应有更大的腾挪空间。

五、致敬：一种古典情怀

《艺术家们》事关文学艺术，少不得大谈那些文学艺术家和他们的作品：列维坦、契诃夫的《草原》、凡·高、老柴（柴可

[1] ［美］理查德·布雷特尔：《现代艺术 1851—1929》，第 70—71 页。

夫斯基）的“第一”、肖邦的《波兰舞曲》、莫奈、莫迪利安尼、蒙克的《呐喊》和《病室里的死亡》、奥斯汀的《傲慢与偏见》、罗曼·罗兰的《约翰·克利斯朵夫》、屠格涅夫的《猎人笔记》、丹纳的《艺术哲学》……楚云天和易了然初见时，前者评价后者的画“有宋画的功底”，易了然回答是：“你真厉害，看到我的底牌，可是你宋画的功底更深呢！”[1]《艺术家们》也是有“功底”和“底牌”的，它的底牌可以从上面那些名字和作品中去找。这部小说有一个隐形结构，它的底子就是那些人建立和培养起来的艺术趣味，我甚至认为冯骥才在通过这样的写作向他们致敬。

笼统地讲，我把这种趣味称为古典情怀，这里的“古典”既不是指古希腊、古罗马，也不是指古典主义时期的具体作品，它是一种美学原则和趣味。称“古典”，是为了与时下的流行趣味相区别，也与最激进的当代艺术和审美拉开距离。波兰学者塔塔尔凯维奇曾分析“古典的”有六种含义，其中一种是：“古代人的艺术和文学，至少是在伟大的雅典时期，具有若干规格上的特征，即如，和谐、各部分间的平衡、沉静、单纯。用温克尔曼的话来说，便是‘高贵的单纯和静穆的宏伟’（edle Einfalt und stille Grösse）。这些要素，同样标明了自古人处接受启发之后代的人产生出来的文艺所具有的特征。在 19 和 20 世纪，凡是拥有这些特征的作家和艺术家们，即使他们不属于古代，或经历它的途径，也还是照旧称作‘古典主义的’。”[2]《艺术家们》不乏这种“古典”的特质，它们构成了这部小说特有的语言、情调、审美和价

[1] 冯骥才：《艺术家们》，第 154 页。

[2] ［波兰］瓦迪斯瓦夫·塔塔尔凯维奇：《西方六大美学观念史》，刘文潭译，上海译文出版社，2013，第 206 页。

值判断。

这是照亮生活的美，不保守的老派，有些浪漫的古典。“三剑客”友情美，昔日的记忆美，青春时光美，山河的壮美，艺术的醇美……美不胜收。楚云天与田雨霏充满诗情的爱暂且不说，仅就楚云天与白夜的情感纠缠，就仿佛是他一步步走入白夜的“陷阱”，而在这之前，有人已经提醒过楚云天，这个女孩“厉害”，他已不是稚气的少年，却还是奋不顾身投入其中。很显然，白夜不论是伪装也好，诱引也罢，在他面前呈现出来的都是美的、值得回味、难以忘记的一面。作者写他们的交往，也绝不是赤裸裸的利益交换，相反，小说里写得很美。小说里还有很多细节和情景充满了对美的渲染和赞叹，好比雨霏对于楚云天的小屋的感受：“这里，没有一件庸人的俗物，没有造作与标榜，没有实用主义的粗鄙。整洁、清贫、文雅、精心，连柜子上的一组生活物品，也像画家的写生对象那样适度又和谐地摆在一起。”楚云天还写过这样一句话：“艺术家工作的本质，是在任何地方都让美成为胜利者。”[1]单纯，高贵，宏伟，整部小说是由这些古典元素奠基的。作者以浓情的文字，向伟大心灵和古典作品致敬，向高贵的艺术致敬，向美好的人性致敬……在暧昧不清的文学表达占据主流的文学氛围中，这部作品拥有少见的清新和纯净。它们渗透在文字中，使作品有一种少见的古典美。

与美相联系的是精神至上，是浪漫情怀，是对生命和艺术永恒价值的坚信。楚云天说过：“艺术可以把瞬间变作永恒。”[2]

[1] 冯骥才：《艺术家们》，第 75 页。

[2] 同上，第 8 页。

在现代社会中，一切转瞬即逝，一切坚固的东西都烟消云散，上帝死了，现代人满怀不信任和怀疑，而冯骥才和《艺术家们》却如此相信永恒，进而看重生命的追求，艺术的价值，挣脱世俗的勇气和自由自在的探索。这一价值观，相对于怀疑主义为主导的现代价值观是那么古典，有这种古典的筋骨在后面，整部小说呈现出一种激越的调子和价值自信。小说分三部，各部的调性不一样：前卷是压抑下的激情洋溢，中卷是自由中的忧伤往复，下卷是迷惘中的精神重生。《艺术家们》是主体性高高飘扬、充满精神性的作品，在当代小说中，作者如此自信地把控人物和推进叙述的作品并不多见。当然，你也可以说，这是一把双刃剑，从另外一方面，它的语言和叙述方式未免“老旧”，但是艺术难道是线性的进化过程？“先锋”的迷魅应该退烧，作家和艺术家倘若像恶犬一样对时尚穷追不舍，而不是忠于适合自己源于个人生命和内心的艺术形式的话，也很容易堕入《艺术家们》中所批评的那些沦落于各种伪艺术的人的结局。

《艺术家们》有一句提到《约翰·克利斯朵夫》：“楚云天想起罗曼·罗兰在《约翰·克利斯朵夫》里的一句话：‘这不是自私的情欲，而是肉体也要参与一份的珍贵的友谊。’”[1] 这也让我想起冯骥才在回忆录中说过的一句话：“7 月底还在劝业场二楼的旧书店买到一部心仪已久的罗曼·罗兰的《约翰·克利斯朵夫》，天天捧在手里。”[2] 这是一部在 1940 年代让一代中国青年心醉神迷的作品，后来，卡夫卡、福克纳、马尔克斯等大为流行的

---

[1] 冯骥才：《艺术家们》，第 71 页。

[2] 冯骥才：《无路可逃》，第 1 页。

时候，罗曼·罗兰已经成为“过时”的象征，没有人再愿意把他当作自己的文学师承。冯骥才在这里提到它，纯属巧合吗?《约翰·克利斯朵夫》写的是音乐和音乐家，而《艺术家们》写的是绘画和画家，都是与艺术家相关的题材。他们那种古典的表述语言，浪漫的情怀和人物性格，作品的分段方式，乃至叙述中插入的大段思考，两者有太多相像的地方，我不能说是冯骥才刻意模仿，但是，我还是禁不住猜测这是青年时代的阅读在他写作中的自觉“还魂”。

《艺术家们》与《约翰·克利斯朵夫》还有一点共同之处，那就是作者喜欢思考，喜欢思考人生。当代小说已经不会这么直接地在作品中表达自己的情感和思考了，而《艺术家们》对此表达得毫无顾忌。对于人生，很多作家把它置换成人性，情感、个性、欲望，而人生显然与此不同，人生是抽象的、整体的思考，也是关于个人的具体的、感性的表达，这样的作品有一种灵魂的净化和提升的功能。像《约翰·克利斯朵夫》中那段著名的话：“他看到人生是一场无休、无歇、无情的战斗，凡是要做个够得上称为人的人，都得时时刻刻向无形的敌人作战：本能中那些致人死命的力量，乱人心意的欲望，暧昧的念头，使你堕落使你自己毁灭的念头，都是这一类的顽敌。”“人不是为了快乐而生的，是为了服从我的意志的。痛苦吧！死吧！可是别忘了你的使命是做个人。——你就得做个人。”[1]不必过多的引用，这样的思考，这样的调子，乃至这样的句子，在《艺术家们》中不要太多啊。

[1] ［法］罗曼·罗兰：《约翰·克利斯朵夫》（第一册），傅雷译，人民文学出版社，1980，第231页。

由此，我有理由相信，创作《艺术家们》，也是一次不由自主的致敬，冯骥才向那些在他的生命中产生过影响的前辈和作品致敬。博尔赫斯说过：“让别人去夸耀写出的书好了，我则要为我读过的书而自诩。”[1]不朽的作家不会夸耀自己是天外飞来的陨石，而是作为一滴水，以作品默默融进人类文明的长河中。

2021年3月14—16日凌晨两点，17日改

[1] ［阿根廷］豪·路·博尔赫斯：《序言》，载《私人藏书：序言集》，盛力、崔鸿如译，上海译文出版社，2015，第1页。

异事妙闻信口扯
——地域文化书写中的《俗世奇人》

一、“叫我美美地陷入其中”

地域文化书写在中国当代文学中的觉醒或复兴，大概始于1985年的“寻根文学”。在这之前，自然不乏以此为内容的作品，远可以追鲁迅、沈从文，近可以举汪曾祺的“大淖”故乡，贾平凹的“商州”系列、李杭育的“葛川江”系列、乌热尔图写鄂温克族文化的小说为例。然而，文学要“深植于民族传统文化”的“土壤”，否则“根不深，则叶难茂”，[1]“民族传统文化”获得如此尊崇，在此之前似乎还没有过。“寻根”的理论和宣言就像一剂酵母，一时间发酵出众多文学作品，书写地域文化的作品尤为引人瞩目，诸如阿城的《棋王》、郑义的《老井》、郑万隆的《老棒子酒馆》、王安忆的《小鲍庄》、莫言的“红高粱”系列、李锐的“厚土”系列、张炜从《古船》到《九月寓言》、韩少功从《爸爸爸》到《马桥词典》……中国文学本来就有强大的乡土书写传

[1] 参阅韩少功：《文学的“根”》，《作家》1985年第4期。

统，在韩少功等人眼里“乡土是城市的过去，是民族历史的博物馆”，他甚至有些一厢情愿地认为城市太单调：“上海除了一角城隍庙，北京除了一片宫墙，那些林立的高楼，宽阔的沥青路，五彩的霓虹灯，南北一样，多少有点缺乏个性；而且历史短暂，太容易变换。于是，一些长于表现城市生活的作家，如王安忆、陈建功等，想写出更多的中国‘味’，便常常让笔触深入胡同、里弄、四合院，深入所谓‘城市里的乡村’。”[1]“市井”小说不甘落后，很多作家早就大显身手。如“京味小说”，有邓友梅、陈建功、刘心武等作家；写苏州的有陆文夫；“津门小说”有冯骥才、林希等。到后来，写武汉的，有池莉和方方……他们的写作可以泛泛称为地域文化书写（当然，有的作品未必只写“地域文化”）。必须看到还有两位不在现场的外国作家曾大大刺激了中国当代文学的地域文化书写，他们是福克纳和马尔克斯。福克纳讲述的约克纳帕塔法的故事，以及他说的像邮票那样大小的故乡即使写一辈子也写不完，大大地鼓励了中国作家去寻找像邮票那样大小的故乡。马尔克斯把封闭的区域、各种传说与习俗都变成了“世界文学”的题材，这像火炬一样照亮了中国作家的头脑和自身经验……

冯骥才的创作也在这样的文化潮流中发生了根本性转变，他从一个具有古典倾向的现实主义作家，转变为文化思辨型的现代主义作家。这一转变较为鲜明地体现在他的地域文化书写上。冯骥才的笔一直没有离开天津，不过，不同时期，天津文化在他作

[1] 韩少功：《文学的“根”》。

品中的地位是不一样的。[1]初期的《义和拳》《神灯》等作品，写城市的地域特点、风物、生活，调动了冯骥才很多直感的经验和积累，然而，“地域文化”往往只是人物活动的背景。而1985年前后创作的“怪世奇谈”系列（包含《神鞭》《三寸金莲》《阴阳八卦》）则大不相同，地域文化不再是点缀、陪衬、背景，而由作者以新的文化观念重新编码，成为文化反思的主体。与寻根文学的很多价值取向正好相反，冯骥才写它们不是寻找力量的源泉，而是为了反思中国文化中存在的某些问题。“怪世奇谈”系列创作，让冯骥才对小说语言、文体等诸多问题有了深入的思考，继之而来的《俗世奇人》更上一层楼，记忆城市的繁华岁月，着力发掘地域性格，是冯骥才地域文化书写的成熟之作。

《俗世奇人》与之前的“怪世奇谈”系列有着亲缘关系。最初，《俗世奇人》是《怪世奇谈》的余料与延续。作者曾明确说过：“……尔后遂多用于《神鞭》《三寸金莲》等书，仍有一些故事人物，闲置一旁，未被采纳。”[2]作者不舍“闲置”材料，很多碎屑铺陈点染又成一篇。在《俗世奇人》收录的诸多故事中，不难找到与《怪世奇谈》千丝万缕的联系：《神鞭》第三回“死崔”的故事在“俗世奇人”系列的《焦七》中又有续写；《阴阳八卦》第二回中的“神医王十二”，在《俗世奇人》中单独成篇为《神医王十二》；《阴阳八卦》第四回“一道千金尹瘦石”与《俗世奇人》

[1] 冯骥才说：“我写天津卫，写天津地域素材的小说，实际上可以分成三个时期：《义和拳》《神灯》，‘怪世奇谈’，还有《俗世奇人》。”见冯骥才、孙玉芳：《关于〈俗世奇人〉的对话》，《大树》2016年春季号。冯骥才显然没有止步于此，在这之后，他的两部长篇小说《单筒望远镜》《艺术家们》，对天津地域文化的认识和视野都比以前更开阔。

[2] 冯骥才：《序》，载《俗世奇人》（修订版），作家出版社，2008，第1页。

里《黄金指》一篇中的钱二爷的故事相关联；《阴阳八卦》第六、七回中的蓝眼儿，在《蓝眼》一篇中又复活，不过，前者是算卦看相瞧风水，后者是看假画；《抱小姐》一篇中不仅提到“北城里佟家大少奶奶戈香莲那双称王的小脚”[1]，而且其本身就是《三寸金莲》故事的补篇。《三寸金莲》第七回中提到的“天津卫四绝”：恶人恶事、阔人阔事、奇人奇事、三寸金莲——“俗世奇人”中写的不就是这样的内容吗？

就是作者本人，恐怕也没有料到《俗世奇人》的创作会持续如此之久吧？从1993年开始，历经三十年，写就地煞之数。[2]这是冯骥才难以释怀的写作，2000年初，第一次以“俗世奇人”之名结集出版的时候，冯骥才曾宣布：“写完了这一组小说，便对此类文本的小说拱手告别。”[3]2015年，该书第二集结集时，他已经修正为：“若君问我还会接着写下去吗？这由不得我，就看心里边那些没有写出的人物了，倘若哪天再有一群折腾起来，叫我不宁，自会捉笔再写。”[4]仅仅四年后，作者就感觉“奇人辈

[1] 冯骥才：《抱小姐》，载《俗世奇人》（肆），作家出版社，2023，第16页。

[2] 《俗世奇人》系列小说已出版四集，每集十八篇，共计七十二篇。其写作和出版时间具体如下：壹集，写于1993—2000年，以《市井人物》为题初刊于《收获》《故事会》《今晚报》等，后由作家出版社于2000年结集出版；贰集，写于2013—2015年，初刊于《收获》2015年第4期，题为《俗世奇人新篇》，后由作家出版社于2015年出版；叁集，写于2019年，初刊于《收获》2020年第1期，题为《俗世奇人之三》，后由作家出版社于2020年出版；肆集，写于2022年，初刊于《北京文学》2023年第1期，题为《俗世奇人新篇》，后由作家出版社于2023年出版。

[3] 冯骥才：《题外话》，载《俗世奇人》（修订版），第139页。

[4] 冯骥才：《又冒出一群人（序）》，载《俗世奇人》（贰），作家出版社，2015，第3页。

出”，还颇为无赖地说“最靠不住的是写作人的计划”[1]，很快，第三集问世。2023 年甫始，《俗世奇人》第四集横空出世，作者不再遮掩，而是骄傲地说“写作成瘾”[2]。

最初仿佛是无心插柳，此时作者已经对它另眼相看，如此欲罢不能，那时因为故土情深，他说：“只要动笔一写《俗世奇人》，就会立即掉进清末民初的老天津。吃喝穿戴，言谈话语，举手投足，都是那时天津卫很各色的一套，而且所有这一切全都活龙鲜健、挤眉弄眼，叫我美美地陷入其中。”[3]地域气质、乡土精神和独特的审美，“我是从文化视角来写这一组人物的”[4]。也就是说，世风俚俗，街头巷尾，人来人往，你争我斗，你方唱罢我登场……各显其能的各色人物都是“表”，《俗世奇人》的“里”是天津独特的地域文化，是它牵系着冯骥才“写作成瘾”。八十个春秋，“我从来没有离开过自己的家乡”冯骥才说，“我的故乡给了我一切。”[5]他始终是在故土的文化怀抱中写作[6]，“一处街角，一个桥头，一株弯曲的老树，都会唤醒我的记忆”[7]。那些文字都

---

[1] 冯骥才：《奇人辈出（书前短语）》，载《俗世奇人》（叁），作家出版社，2020，第 1 页。

[2] 冯骥才：《写作成瘾（短序）》，载《俗世奇人》（肆），作家出版社，2023，第 1 页。

[3] 同上。

[4] 冯骥才：《又冒出一群人（序）》，载《俗世奇人》（贰），第 3 页。

[5] 冯骥才：《灵魂的巢》，载《冯骥才的天津》，生活 · 读书 · 新知三联书店，2014，第 1—2 页。

[6] 从最初写作《义和拳》（与李定兴合著，1977 年），到晚近的长篇小说《艺术家们》《我是杰森》《俗世奇人》（肆），四十多年来，冯骥才持续不断地进行着“天津书写”，迄今他直接书写天津的就有四部长篇、一百部中短篇。此外，尚有他主编的《小洋楼风情》《天津老房子》等画册，以及《天津皇会文化遗产档案丛书》等多种文献资料。

[7] 冯骥才：《灵魂的巢》，载《冯骥才的天津》，第 3 页。

是他唱给天津的情歌，它们叠放在一起，构成了天津记忆的纸上博物馆，也造就了作家、文化人冯骥才。

《俗世奇人》是冯骥才地域文化书写的代表性作品，是作者的文化自觉和写作自觉长期磨合的产物："……我不缺乏写本土小说的作家必备的功力，我是大半个'地方通'。我对天津历史、地理、风土、习俗、掌故、市井百态、民间传说乃至茶余饭后、鸡零狗碎，早已耳濡目染，储备充足……"这是一个作家的"暗功夫"，还有勤功夫："小说又绝不是文献加上想象，还要进入那些历史的时空隧道里转转，找小脚老太太们闲扯闲话，寻找各种金莲的实物遗存。"[1]这种自觉的文化考察行为，练就了小说家冯骥才超出同侪的内力。自青年时代，他就以对天津地域文化敏锐的感觉、不凡的眼光而积极从事城市文化考察，一卷手稿《天津砖刻艺术》就是最好的证明。多年后，他总结当年的行动时说："我不想只去靠现成的书本材料，我要亲自调查。""这种深深地由衷的挚爱是我后来投身乡土文化保护的真正根由，也是我能够写出许多乡土小说根之于心的缘起。"[2]在城市的"田野考察"中，冯骥才积累了大量的感性记忆，捕获很多具体的、鲜活的小说素材。即如《天津砖刻艺术》中对于"砖刻刘"一家人生历程、砖刻生涯的记述，那岂不就是《俗世奇人》中现成的一章吗？

更为难得的是，冯骥才有作家的感性和激情，又不乏学者的学识和思考，他不是就天津写天津，孤立地看天津文化，正相

[1] 冯骥才：《激流中》，第140页。

[2] 冯骥才：《序：五十五年前一次文化抢救》，载《天津砖刻艺术》，上海书店出版社，2019，第III、VI页。他后来还写过《天津年画史述略》，收录于《冯骥才文化遗产保护文库·行动卷I》，学苑出版社，2022。

反，冯骥才对地域文化、性格和特质早就有兴趣，常常不由自主地横向对比。他在 1980 年代创作过两本游记《雾里看伦敦》《美国是个裸体》，后来，他不断拓展这方面的创作，对异国他乡的文化观察，也是不断地定位天津文化的过程。在《俗世奇人》中，他也常常比较京津沪三地文化的异同[1]，看异乡文化，出发点是故乡，从周边看故国，对于它的文化特质会有更清楚的认识。

20 世纪末，也就是《俗世奇人》第一集即将结集出版之时，冯骥才自发的文化考察又变成带有使命感的文化抢救。他联合众多同道进行的天津老城文化保护行动，在这之后，又扩大到对整个中国民间文化遗产的抢救。在行动中思考，在思考中行动，这不仅是道义上的承担，也使冯骥才加深了对天津地域文化的认识，尤其是对民间文化的看法。有一句不经意的表述，让我看到了他挽救老城的文化行动和《俗世奇人》写作的某种同构性："我不知自己还有什么办法，但我却有种力竭之感。一个月来，我是在写作一部小说《俗世奇人》的同时，进行此事。两事叠加，心力交瘁，困乏至极。"[2]这难道是偶然吗？我不是这么理解。我更愿意理解为：天津老城不在了，冯骥才着力在纸上用文字留住这座六百年的城市，尤其想让人们看到车喧马闹人欢的天津繁华时

---

[1] 例如："天津人讲吃讲玩不讲穿，把讲穿的事儿留给上海人。上海人重外表，天津人重实惠；人活世上，吃饱第一。天津人说，衣服穿给人看，肉吃在自己肚里；上海人说，穿绫罗绸缎是自己美，吃山珍海味一样是向人显摆。天津人反问：那么狗不理包子呢？吃给谁看？谁吃谁美。"见《狗不理》，载《俗世奇人》（贰），第 98 页。"天津人和北京人不同……北京是官场，人们心里边全是大大小小的官儿，喜欢官场的是是非非……天津是市井，百姓心里边就是生活——吃喝玩乐……"见《四十八样》，载《俗世奇人》（贰），第 50 页。

[2] 冯骥才：《老街抢救纪实（代序）》，载《冯骥才文化遗产保护文库 · 行动卷 I》，第 215 页。

光，这就是《俗世奇人》。用冯骥才的话讲，这是为了留住城市记忆。

谈到城市记忆，冯骥才强调它跟单纯的个人情感不同："这里说的记忆不是个人化的，不是为了满足个人某种怀旧情绪的。它是一个城市的记忆，群体的记忆。那就要从城市史和人类学角度来审视城市，从城市的历史命运与人文传衍的层面上进行筛选……"[1]具体到《俗世奇人》的写作上，这与冯骥才那些写天津的带有抒情性质的散文不同，它超越了个体情感，个人情感退隐，鲜活的天津生活扑面而来，形形色色的奇人纷纷登场，一个城市带有年代感的意象汩汩而出……

二、"地域性格乃最深刻的地域文化"

李庆西曾认为，寻根小说标志着"小说创作开始从诉诸知识分子的个体意识转向表现民族的集体意识和集体无意识"，也就是审美对象的群体化。[2]人物性格的虚化本是现代小说的特征之一，《俗世奇人》从单篇论，每个人物都个性鲜明，然而，作者重点不在个体，而在发掘天津文化的集体性格。《俗世奇人》中充满了"天津""天津卫""天津人""天津卫的人"为主语的判断句，为城市写魂才是作者的着力点。

《俗世奇人》由精短篇章组成，很多问题容不得作者长篇大论，冯骥才首先采取了一个方便的办法：将天津的一些鲜明的地

---

[1] 冯骥才：《城市为什么要有记忆》，载《冯骥才文化遗产保护文库·思想卷II》，第56页。

[2] 李庆西：《论〈爸爸爸〉》，《读书》1986年第3期。

域和文化特征标签化。这些标签不是天上掉下来的，而是来自他的认识、判断和发现。标签化能够让一个哪怕对天津了解不多的人迅速有了直观的印象，还特别有利于传播和辨识。如谈天津“码头”四通八达、八方汇聚：“天津是北方头号的水陆码头，什么好吃的都打这儿过，什么好玩的都扎到这儿来。”[1]写码头人之灵活：“可天津是个码头，在码头上做买卖的人全都脑子活，随机应变，不和人较真，而且嘴巴会说。”[2]同在天津，不同地界也有差异：“老城区和租界之间那块地，是天津卫最野的地界。人头极杂，邪事横生。”[3]天津是一个商业城市，商业性带来的是世俗的欲望和追求，是对生活文化的追求：“天津卫是个凡夫俗子的花花世界……”[4]“天津卫是做买卖的地界儿，谁有钱谁横，官儿也怵三分。可是手艺人除外。”[5]“天津是市井，百姓心里边就是生活——吃喝玩乐，好吃好喝好玩和有乐子的事都喜欢，还爱看绝活儿……”[6]在《俗世奇人》的不同篇章里，冯骥才给天津人打上了很多个性化的标签：

天津卫的人好戏谑，故而人多有外号。(《死鸟》)

天津人好戏谑，从来和对手不真玩命，只当作玩，斗斗嘴，较较劲，完事一乐。(《蹬车》)

[1] 冯骥才：《孟大鼻子》，载《俗世奇人》(叁)，第140页。

[2] 冯骥才：《四十八样》，载《俗世奇人》(贰)，第56页。

[3] 冯骥才：《绝盗》，载《俗世奇人》(修订版)，第108页。

[4] 冯骥才：《青云楼主》，载《俗世奇人》(修订版)，第87页。

[5] 冯骥才：《泥人张》，载《俗世奇人》(修订版)，第103页。

[6] 冯骥才：《四十八样》，载《俗世奇人》(贰)，第50页。

> 天津人就好过嘴瘾，往里是吃，往外是说；说美了和吃美了一样痛快。(《燕子李三》)
>
> 天津卫的大爷向例不会栽在嘴上。嘴上栽了，面子就栽了。(《蹬车》)
>
> 天津人灵，把药材弄到糖里，好吃又治病，这糖叫作药糖……更明白天津人说话的妙处——既厉害又幽默，既幽默又厉害。(《四十八样》)

这些标签，散落在各篇中，是碎片，集中在一起，就构成了一个相对完整的天津文化形态，尤其是在这些标签背后凸显的鲜明的地域性格。“地域性格”集中了一个地方最鲜明的文化特征，它并非一种简单的概括，或者先验的存在，而是作者从对天津文化的记忆、感受、认识、判断中发掘出来的，《俗世奇人》的写作是冯骥才对天津地域性格建构的过程。他曾表示：“地域性格乃最深刻的地域文化，我对将它挖掘和呈现出来十分着迷。”[1]

在这一点上，小说家与历史学家、社会学家有所不同，小说不但关注社会风情、历史信息，更关注人性、人情，当历史学家关心人的一般状况时，小说家则特别喜欢写超出一般认识的人和事，甚至更夸张和极端的事情。比如《俗世奇人》中多次写到这块多盐的咸湿之地养成的天津人的“狠劲儿”。“奇人”有绝活儿，绝活儿是练出来的，然而绝活儿能扬名“俗世”，大多是靠斗出来的。小说里写小混混儿之狠，连官府拿他们都没有办法。像“小尊王五”就“死活不怕，心狠没底”，对班头和知县

---

[1] 冯骥才：《奇人辈出（书前短语）》，载《俗世奇人》（叁），第1页。

大人也丝毫不惧。狠的极致是对自己，连自己都下得去手，这个狠足以让别人心惊肉跳："王五扬起菜刀，刀刃不是对着滕大班头，而是对着自己，嘛话没说，咔嚓一声，对着自己脑门砍一条大口子，鲜血冒出来。"[1]有狠有谋，他把滕大班头逼到了死角。到了县衙的大堂上，王五不惧板子，主动邀打："王五没等衙役过来，自己已经走到掌手架前，把大拇指往窟窿眼里一插，肩膀一抬，手心一挺，这就开打，'啪啪啪啪啪啪啪啪'，随着枣木板轮番落下，掌心一下一下高起来，跟着便是血肉横飞。王五看着自己打烂的手掌，没事儿，还乐，好像饭馆吃饭时端上来一碟鲜亮的爆三样。挨过了打，谢过了县大人，拨头便走，把滕大班头晾在大厅。"[2]血肉横飞还能乐，谁能拿他如何？

在另外一篇小说中，作者解释："这是混混们的比狠和比恶。这狠和恶不是对别人，是对自己。而且——我怎么做，你也得怎么做。我对自己多狠，你也得对自己多狠。你敢比我还狠吗？"[3]《俗世奇人》中把天津人在不同情境中的狠劲表现得十分透彻，不仅街头混混儿，连文人也狠之入骨。《黄金指》中三个画画儿的在白将军和众人面前比绝技，背后又大使阴招，这是明争暗狠。在《刘道元活出殡》中谈到"文混混儿"："混混儿是天津卫土产的痞子。历来分文武两种。武混混儿讲打讲闹，动辄断臂开瓢，血战一场；文混混却只凭手中一支笔，专替吃官司的买卖家代理讼事。别看笔毛是软的，可文混混儿的毛笔里藏着一把

[1] 冯骥才：《小尊王五》，载《俗世奇人》（肆），第 53—54 页。

[2] 同上，第 56 页。

[3] 冯骥才：《谢二虎》，载《俗世奇人》（肆），第 63 页。

尖刀；白纸黑字，照样要人命。”[1]

这种性格和风气，体现了天津地域文化的独特性，它由来已久，天津的旧籍中也曾提到“天津民风好斗，趋向不端”[2]，“混星子”“甲于各省”：“天津土棍之多，甲于各省。有等市井无赖游民，同居伙食，称为锅伙。自谓混混儿，又名混星子。皆愍不畏死之徒，把持行市，扰害商民，结党成群，借端肇衅。（按：津地斗殴，谓之打群架。）每呼朋引类，集指臂之助，人亦乐与效劳，谓之充光棍。甚至执持刀械火器，恣意逞凶，为害闾阎，莫此为甚。如被拿到案，极能耐刑，数百笞楚，气不少吁，口不求饶，面不更色。不如是，则谓之摘（栽）跟头，其凶悍如此。”[3]这与《俗世奇人》中所写的一般无二。总体上，过去的作者认为“混星子”扰乱社会，需要教化和管理。但也有对这种侠、勇报以微微赞赏的，并分析了这种性格的出因：“混混，一称混星子，天津之特产也。渊源燕赵多悲歌之士，故逞其轨外游侠伎俩。一言不合，以刀枪相见，刹那间，生死立判，战时视死如归，被逮后甘刑如饴，诚异秉也。”而后还写到一个十二岁的小混星子严刑不屈，被释后，“歌唱而行，大有睥睨世界之概”。[4]《俗世奇人》中，冯骥才写他们的狠、恶、无赖，也写了蛮、勇、拧劲儿，作者没有轻易做出价值判断，而是作为地域性格和文化现象来看待，把它们原真地保留在小说里。然而，又不能说作者完全

---

[1] 冯骥才：《刘道元活出殡》，载《俗世奇人》（修订版），第 128 页。

[2] 张焘：《津门杂记》，载《津门杂记 · 天津事迹纪实闻见录》，天津古籍出版社，1986，第 41 页。

[3] 同上，第 87 页。

[4] 戴愚庵：《沽水旧闻》，天津古籍出版社，1986，第 158 页。

没有立场，“侠以武犯禁”，这是官方立场；如果从民间来看，有些“犯禁”之事可能是快意恩仇，甚至是伸张正义。

“我在天津生活了一辈子，深谙天津人骨子里那股子劲，那种逞强好胜，热心肠子，要面子，还有嘎劲。”[1]这种劲儿，使在正面，是痴，是执着，是坚韧不屈；使在背面，是狠，是邪性，是两败俱伤。《俗世奇人》里面，两方面都写到了，甚至一个人的身上这两方面都有，从这个角度而言，天津的地域文化性格又是不可贴标签的，是一言难以道尽的，这才有冯骥才的感慨：“一本又一本，一群又一群；民间奇人涌，我笔何以禁？”[2]

三、“凡夫俗子的花花世界”

《俗世奇人》的命名耐人寻味：它的前世是“怪世奇谈”，两个关键词的指向有很大的不同，“怪世”，意在强调不正常的特殊年代；“奇谈”与“奇人”相较，重点在“谈”——就《三寸金莲》而言，这恰如其分。《俗世奇人》以人物为核心构建故事，以故事呈现人物的个性和地域性格。此二者的差别很明显。《俗世奇人》最初又曾以“市井人物”为名，“市井”与“俗世”也不一样：“市井”在《汉语大词典》中有这样几个义项：古代城邑中买卖货物的场所；街头，街市；城邑、城市、集镇；指商贾；指城市中流俗之人；指行为无赖、狡猾……前四项在感情色彩上算是中性，与小说的内容和天津文化的特点倒是契合。然而，后面的

[1] 冯骥才：《自画小说插图记》，载《俗世奇人全本》，人民文学出版社，2020，第 333 页。

[2] 冯骥才：《篇首歌》，载《俗世奇人》（叁），第 3 页。

两个义项却略有不同，所谓“市井人物”，即便不是贬义，也是“小人物”“流俗人物”之类的同义词。词典中与它组合的词汇，多含鄙意，如市井人、市井小人、市井之臣、市井气、市井徒、市井无赖……[1]“俗世奇人”则大为不同，“奇人”要么身怀绝技，要么是有不同流俗的秉性，这是称赏；“俗世”，亦非“市井”，它是对具体生活的肯定。这样的命名，作者是用心良苦，也契合作品要呈现的内容。

“俗世”是冯骥才笔下人物活动的重要时空，这是一个三教九流各显其能的活跃的民间社会。“天津卫是个凡夫俗子的花花世界……”[2]《俗世奇人》是“凡夫俗子”和“花花世界”的本真呈现。冯骥才写津门，不写达官贵人、巨商富贾，而写俗世中人，这既展现了他对天津文化的内心定位，又彰显了世俗生活中的民间力量。如他写跑古玩店中了奸商套儿的索七：“索七这种人在天津卫挺多。祖上有钱，本人无能，吃喝之外，雅好古玩，天天在城中转悠。”[3]祖上有钱，本人无能，这样的人也能成为主角？当然，小说中也不乏身怀绝技之人，冯骥才多次表明他对这些人物的态度：“近百余年来，举凡中华大灾大难，无不首当其冲，因生出各种怪异人物，既在显耀上层，更在市井民间。”[4]他不认为他们是“蚁民”，而是把他们看作“一尊神”：“张王李赵六，众生非蚁民，定睛从中看，人人一尊神。”[5]

[1] 参阅《汉语大词典》，罗竹风主编，上海辞书出版社，2007，第1732页。

[2] 冯骥才：《青云楼主》，载《俗世奇人》（修订版），第87页。

[3] 冯骥才：《张果老》，载《俗世奇人》（贰），第90页。

[4] 冯骥才：《序》，载《俗世奇人全本》，第1页。

[5] 冯骥才：《篇首歌》，载《俗世奇人》（叁），第3页。

能人、奇人、绝活儿，在俗世、在民间、在底层；恶人、流氓、无赖、混星子、邪性的人，亦在俗世。俗世鱼龙混杂，藏污纳垢，保留着文化的原生态，也因此充满活力又不缺道义。《粒儿》一篇中也有感慨："真正的好人原来都在民间。"[1]"真人能人全在民间"也成为"俗世奇人"的总体概括。与之对立的是权力场域，它在小说中的表现恰恰相反，颟顸、霸道、愚蠢，是人们嘲讽的对象。在《燕子李三》中"人们笑道：官印？李三爷能拿却不拿，就是告诉你，那破东西只有你当宝贝，谁要那个！"[2]当官的"宝贝"在民间遭到嫌弃，这未必是现实，却是一种价值取向。当官的被"民间"轻贱，帝王也为"民间"所震惊。《龙袍郑》中写乾隆下江南乘船途经天津，"看到河上桅杆林立，岸边货堆成山，开了大眼，皇宫里头虽然金装银裹，却看不到这种冒着人间活气的景象"。活力，生机，饱满，生生不息，人间景象惊艳帝王。船上渔翁给他做的面鱼，"皇上吃上两口就大声说好"，"竟然大呼这才是山珍海味。御膳房的菜添油加酱，民间饭食原汁原味"。[3]

《俗世奇人》写天津有钱人多，民间逐奢，然而作者娓娓道来甚至令他眉飞色舞的却是民间的那种野气、"俗气"。吃喝玩乐，甚接地气。"天津人吃的玩的全不贵，吃得解馋玩得过瘾就行。天津人吃的三大样——十八街麻花耳朵眼炸糕狗不理包子，不就是一点面一点糖一点肉吗？玩的三大样——泥人张风筝魏杨柳青年画，不就一块泥一张纸一点颜色吗？非金非银非玉非翡翠

[1] 冯骥才：《粒儿》，载《俗世奇人》（叁），第 52 页。

[2] 冯骥才：《燕子李三》，载《俗世奇人》（贰），第 134 页。

[3] 冯骥才：《龙袍郑》，载《俗世奇人》（贰），第 114、116 页。

非象牙，可在这儿讲究的不是材料，是手艺，不论泥的面的纸的草的布的，到了身怀绝技的手艺人手里一摆弄，就像从天上掉下来的宝贝了。”重要的是“解馋”“过瘾”是欲望的满足，也是精神的汪洋恣肆。这些与那种文质彬彬、繁文缛节完全不在一个频道上。“不贵”并不等于不讲究，不等于没有技术含量，“俗世”有“奇”，那在“手艺”。民间特色，可能是表面轻贱，内里暗藏玄机，民间不低，它也高昂着伦理、尊严。小说里论“贱名”“贱物”也是辩证的：

> 运河边上卖包子的狗子，是当年跟随他爹打武清来到天津的。他的大名高贵友，只有他爹知道；别人知道的是他爹天天呼他叫他的小名：狗子。那时候穷人家的孩子不好活，都得起个贱名，狗子、狗剩、梆子、二傻、疙瘩等等，为了叫阎王爷听见不当个东西，看不上，想不到，领不走。在市面上谁拿这种狗子当人，有活儿叫他干就是了。他爹的大名也没人知道，只知道姓高，人称他老高；狗子人蔫不说话，可嘴上不说话的人，心里不见得没想法。[1]

那些有“身份”的人混迹民间，也并非高人一等，反倒为民间万物吸引融入其中。“丁大少拥着金山银山，偏拿着这街头小吃（糖堆）当命了”以致有人笑他“富人穷嘴”。[2] 他也并不在乎，依然故我。这些民间的口味、风习、价值是天津人内里的

---

[1] 冯骥才：《狗不理》，《俗世奇人》（贰），第 98—99 页。

[2] 冯骥才：《大关丁》，《俗世奇人》（叁），第 8 页。

魂，它也不断地塑造着这里的人。“大关丁”后来遭了变故，变成实实在在的穷人，他也不曾捶胸顿足，过去好吃的经验转化为现今谋生的本领，他穿街走巷卖起糖堆，彻底回归民间。作者赞曰：“天津再没人贬他，反而佩服这人。人要阔得起，也得穷得起。阔不糟钱，穷就挣钱。能阔也能穷，世间自称雄。”[1]民间是博大的海，浪花淘尽英雄，英雄也不问出处。

民间有自己独特的审美方式和趣味，它们构成了地域文化中最有性格的一部分。有劲、来劲儿比文弱、娇羞在民间世界中更容易得到赞赏和承认，天津人喝的酒都讲究“冲劲”：

> 这酒馆只卖一种酒，使山芋干造的，价钱贱，酒味大。首善街养的猫从来不丢，跑迷了路，也会循着酒味找回来。这酒不讲余味，只讲冲劲，进嘴赛镪水，非得赶紧咽，不然烧烂了舌头嘴巴牙花嗓子眼儿。可一落进肚里，跟手一股劲“腾”地蹿上来，直撞脑袋，晕晕乎乎，劲头很猛。好赛大年夜里放的那种炮仗“炮打灯”，点着炸，红灯蹿天。这酒就叫做“炮打灯”。好酒应是温厚绵长，绝不上头。但穷汉子们挣一天命，筋酸骨乏，心里憋闷，不就为了花钱不多，马上来劲，晕头涨脑地洒脱洒脱放纵放纵吗？[2]

那些民间智慧，粗中有细，绵里藏针，还极有分寸。《好嘴杨巴》中写李中堂听本地小曲莲花落子，“饶有兴趣，满心欢

[1] 冯骥才：《大关丁》，《俗世奇人》（叁），第 14 页。

[2] 冯骥才：《酒婆》，《俗世奇人》（修订版），第 18—19 页。

喜”。到了喝茶汤时，李中堂误把碎芝麻当作脏东西，脸色突变之际被卖茶汤的杨巴看出心思，以巧妙的方式给中堂大人留了面子，又救了自己。李中堂发觉后不由得赞叹：“天津卫九河下梢，人性练达，生意场上，心灵嘴巧。”[1]《俗世奇人》中或是人们佩服不已的“绝技”，或是令人惊掉下巴的妙招，都在提示人们：民间不可貌相。

《俗世奇人》“好看”，在精神层面上是因为它表现了民间精神的朴素、狂野、自由，表现了民间人物的原生态、丰富性，表现了民间社会充满活力，以及天津人的自嘲、幽默。这股民间地气渗透在文本中，给小说输送了神奇的力量。《俗世奇人》的文字背后，是作者对世俗生活的欣赏和对世俗精神的认同，而这民间的精神，在有限的空间中是与千百年来的王权文化相对抗的，或者是以不同的方式部分地消解了王权文化。汪曾祺在谈“文化小说”和他的创作时，曾提到“风俗画”和“浮世绘”的概念，不过，他最初把它们仅仅理解为小说的氛围和人物活动的背景：“小说注意描写中国的风俗，把人物放置在一定的风俗画环境中活动……”[2] 后来，又把它解释为“生活抒情诗”：“几个评论家都说我是一个风俗画作家。我自己原来没有想过。我是很爱看风俗画。十六七世纪的荷兰画派的画，日本的浮世绘，中国的货郎图、踏歌图……我都爱看。讲风俗的书，《荆楚岁时记》《东京梦华录》《一岁货声》……我都爱看。我也爱读竹枝词。我以为风俗是一个民族集体创作的生活抒情诗。我的

[1] 冯骥才：《好嘴杨巴》，《俗世奇人》（修订版），第 61 页。

[2] 汪曾祺：《传统文化对中国当代文学创作的影响》，载《晚翠文谈新编》，生活·读书·新知三联书店，2002，第 19 页。

小说里有些风俗画成分……”[1]说《俗世奇谈》是天津的风俗画、浮世绘恐怕没有人会反对吧？然而，冯骥才的创作与汪曾祺显然不是一个路数，汪曾祺写的是静乡，冯骥才是闹市；汪曾祺是抒情诗，冯骥才是俗世风情。日本的浮世绘也不能简单地看作是“抒情”，那些底层人生活的展示和描绘，还是有一种精神力量在背后的。永井荷风就曾有这样的论断：“浮世绘，不正是不屈于政府迫害，展示平民意气，并隐然奏响其凯歌者乎？不正是对抗官营艺术之虚妄，并真正目睹自由艺术之胜利的见证者乎？”[2]

长久以往，“俗世”中“下里巴人”，难登大雅之堂，他们除了被鄙视，还逃脱不了被“教化”的命运。即便在现代社会中，文化精英们对世俗生活和世俗文化也常常不正眼相待，人们更崇尚“精神”的力量，在有些特殊时期，精神和世俗还受到了双重破坏。阿城说过：“超现实国家所扫除的‘旧’里，有一样叫‘世俗’……中国的世俗生活被很快地破坏了。”他也告诫：“我的经历告诉我，扫除自为的世俗空间而建立现代国家，清汤寡水，不是鱼的日子。”[3]世俗生活是生活本身，取消世俗生活和人的世俗性，等于取消生活本身和人的具体存在，这样的道德理想国会给社会带来可怕的后果。而《俗世奇人》之“花花世界”，正是从正向展示了俗世之自由和繁华，展示了人性的力量。

---

[1] 汪曾祺：《〈大淖记事〉是怎样写出来的》，载《晚翠文谈新编》，第344—345页。

[2] ［日］永井荷风：《浮世绘的鉴赏》，载《江户艺术论》，李振声译，广西师范大学出版社，2022，第9页。

[3] 阿城：《闲话闲说：中国世俗与中国小说》，江苏凤凰文艺出版社，2016，第15页。

世俗生活与精神生活本不矛盾，后者会贯穿、体现和主导前者，而前者乃是后者落地的土壤、生长的空气。“世俗”遭受白眼，遭到误解，是“革命”的话语抽空了世俗的价值和意义的后果。在这个问题上，人们的表现又十分矛盾，一面贪恋世俗，欲罢不能；一面又鄙视它，掩盖它，乃至想消灭它。然而，哪个人又不在万丈红尘中呢？掩耳盗铃，何如直面而视？对世俗、世俗主义的价值，有的学者的观点值得我们深思：“世俗主义是一种积极的而非消极的状态，它并不是对精神和宗教世界的否定，而是对我们正身处其中的世界的肯定；将我们的世界建立在世俗的基础之上，对于我们现世的幸福有着至关重要的意义；这样的世界可以把我们带入宗教一直许诺的‘丰足’（fullness）状态……一个世俗的世界不仅有其价值，生命值得拥有，而且尽管有不可避免的痛苦和损失，它也可以是美好的，有时甚至是快乐的，那种美妙的感觉增加了改善世界的可能性。”[1]《俗世奇人》所呈现的世界有着现世的幸福、欢乐，有着对生命欲求的肯定，相比于灾难、动乱、权争，这是一个正常的世界，这是一份正常的生活，有什么理由不贪恋呢？

真正的文学都要面对具体的人、具体的生活。取消世俗，将生活抽象为某种道德原则和律令，那不但让小说丧失了它的组成素材，而且是剥夺了小说的根本精神。从某种意义上讲，小说与诗歌有很大的不同，恰恰就在于小说是世俗世界的一面镜子，是世俗精神的舞蹈者。《俗世奇人》是一部充满烟火气、世俗精神的小说，它有着对生活本身、对生命本身最为直接肯定。虽然它

[1] ［英］乔治·莱文 编：《世俗主义之乐》，赵元译，译林出版社，2019，第1页。

的每一篇都很短小，但是读后让人有一种酣畅淋漓的感觉，有一种力量的贯注，那是因为在它的后面有着更为广阔的世俗生活，有着混沌却又博大的世俗精神做支撑。

四、“有铺垫，有包袱，出其不意，还逗乐”

作为文学文本，《俗世奇人》引人注意的一个艺术成就在于故事，写故事，把天津人的生活变成经典故事。生活是驳杂的、无序的，又是无边无际的，能够将某一地域的世俗生活变成众口流传的故事，这对作家的观察、提炼、组合及想象力都是极大的挑战，而作家的叙述能力又是成败的关键。《俗世奇人》中体现作家叙述能力的一个重要的点，就在于它讲出了一个个好故事。

现代小说仿佛对“故事”充满敌意，好像只有通过弑杀，故事才能自立。文学不是进化论的试验场，文学创作中有一些基本元素就是长生树，如果养护得好，会让一个作家立于不败之地。福斯特认为司各特多少年来得享盛名的重要原因是：“他会讲故事。他具有那种一直吊足读者的胃口、不断刺激他的好奇心的原始能力。”[1]小说当然不等于“故事”，然而“小说的基础就是个故事”，“它（故事）是最低级最简单的文学机体，然而对于所有那些被称作小说的异常复杂的机体来说，它又是至高无上的要素”。[2] 曾经有人忽略福斯特这些看法，但很快又重新认识到福

[1] ［英］乔治·莱文 编：《世俗主义之乐》，第 27 页。

[2] ［英］E. M. 福斯特：《小说面面观》，冯涛译，人民文学出版社，2009，第 26、24 页。

斯特的价值[1]，至于“故事”的价值，作者之外，读者的反应更有说服力[2]。

好的故事，天然去雕饰，妙手偶得之，看似不经意，呼唤的却是作家的匠心。《俗世奇人》多以人物绰号代替人名，而又以人名为篇名，这样的人名、篇名本身就含着形象的故事，它又是一个可以识记的、具有符号性的意象，让人过目不忘。以此为“奇人”的命名，这得益于天津文化的滋养：“码头上的人，全是硬碰硬。手艺人靠的是手，手上就必得有绝活。有绝活的，吃荤，亮堂，站在大街中央；没能耐的，吃素，发蔫，靠边呆着。这一套可不是谁家定的，它地地道道是码头上的一种活法……各行各业，全有几个本领齐天的活神仙。刻砖刘、泥人张、风筝魏、机器王、刷子李等等。天津人好把这种人的姓，和他们拿手擅长的行当连在一起称呼。叫长了，名字反没人知道。只有这一个绰号，在码头上响当当和当当响。”[3]这既是绝活儿的展示，又是人的称谓，有助于将人物“脸谱化”，增强故事的流传性。

“奇人”有“绝活儿”，小说中对于绝活儿的技术性展示和描述，也构成了故事的坚强核心，增强了故事的神秘感和传奇

[1] 帕慕克在《天真的和感伤的小说家》中谈到福斯特的《小说面面观》曾说：“这本书我称认为已经过时……但是，重读福斯特的著作之后，我感到该书的名声应该得到恢复。”见《天真的和感伤的小说家》，彭发胜译，上海人民出版社，2012，第171—172页。

[2] 据不完全统计，截至2023年3月，作家出版社版《俗世奇人》各集印数情况大致如下：修订版4894600册，贰集2730000册，叁集900000册，肆集100000册；全集80000册；精装壹集16000册，精装贰集16000册，精装叁集8000册。以上合计8744600册。人民文学出版社各版本迄今累积印行3700000册。两社合计12444600册。

[3] 冯骥才：《刷子李》，载《俗世奇人》（修订版），第10—11页。

性。当然，这需要作者的知识储备、语言叙述有力配合。《俗世奇人》篇幅短小却不薄弱，它的坚实在于作者笔不虚空，一招一式都是硬功夫。如写宝坻县人俞六的药糖：“可是他的糖好——色艳，味厚，有模有样，味道各异；不单有各种药材如茶膏、丹桂、鲜姜、红花、玫瑰、豆蔻、橘皮、砂仁、莲子、辣杏仁、薄荷，还把好吃的水果也掺和进去，比方鸭梨、桃子、李子、柿子、枇杷、香蕉、樱桃、酸梅、酸枣、西瓜等等。”[1]这里列举的药材名和蔬果名，必有所本，这个时候，作者的那些“杂学”知识便大展身手了。它们在小说中并非可有可无，它们是这座语言建筑的一砖一瓦，有它们，房子才能稳固。它们还打开了小说通往不同方向的空间，人们读小说，情节之外，还有信息的获得、知识的补充、经验的共享和情感的共鸣等多方面需求。《俗世奇人》中写“专攻垂钓”的能人大回，其垂钓绝技让人大开眼界：

> 钓鱼时钓到王八，都是竿儿弯，线不动，很容易疑惑是钩上了水下边的石块。心里急，一使劲，线断了！大回不急，稳稳绷住。停了会儿，见线一走，认准那是王八在爬，就更不急着提竿。尤其大王八，被钩住之后，便用两只前爪子抓住了草，假若用力提竿，竿不折线断。每到这时候，大回便从腰间摸出一个铜环，从钓竿的底把套进去，穿过钓竿一松手，铜环便顺着钓鱼线溜下去。水底下的王八正吃着劲儿，忽见一个锃亮的东西直朝自己的脑袋飞来，不知是嘛，扬起前爪子一挡，这便松开下边的草。嘿，就势把它舒舒服

[1] 冯骥才：《四十八样》，载《俗世奇人》（贰），第 51 页。

服地提上来！[1]

与此相映成趣的是钓鸡术，钓鱼也就罢了，谁又听过“钓鸡”？《俗世奇人》里就有。活时迁抓鸡，“他先把一颗黄豆，中间打个眼儿，用一根细线绳穿过去，将黄豆拴在线绳一头；再使一个铜笔帽，削去帽尖，露出个眼儿，穿在线绳另一头上，铜笔帽像串珠那样可在线上任意滑动，然后将黄豆、线绳、铜笔帽全攥在手里，偷鸡的家什就算全预备好了。”接着，就蹲在墙角等鸡上钩了：“待鸡一来，先将黄豆带着线抛出去，笔帽留在手中。鸡上来吞进黄豆，等黄豆下肚，一拽线，把线拉直，就劲把铜笔帽往前一推，笔帽穿在线中，顺线飞快而下，直奔鸡嘴，正好把嘴套住。鸡愈挣，线愈紧，为嘛？豆子卡在鸡嘴里边，笔帽套在鸡嘴外边，两股劲正好把鸡嘴摽得牢牢的，而且鸡的嘴套着笔帽张不开，叫不出声。活时迁两下就把鸡拉到跟前。”[2]“这招这法”是小说里诱人的点，吸引了很多眼球。其实，在中国古典小说中，就很注重对兵器、战马、盖世武功等的描绘，这些冷知识，说的人绘声绘色，听的人如醉如痴。

《俗世奇人》写津门文化，也是这种文化的产物，它吸收了不少天津民间文化的优长，融化在叙述中，如同相声的“抖包袱”。《俗世奇人》的故事常一波三折，一环扣一环，到结尾还有大反转。当众多小说都在降解戏剧性时，《俗世奇人》不避传奇性，反而把它引入故事的核心。这种传奇性，不完全是靠情节的

[1] 冯骥才：《大回》，《俗世奇人》（修订版），第121页。

[2] 冯骥才：《钓鸡》，载《俗世奇人》（贰），第107—108页。

曲折来体现，或者说，情节曲折包含多方面，它既有情节推进中的波澜和逆转，也有情节向内部开掘的丰富性和复杂性。例如《青云楼主》中写青云楼主亟盼得到老外认同的心理，在小说中就写得平静中有波澜，一个个波澜层层推进。青云楼主先是盼信，“直等到有点疑惑甚至有点泄气时”信才到，“他忙撕开，抻出一封信，全是洋文，他不懂，里边并没照片”，不见照片正心急，没有想到，“再看信封，照片竟卡在里边”。“卡”字用得妙，盼照片心切，心切反而不得，“失”又复得，寥寥数语心情几起几落。这还不是结局，老外把他的字挂在家里，这回他可以大肆炫耀、扬眉吐气了，只是还有一个翻转：“可是字儿却挂倒了，全朝下了！”[1]异国知音的高山流水续不成篇了……这只是这篇小说的最后一段，短短一百多字不动声色地写出几重心理波澜，令人不能不叹服作者的文字把控能力。《皮大嘴》中谈“相声”，未尝不是作者写作秘密的自我曝光：“可是圈里的人都能听出这笑话是皮大嘴自己编的。这哪是笑话，纯粹是个相声段子。有铺垫，有包袱，出其不意，还逗乐……”[2]

《俗世奇人》中的一些篇章是有素材来源的，但是，恰恰这些更能让我们看出作者的想象力和创造力。比如《龙袍郑》一篇所写的故事，在写天津的旧笔记中也曾有记述：

> 乾隆初下江南，过津时；曾住跸大沽造船所。一日，微服出游，随从无一知者。时天气正晴，海波不兴，上观海自

[1] 冯骥才：《青云楼主》，载《俗世奇人》(修订版)，第 89 页。

[2] 冯骥才：《皮大嘴》，载《俗世奇人》(贰)，第 35 页。

得。时有渔父，乘舟登岸。上询以天晴日暖，正好得渔，奈何辍钓？渔（父）谓雨将至，返家避之。并指日光之三道光芒曰：“此雨脚也。”邀上往其家暂避。甫至茅舍，则雷雨大作，日以继夜，上不得行。渔（父）乃具馔。有面鱼一器，为上生平不识之味，大加称许。翌日天晴，上脱内衬龙袍劳之，渔乃惊知驾至，叩首乞罪。上喜其诚厚，乃赐题“海滨逸叟”匾文以光之。渔郑姓，无名，序长，人以郑大称。上既行，民间改呼曰“龙袍郑”。[1]

对比《俗世奇人》中的小说《龙袍郑》，可以看到作者增加的细节和各种情节，进而把这样一个平铺直叙的简单故事写得引人入胜。增补的细节，让小说立即丰满起来，犹如一幅画，在人和房屋之外，添上了房前屋后的花草，天上的白云和飞雁……如开头写乾隆观海，小说作者补上了皇上看到的具体景象：“河上桅杆林立，岸边货堆成山。”这才是让乾隆高兴的人间景象。“观海自得”，只是一个心情的描述，作者增补了看渔翁钓鱼的情节，以致他也发愿回去要到御花园钓鱼，而随从不失时机地拍皇上马屁：“皇上钓的比他强，皇上钓的是金鱼。”一个小细节，又是小说家胜出，那就是渔翁收竿不钓了，皇帝问：“你正上鱼，怎么收竿不钓了？”这才引出后面渔翁看天知雨至的议论。上船后，笔记上只说“渔（父）乃具馔”，小说家却增补了很多可感的细节，如“郑老汉拿几个破碗，沏了茶。这茶比树叶多点味罢了，皇上竟说好喝”。每句话都关涉人物心理。吃面，赠袍，民间呼

[1] 戴愚庵：《乾隆吃面鱼》，载《沽水旧闻》，第 8 页。

“龙袍郑”的情节，两者基本相同。然而，笔记就此终篇，如果小说也是如此，那么它最多是渔翁幸运遇皇上的通俗故事。没有，小说到此才写了一半，后半部分，写的是这么一个渔翁得了龙袍后的遭遇：差点丢了命，划船跑得没有影儿。故事又转到估衣街上卖槟榔的小子，梦想发财，挂起“龙袍郑”的牌子卖皇帝称赞不已的面鱼。真龙袍郑亡命天涯，假龙袍郑日进斗金……这才是小说，社风世情、人心命运都有了。

这也非常直观地向我们展示了《俗世奇人》的地域世界固然来自现实生活，但让其成为故事、让每个人有鼻子有眼、让每条街道立体起来的每一步无不是作者想象力编织的结果。

五、“话不见得多，得绝”

语言既是小说的形也是神，《俗世奇人》写津门，方言的特点和文化特征自然不能忽略。冯骥才没有排斥方言，如“赛”“嘛”等具有天津话特点的语汇在小说叙述中自然而然被采用，但是，没有肆意、过度，他却用得极有分寸，而且对此他有着十分自觉的语言观：“我在《俗世奇人》写作中找到一种语言，不同于我写其他作品的语言。即在叙述语言中加入了天津人的性格元素，诙谐、机智、调侃、斗气、强梁，等等。这是《俗世奇人》独有的。我用这种独特的语言写东西很上瘾，瘾一上来，止不住时就会写。用这种语言写作时常常会禁不住笑出声来。”[1]

---

[1] 冯骥才：《后记》，载《俗世奇人》（叁），第 177 页。

这种“劲儿”，不仅是方言的“味儿”，还是内里的文化个性、气质。在《神鞭》中就有这种气死人又让人哭笑不得的话：“今儿不刮西北风，怎么吹得夜壶直响。”“嘿，傻巴，哪位没提裤子，把你露出来了？你也不找块不渗水的地，撒泡尿照照自己。”[1]《俗世奇人》里话赶话的“劲儿”亦让人如闻其声如见其势：

> 小尤心意虽好，可是天津人喜欢正话反说，连逗带损，把话说得俏皮好玩，有哏有乐。他拉开岗亭的玻璃窗，笑嘻嘻对这大爷说：
>
> “大爷，您要想练车，就找个背静的地方去练。”
>
> 小尤这话给周边的人听到，真哏，全乐了。
>
> 天津卫的大爷向来不会栽在嘴上。嘴上栽了，面子就栽了。这大爷扭头朝小尤说：
>
> “甭瞎操心，没你的事，你自管在你的罐里待着吧。”
>
> 罐是指圆圆的岗亭像个罐子。天津人有句俗话：“罐里养王八，愈养愈抽抽。”这话谁都知道。
>
> 这话更哏，众人又笑，当然也笑这小子不懂深浅，敢去招惹市井的老江湖。小尤这下傻了，张着嘴没话说。[2]

阿城当年曾赞扬冯骥才的世俗语言“生动出另外的样貌”：“……冯骥才小说的世俗语言，因为是天津方言，所以生动出另外的样貌，又因为属北方方言，虽是天子脚边作乱，天子倒麻痹

[1] 冯骥才：《神鞭》，载《冯骥才分类文集·乡土传奇》，中州古籍出版社，2005，第135、137页。

[2] 冯骥才：《蹬车》，载《俗世奇人》（叁），第157页。

了，其他省的作家，就沾不了多少这种便宜。”他带有结论式地认为：“以生动来讲，方言永远优于普通话，但普通话处于权力地位，对以方言为第一语言的作家来说，普通话有暴力感。”[1]阿城的看法可能得到了大多数人认同，在近年的汉语写作或汉语写作观念中，方言的文化含量和价值被推到了无以复加的地步，人们几乎齐声讨伐“普通话”，说它造成语言齐一化，削减了语言的文化含量。可是，任何事情都不能太简单化，冯骥才的写作实践给我们提供了思考这个问题的另一维度。冯骥才的小说语言中方言的比例并不很高，方言元素也不多，说《俗世奇人》是方言写作恐怕言过其实，冯骥才不避方言，却不承认自己的写作是“方言写作”。然而，我们又不能不承认，《俗世奇人》的语言，天津劲儿十足。“方言”在冯骥才的写作中何以神龙见首不见尾？

阿城另外的说法似乎已破解了他自己的问题。他称赞冯骥才的“侃”劲儿：“天津的冯骥才自《神鞭》以后，另有一番世俗样貌，我得其貌在‘侃’。天津人的骨子里有股‘纯侃’精神，没有四川人摆‘龙门阵’的妖狂，也没有北京人的‘老子天下第一’。北京是卖烤白薯的都会言说政治局人事变迁，天津是调侃自己，应对神速，幽默妩媚，像蚌生的珠而不必圆形，质好多变。”[2]“侃”是语言内在的气质和韧劲，而不是外在的声音。阿城同时认为：“我想对于白话文一直有个误会，就是以为将白话用文字记录下来就成白话文了。其实成文是一件很不容易的事。白话文白话文，白

[1] 阿城：《闲话闲说：中国世俗与中国小说》，第139—140页。

[2] 同上，第139页。

话要成为‘文’才是白话文。”[1]在此，阿城强调了“文”在构成文本中的核心作用和它的形成不是天然而是要经过加工的。“文”不同于“言”，也不同于“音”。小说利用语言，写出的是文字，读者阅读的也是文字，这不是曲艺，发的是音，听的是音。从文字的角度，文字有着自己的规律、含义，这是书面语言不同于口头发音的很重要的一点，音可有方言和地域的差别，而用字却往往是同一个，把音的作用强调得太高，是不是一种观念的误会呢？毕竟，文学创作是书面语书写，它的结果也是成为“文”。

冯骥才有一段话阐释的是《俗世奇人》的语言观：

> 我用另外一种办法，就是把地域的语言变成文本语言，让叙述语言也有地域特点。这种文本语言注意两点，第一，地域特点，第二，在审美上得站住脚。方言不能太多，太多容易构成文化障碍。我用最有地方特点的天津话——“赛”，就是“好像”，“嘛”就是“什么”，稍微勾勒一下，就有了天津味。另外，天津人讲话，话不见得多，得绝。[2]

“话不见得多，得绝”，在这么短小的篇幅里能够讲出那么多引人入胜的故事，《俗世奇人》的语言是经过千锤百炼的。它简洁、准确又有质感，还特别有可视性。帕慕克曾说：“以下是我最坚定的观点之一：小说本质上是图画性的文学虚构。通过诉诸我们的图画智能——我们在心目中观看事物并将词语转化为内心

[1] 阿城：《闲话闲说：中国世俗与中国小说》，第115页。

[2] 冯骥才、孙玉芳：《关于〈俗世奇人〉的对话》，《大树》2016年春季号。

图画的能力——小说对我们施加最主要的影响力。”[1]冯骥才擅长在不经意中“打比方”，以此勾勒出传神的画面，产生生动的效果。他形容人的笑脸：“眉毛像一对弯弯月，眼睛像一双桃花瓣，嘴巴像一只鲜菱角，两个嘴角上边各有一个浅浅的酒窝儿，一闪一闪。”[2]写罗锅：“罗罗锅天生罗锅，从背影看不见脑袋，站在那儿像个立着的羹匙。”[3]从罗锅，到羹匙，都是具象的，几笔就勾出一个人的形象。还有那种漫画式的描述：“此君脸窄身薄，皮黄肉干，胳膊大腿又细又长，远瞧赛几根竹竿子上晾着的一张豆皮。”[4]奇人有异相，《俗世奇人》既然以写人为主，就得把人写活、写传神。神到不仅形象要栩栩如生，而且又与人物的身份、职业熨帖无间。“小达子其貌儿不扬，短脖短腿，灰眼灰皮，软绵绵赛块烤山芋；站着赛个影子，走路赛一道烟儿，人说这种人天生是当贼的材料。”[5]这正是帕慕克追求的“用词语绘画”的效果吧，“我的意思是通过词语的使用在读者的意识中激发出一个清晰鲜明的意象”[6]。

六、“写出自己的‘现代小说’”

中国古典小说中志人、志怪、志异传统深厚，《俗世奇人》

[1] ［土耳其］奥尔罕·帕慕克：《天真的和感伤的小说家》，第 86 页。

[2] 冯骥才：《欢喜》，载《俗世奇人》（肆），第 26 页。

[3] 冯骥才：《罗罗锅》，载《俗世奇人》（肆），第 164 页。

[4] 冯骥才：《青云楼主》，载《俗世奇人》（修订版），第 86 页。

[5] 冯骥才：《小达子》，载《俗世奇人》（修订版），第 114 页。

[6] ［土耳其］奥尔罕·帕慕克：《天真的和感伤的小说家》，第 87 页。

得益于它们的滋养是显而易见的。像《世说新语》这样的作品，不就是活生生的“乱世奇人”吗？到唐传奇和宋话本以至“三言二拍”，对于世俗社会和世俗生活的表现已渐成洪流。《聊斋志异》的精短，乃至结尾“异史氏曰”等笔法，在《俗世奇人》中也有迹可循。在新近问世的《俗世奇人》（肆）中，还出现前面几辑不太多见的神秘因素，像《绿袍神仙》中车夫吴老七拉着车回身一看，车上的绿袍老翁给他留下一车银钱，人不见了；《罐儿》中给罐儿粥喝，救了罐儿的命，又教他做罐儿获得谋生本事的老人，转身就不见了，哪里也找不到了……他们都被认为是“仙人”，这种虚虚实实的笔法在六朝志怪、唐传奇乃至《阅微草堂笔记》等清人笔记中也随处可见。尽管如此，但读《俗世奇人》，我不会有读“古典小说”的感觉。固然，它表现的已不是农耕时代的市井，而是近代都市的景观。然而，更重要的是文字背后作者的眼光、文化意识、叙述方式的现代感。

从写“怪世奇谈”系列开始，冯骥才就意不在“复古”，他说过“我想要写出自己的‘现代小说’”，“这样的小说……应当放在一个特定的历史时代和我熟悉的乡土生活里”。[1] 特定的“历史时代”和“熟悉的乡土生活”是为了写好“现代小说”而设置的。为此，在写法上他颇为用心：“我想把荒诞、写实、哲理、象征、古典小说的白描，乃至通俗小说的写法全揉合在一起。”[2] 他还把这种写法看作“用历史关照现实”，具体讲，“以地域生活和集体性格为素材，将意象、荒诞、黑色幽默、古典小说手法融为一体

---

[1] 冯骥才：《激流中》，第 91、95 页。

[2] 同上，第 94 页。

的现代的文本写作”[1]。不论采用什么形式，归根结底是“现代”的写作。《三寸金莲》《阴阳八卦》采用的是这种带有实验性质的写法，《俗世奇人》沿袭这一追求，又有明显不同：相比于《三寸金莲》等戏谑式的语言狂欢，它是略带幽默的正面叙述，是绚烂归于平淡，洗尽铅华，素面对人。它与1980年代那种潮流中的多少含有表演性质的“现代”分道扬镳，取而代之的是潜入文本背后的现代眼光和深入小说灵魂中的现代意识。比如，冯骥才小说中社会人类学、民俗学观点、方法等的渗透，法国年鉴学派的文化意识，对民间文化的欣赏等。可是，这种写法背后的苦心有时候常为人忽略，忽略了它的现代感、探索性，冯骥才曾抱怨：“很少有人认识到藏在‘伪古典’后边的现代元素……”[2]

长久以来，《俗世奇人》的艺术价值被严重低估，仿佛只有放在“小小说”的体系里它才值得被讨论一下。研究者没有体会到作者穿梭子感性和理性之间的那种自由，以及作家找到了个人独特表达方式的那种自如和隐秘的欢乐，我倒觉得《俗世奇人》的写作有着王国维所说的那种入乎其内、出乎其外的大境界：“诗人对宇宙人生，须入乎其内，又须出乎其外。入乎其内，故能写之；出乎其外，故能观之。入乎其内，故有生气；出乎其外，故有高致。”[3]《俗世奇人》既贴出了文学天津的便笺，又还原和呈现了天津生活的细微肌理；既得“生气”又有“高致”，达到了一种难得的返璞归真的艺术境界。

---

[1] 冯骥才：《激流中》，第101页。

[2] 同上，第98页。

[3] 王国维：《新订〈人间词话〉广〈人间词话〉》，佛雏校辑，华东师范大学出版社，1990，第83页。

从文化意义上讲，在全球化时代，在以往的生活方式和文化方式即将消失的时刻，《俗世奇人》的创作是一次文字抢救和再生性的创作，相信在将来，它也是一份沉甸甸的“文化遗产”。这份遗产是对同一性、技术统治的抵抗，证明了文明的多样性。米兰·昆德拉曾经说：“伴随着地球历史的一体化过程……简化的蛀虫一直以来就在啃噬着人类的生活：即使最伟大的爱情最后也会被简化为一个由淡淡的回忆组成的骨架。但现代社会的特点可怕地强化了这一不幸的过程：人的生活被简化为他的社会职责；一个民族的历史被简化为几个事件，而这几个事件又被简化为具有明显倾向性的阐释；社会生活被简化为政治斗争……人类处于一个真正的简化的旋涡之中，其中，胡塞尔所说的‘生活世界’彻底地黯淡了，存在最终落入遗忘之中。”“然而，假如小说的存在理由是要永恒地照亮‘生活世界’，保护我们不至于坠入‘对存在的遗忘’，那么，今天，小说的存在是否比以往任何时期都更有必要？”[1] 这是一句并不自信的反问，也许恰恰证明了《俗世奇人》这类小说写作和存在的价值。

2023 年 4 月 7 日傍晚，4 月 20 日晚改毕

[1] ［法］米兰·昆德拉：《小说的艺术》，董强译，上海译文出版社，2022，第 22—23 页。

迷茫的精神碎片
——林白《北去来辞》读札

一

《北去来辞》中的一个场面让我久久难忘：主人公海红一家去吃年夜饭，一家三口大年夜走在寒气凛凛的街头——据我所知，北方人这个时刻更习惯在家中，然而女主人海红没兴趣做饭，于是，他们一家便像流浪汉一样在萧条的街市中穿行，寻找可以完成吃年夜饭这一任务或仪式的地方，每个人都心不在焉，男主人道良吃什么馆子都不舒服，一副无所谓的样子，女儿只感兴趣汉堡之类的快餐，还急着回家看动画片，而海红也只是觉得作为女主人，她不得不张罗这顿饭……

垂头丧气中海红问自己：为什么不自己做，那样岂不是更有声有色？小说由此进入了它惯有的反思层次："做一点家务就认为是浪费时间，生活都是庸俗的，唯有精神高尚。还有功名，所谓荣誉，这一类骨头才值得去啃。这样的日子是活生生被自己搞坏的，过不好年实在是活该。”[1] 这样的叩问和自省不请自来遍布全书，二作为样本的海红，她的经历无意间就成为一代人生命历程的注解：出生于特殊年代，有着不安定的童年和解压后亢奋的青春时代，因而更重视内心生活与现实的强烈对峙。在作为青年诗人的岁月里，海红内心的火焰在乱窜，生命的核心词汇是“超现实”，“现实是庸俗的，日常生活是臭大粪。她要超越现实！……人间烟火，视而不见。”[2] 她在自己制造的世界中步步退缩，而现实却步步紧逼，从婚姻、情感，到生存，再到与父母、女儿的关系。随着时间的推移，一切都向与她意愿相反的方向疾驰而去，她焦躁、挣扎，寻求突围却又不得不妥协——就像她最终与丈夫离婚，却又不得不依旧住在一起，甚至心理上还依赖着日渐衰老的丈夫。小说带我们穿越了近三十年种种的社会变化，却没有丝毫怀旧的气息，女主人一步步走来，越来越有气无力又心有不甘。

此时，知识分子海红在我面前，既是一个活生生的女人，又是一个符号，它承载着对 1980 年代以来知识分子的某种先锋精神的反思，它是双向的，一面指向社会，是谁粉碎了他们的梦想？一面指向自身，那个梦想中有几多可爱又有几多虚妄？这些占据了小说的每一个角落，它甚至使作者本来已经写就的《银禾简史》消失在《北去来辞》中，银禾的故事退居其次，但这并不意味着它不重要，它是海红精神史的重要对照，它展示了知识分子之外的一个世界和生存状态，这个世界中泥沙俱下、藏污纳垢，但也如淤泥一样滋养荷花，人的精神是健旺的、有力量的，

[1] 林白：《北去来辞》，北京出版社，2013，第 221 页。

[2] 同上，第 87 页。

作者不乏理想化地塑造了银禾（包括她的女儿王雨喜），恰恰让海红看到在自己越来越封闭的世界之外，还有那样一个丰富多彩又活力无限的世界，当代社会生活的纷杂、精神世界的芜乱由此进入《北去来辞》。从《万物花开》到《妇女闲聊录》，林白谦卑地倾听大地敞开的声音、民间的地气，及至《北去来辞》已经表现得如此直接和急不可耐了。

二

> 我们的海红，在上个世纪 80 年代深受熏陶，追赶各种源源不断涌来的西方理论和主义，兴奋兮兮气喘吁吁的，只要是新鲜的，样样都是好的。喜欢现代派（这个词在 80 年代代表一切新玩意）……但是海红的萨特始终没有出现，她总是受到挫折……原来，偶像不过是神话一桩，原来，偶像千疮百孔。嫉妒、伤害、谎言，种种不堪像蜂拥而至的白蚁，嘎嘎嘎，偶像一下就被蛀空了，轰然倒地。[1]

这是一个典型的“生于” 1980 年代的知识分子，但林白没有给海红任何成功的机会，哪怕是短暂的辉煌都找不到，如同格非的《春尽江南》，两部小说都是对当代社会成功人士（包括文化界）、对 1980 年代怀旧风气的反拨。小说中关于一代知识分子的反思，针对的核心是被政治权威消灭又在 1980 年代重建并且越走越远的“自我”。海红曾自问：“为什么会缺乏现实感，因为狭

[1] 林白：《北去来辞》，第 241 页。

窄。因为内心绵弱。因为不愿自我承担。”[1]在银禾的经历中，作者也有这样的感叹：“你们只在电视、报纸和网络中见到，那离你的生活是多么远啊，隔着千里万里，甚至，是一颗星球到另一颗星球的距离，如果不关你的痛痒，那就更远了。但是这个史银禾，她就再那些污泥浊水滚滚洪流中。”[2]

在高蹈的、洁身自好的“自我”中，海红们反而迷失了自我。

在烟尘滚滚的现实中，海红们不但看到了“自我”的怯懦、封闭，还感受到了它的局限和无力。

然而，倘若连“自我”也可以轻易地放弃，那么“我”存在的价值和意义又在哪里呢?

海红徘徊在十字街头，社会急剧变化，越来越远离1980年代的精神语境，他们正在被新的意识形态所抛弃，由精神的高蹈到跪拜世俗，大多数知识分子总难逃这样的精神路数，但海红显然不甘于此，却又束手无策。小说下半部分对于情感和婚姻的态度最能说明问题。婚姻束缚了她，可是她又有能力反抗吗?单位解散重组时，海红的无望让人心酸：没有人可以帮她找工作，丈夫老了，女儿还小，自己身体又不好，现实再险恶也得咬牙撑着……或许作者不曾有意识强调，而我却分明感觉到，一个过了中年的女性与超现实主义的年轻诗人完全不一样的心绪，整本《北去来辞》如同一个过了中年的女性的叹息。

当然，作者通过她的眼睛、身体、心绪去搜集了中国社会的精神碎片，从道良那种固守乌托邦信仰又对现实无比失望的人，

[1] 林白:《北去来辞》，第139页。

[2] 同上，第150页。

到“90后”冷漠地面对社会和世界的心态，以至文人圈的种种虚浮，《北去来辞》是一个开放的文本，容纳了很多很多精神的碎片、社会生活的飞絮，从这里或许能够看出作者的一些野心，她似乎要为当下社会绘制一幅精神图谱。但转念一想，又不对，书里的一切都是碎片，都是作者切身的感受和实感经验，这里并没有宏大完整的叙述，也并不企图回答什么或解构什么，作者靠的是一种天然的敏感和直觉，它们像一根针扎在了时代的神经上。

读《北去来辞》，不是在读或欣赏，是仿佛也在参与和体验，随同主人公反思、检讨，一起走过一段长长的心路。

三

林白令我欣赏之处在于，在一个做稳了皇帝或奴才的时代，她不安于此，她要突破自我，敢于让自己去现实的泥沼中跌打滚爬。当不少“著名作家”仍然沉浸在志得意满的写作中时，林白却通过《北去来辞》表达了她的困惑、忧虑，她在追寻和反思。“反思”一词写起来何其简单，但我想说不是所有的作家都具备反思的意愿和能力。更为难得的是，林白不是想明白了才写的《北去来辞》，这作品恰恰是她想不明白的结果，她不是在指点什么，而是坦然地展示自己迷茫、无力和挣扎的状态。

我们常常有所谓“反思历史”的说法，我不排除作家的洞见、历史意识和理性的穿透力，但也经常失望地看到很多“反思”不伤皮毛、不经心灵，最后流于空洞。林白将显微镜对准了自我，她不让“自我”在历史的海洋中漂浮，而是紧紧抓住它，让它有自己的体温、音调、情绪和意志，从这一点而言，她与写《一个人的战争》时的自己仍然一脉相承，然而，那个世界相对封闭，不乏矫情，而今是不断地打开。当然，自我也是历史意识的产物，不过，对于文学而言，这种感受的真实要远比真理的正确有意义。

读完这书，我曾问自己：这算长篇小说吗？它庞杂、驳杂、不稳定、叙述多样化，或许更像海红的思想札记，或者说是林白的思想札记。我也特别能够感受到作者那种不得不说的倾吐欲望，或许在艺术上，这不能算是完美的作品，但作家不得不说、不得不写，就这一点而言，我们又不能不感受到林白的坦白、直接，这是她的自我反思之书，她一定是意识到什么了，所以才有了这样的表达。多少年后，林白的研究者一定是通过这部作品去打开她的世界的。

然而，作者没有为人们留一点乌托邦。小说的结尾，海红和道良回了趟农村老家，那曾经是他们各自的心灵栖息地，特别是有银禾这样的生命存在，然而看到的却是“鸡屎飘荡、河流壅塞”的乡村，他们预感到故乡在消失……这最后的一块石头会在很多人心上砸下一个大坑。

失去了最后的逃遁之所，难道我们注定要走在寒气凛凛的街头？

2013 年 6 月 12 日端午之夜

艰难的阅读和一些读后感
——读孙惠芬《生死十日谈》

一

将近九十年前，鲁迅在他的小说《祝福》中曾经写下这样的著名细节。先后嫁过两个男人、死了儿子又被夫家赶出家门、流落街头几乎沦为乞丐的祥林嫂，问“识字的，又是出门人，见识得多”的“我”：“一个人死了之后，究竟有没有魂灵的？”这个问题突然袭击了“我”这个知识人：

> 对于魂灵的有无，我自己是向来毫不介意的；但在此刻，怎样回答她好呢？我在极短期的踌躇中，想，这里的人照例相信鬼，然而她，却疑惑了，——或者不如说希望：希望其有，又希望其无……，人何必增添末路的人的苦恼，一为她起见，不如说有罢。
>
> “也许有罢，——我想。”我于是吞吞吐吐地说。
>
> “那么，也就有地狱了？”
>
> “啊！地狱？”我很吃惊，只得支吾着，“地狱？——论

理，就该也有。——然而也未必，……谁来管这等事……。”

“那么，死掉的一家的人，都能见面的？”

“唉唉，见面不见面呢？……”这时我已知道自己也还是完全一个愚人，什么踌躇，什么计画，都挡不住三句问，我即刻胆怯起来了，便想全翻过先前的话来，“那是，……实在，我说不清……。其实，究竟有没有魂灵，我也说不清。”

我乘她不再紧接的问，迈开步便走，匆匆的逃回四叔的家中，心里很觉得不安逸。

多少年前读《祝福》时，很不喜欢这个纠缠不清的细节，不明白惜墨如金的鲁迅为什么在这上面花费那么多笔墨，后来有了些生活阅历，才读懂这字字句句，它们像敲打灵魂的锤子。与很多同时期作家相比，鲁迅的作品不仅写出了一个低层人的生存状态，不是简单地“诉苦”派，而是深入到人物的精神世界中，在叩问人物灵魂的同时，也叩问自我的灵魂。

没有想到，这个场面，在孙惠芬的《生死十日谈》中又与我不期而遇，那是女儿为了二十元钱自杀而自己又患了脊髓炎的人，“瞪着一双布满血丝的眼睛看着我，‘大妹子，你是记者，想问你个问题。’”。他的问题是：“你说，到底有没有老天？”这简单的问题也困惑着“我”，原本“我”觉得一定有，它主持着世间的公正，“可是一些天来采访自杀案例，看到那么多无辜的人遭受命运暗算，因与果在他们命运中发生断裂，我的想法开始游移，我已经不确定自己到底怎么想了”。“我”只能把问题踢回去：“你说呢？”对方则是激动地回答：“我觉得没有，根本没有！

俺今年五十一岁，从俺懂事儿到现在，从没坏过谁，骂人是骂过……可是现在，俺不信有天了，要是有天，它不会这么狠毒，它不会让俺遭这么多的难。”从祥林嫂的惧怕到这里的怨愤，都是命运重压下的灵魂哀号。

但我更看到了作者所赋予人物的灵魂：长久以来，“农民”是作为一个阶级符号、身份而出现在文学作品中，他们承担着宣示国家政策、历史纠葛等功能；还有一部分农民是作为原始的生命而存在，他们或麻木或愚昧或野性……这些都忽略了他们和其他人一样，本应当有超越日常生活、自然人性的精神世界。鲁迅在祥林嫂的问话中展示了一个被社会遗弃的人心中尚存的精神世界，孙惠芬通过一个个自杀者的最后抉择，呈现了他们不能被看轻的精神世界。不论是爱“打电脑”的儿媳妇，还是为了攒下二十元钱而自杀的小学生，从现实的层面讲，他们都面临着种种问题，而有些问题如衰老、病痛、贫穷等都是命运所赐而个人无力解决的，但细细考量《生死十日谈》中的自杀者，他们的死却又并非因为这些现实问题扼住了喉咙，甚至可以说他们的自杀是因为精神问题而非现实问题，虽然这两者并非截然分开，但作者试图展示和剖析的是这样的死其实不完全是逃避、怯懦，而是一种勇敢的选择。比如那个大辫子姑娘的乡下男人，他们几十年来经历种种不如意，但他呵护着妻子活在自己的世界中，那种苦日子也过来了，可是最后他选择了死，那是因为腿上长了骨刺，他怕瘫在床上让平常从未干过这活的妻子受累，好像是放弃了，但这个“不拖累”还不是持续了以往呵护的大爱吗？这次他将生命都舍弃了。在那一个个卑微的人不足以左右自己命运的时候，他最后的一搏就是自己的生命，《生死十日谈》里讲述的那些故事，无不指向那些自杀者的精神世界，正因为有着这样一个细微又丰富的世界存在，他们才会做出这样的选择。如果讲这部小说有什么意义的话，我觉得最大的意义就是它在中国文学中再一次照亮了农民的精神世界，让我们看到了他们不是沉默更不是麻木的一群，尽管付出的代价是沉重的，但通过文字的招魂，那些逝者将变得有光彩、不卑微。

我非常担心人们把这部小说当作纪实作品，去研讨什么社会问题，甚至去寻找解决这些问题的方法，这当然很重要，但这不是作家的任务，过分地关注这些反而忽略了小说本身所表达的核心，在我看来，《生死十日谈》首先提示我们注意，人类的境遇是一体的，那么就不存在没有灵魂和没有精神世界的“特殊”躯体，不存在“他们”与“我们”，而是“他们”就是“我们”。其次，是“他们”的命运也是当代社会变动中人类所面临的共同精神困境，这个困境如果用列夫·舍斯托夫解读《地下室手记》的话来讲就是：“陀思妥耶夫斯基突然‘看到’，天空和监狱高墙、理想和镣铐，决不像他和常人从前想象的那样是对立的。它们不是对立的，而是一致的。任何地方都没有天空，有的只是狭小受限制的‘视野’，没有推崇备至的理想，有的只是锁链，尽管看不见，但比监狱的镣铐连结得更加牢固。任何功勋，任何‘善举’，都不能使人们摆脱自己‘无期监禁’的地位。”[1]正因为这样，我无法像一个旁观者那样欣赏或消费他的命运和苦难，而是感到了翻动书页的沉重。读这样的书注定是艰难的，不仅

[1] ［俄］列夫·舍斯托夫：《在约伯的天平上》，董友等译，上海人民出版社，2004，第24页。

是因为生命消逝引发的哀伤和震撼，还因为他们倘若没有这样一次自我选择，他们真的可能就是麻木甚至没有灵魂的人了，但正是这死照亮了他们的灵魂，可是以此为代价，不仅是悲哀的，也是让人心痛的。我需要巨大的心力来化解这其中的内心纠结，如果跳出作者所描述的内容，这些或许正是这部小说的成功之处：它借一场社会调查的躯壳装着一个作家对现实和人的精神世界的关怀。

二

小说由三部分构成："我"跟随课题组的调查活动，在这一过程中"我"的内心感受，自杀者的亲属所讲述的自杀者的故事。在这一框架中，对于"新农村"的描述似乎是为那些生活在这里的人提供生存背景的，它却以惊人的真实有意地泄露了当代乡村的真实面目，这里变了，变得作为故乡的出走者的"我"都认不出来了，这里也没有变化，人思想中根深蒂固的东西，那些像毒蛇一样缠绕着人们的贫穷、疾病等仍然发挥着巨大的效用，所有这一切，显示的是一个桃花源梦被打破之后，在整个现代化进程中，气喘吁吁或莫名其妙地跟着跑的农村世界，它或许就是一个先天不足的人，现在却被当作了运动员，人们甚至被暗示这样跑就是它唯一的出路，但很显然，新的问题和旧的问题纠缠到一起，有了更复杂的乱象。

小说中有一个最耐人寻味的细节，就是已经是成功企业家的吕有万，回到村里当了村长，在按照某种标准改造村庄时，却不料陷入了最古老的权力泥坑中，又交织着感情的复杂关系，最后自杀身亡。对于他的死，那位“除黑先生”却有着自己的看法：

> “吕有万是个大好人，他改变了乡村，安了路灯，还……”我想说还让大伙扭秧歌，可是就在这时，我看到老人的眼皮动了一下，脑袋抬了起来，似乎他搭的那辆车还没来得及离开，蚕吐丝似的慢慢悠悠说，“他糊涂，他破了古规天道，得罪了往生鬼魂，叫鬼魂把他领走了。”
>
> 我猛一激灵，立即起了一身鸡皮疙瘩。张申忍不住把摄像机开关打开，让它在不被察觉的状态下工作。
>
> “自古乡下哪有这么多灯，哪有这么吵闹，鬼魂夜里出来游荡，没地方躲没地方藏的，你说他们往哪藏？鬼魂是见不得光的！他走那天，是俺给他除的黑，俺当了五十多年除黑先生，从来没这么难，老吕家坟地里的鬼魂根本不让进，点灯怎么都点不住，炮仗也放不响。”[1]

可以认为这是一番迷信的、“愚昧”的言论，但在这之中蕴藏着农村在现代世界中的尴尬，那种对现状改变的焦虑与“古规天道”自然存在之间的矛盾，如何在现实生活中平衡，甚至是一种选择，什么样的生活才是生活在土地上人们心安理得的生活，这里有最好的选择吗？还是根本就不该有一个统一的目标，而所有的目标又都与人们的精神世界有着怎样的关系？

精神世界，是作者一再提醒我们关注的领域。在这里可能

[1] 孙惠芬：《生死十日谈》，人民文学出版社，2013，第219—220页。

有一个作者一直没有挑明的问题，那就是在这样的现代化进行中，生活在这片土地上的人们是自己命运和故土变革的真正主宰者，还是仅仅是一个被动的接受者？小说里写道："上边在这里搞生态移民试点，建社会主义新农村。所谓生态移民，就是把沟沟岔岔散在的房子拆掉，每户补助六万，在一个平坦的地方集中盖房；所谓社会主义新农村，是在村子里集中上硬覆盖，上太阳能，安路灯，连多年不变的每家门口的草垛，也要集中到一个地方。我去时，这两项工程同时动工，一些房子已经拆除，人们住在临时搭建的棚子里，水道沟正在治理，沟边堆放的乱石乱草被清除拉走，土豆花和大叶菊的种子已经落地。但村民也有挠头的问题，就是草垛放在离家很远的地方，拿草做饭不方便了怎么办；盖一座新房需要十几万，有的家庭，分文无有，政府补六万，剩下的钱拿不出怎么办。"[1]还有很多细节上的描述，让我有理由认为，在这新一轮的农村改造中，本来应该成为主体的农民再一次成为被动的接受者或被改造者，我不清楚这是否基于这样一个判断：他们的弱势最终不是力量和能力大小的问题，最终是他们始终被看作没有灵魂的石头。

如果是这样，小说中对自杀者的描述，与那种始终存在的对精神世界的叩问，正好与新农村的景象构成一种内在的关心，它们在相互角力，又指向一个共同的方向，我甚至听到了多年前另外一个作家，在他的小说中发出的一个异样声音，那就是沈从文在《长河》中借乡民之口，说出"新名词"："新生活"来了……实事求是地讲，中国农村在发生着天翻地覆的变化，这种变化足以

[1] 孙惠芬：《生死十日谈》，第 82 页。

颠覆农村自身的长久存在形态，而在这个过程中，如果从统计数字而论，农民的生活也有着质的改善，然而为什么作品没有呈现出一种“欣欣向荣”的感觉呢？作家当然不同于吹鼓手，他（她）有着自己深深的忧虑，还有一点是来自大地身处的忧虑，当这片土地的主人们从来没有被赋予真正的个人的精神世界，久而久之，本身所具有的某种元气散掉了，通俗点说：人心散了，这才是农村更为可怕的破败。这几年，在很多作品中，我们看到了“故乡的丢失”“乡村的消失”，这恐怕才是最为真实的理由。从这一点而言，我的阅读也是不艰难而不愉快，因为那土地也是我的父母之邦。

三

就孙惠芬的个人创作而言，《生死十日谈》是一部具有标志性意义的作品。在她的创作历程中，早期中短篇小说，像抒情歌曲，抒发个人的乡村记忆和身处城乡之间的心灵躁动。《歇马山庄》《吉宽的马车》是一种乡村的自在力量与文明世界的冲突，《上塘书》是乡村牧歌的最后留恋，《秉德女人》是乡村故事的传奇化……在这些作品中，作者都是至高的主宰者，造就了作品的封闭体系，讲来讲去，不论人物有多少，其实作者都是在讲述自己。而我的理解，只有在《生死十日谈》中，作者打开了自我，外面的大千世界也走了进来，尽管她做得还不是那么彻底，但她学会做一个谦卑的倾听者，她开始进入与“自我”好像关联不大的一个个陌生人的世界中，学会接纳一个个不同的价值观，尊重每一个生命的选择，进而再回到自我，有着自我对外在世界的体验和看法，这个圆圈是一个走过了很多路看过很多风景的人，与一个纸上谈兵的人的巨大区别。我认为这一点对小说家来说有着至关重要的意义，它不是改变作风、接地气，也不是体验生活层面上的重要，它是小说家精神世界敞开后，让大地万物自生自明，“我”的力量与万物的能量融会在一起，这个时候作品才会有内在的气象，《生死十日谈》难说就显现出某种气象，但我分明看到了孙惠芬已经打开了封闭已久的大门，自然有理由期待她创作更阔大和美丽的风景，再重复一遍，这风景来自她的内心，也来自色彩更丰富的大千世界，很多作家看重个人内心的色彩，以为它足以表现这个世界，而我觉得远远不够，没有“虚”心，不去借力、借色、换气、补气，他们所守的终究还是一个没有生机的单调世界。

四

对一个当代作家而言，只要他还有创作能力，我始终认为他的作品就始终是未定稿的，他就有修改它们的机会，哪怕是重印，作者添加的某个前言、后记，或者一处说明都是对作品的补充和修正，追求完美的作家不应当放弃每一个这样的机会，尽管真正的完美是不存在的。

为此，我也不认为摆在我面前的《生死十日谈》就应当是它最终的形态，我更愿意把它看作未定稿，这么说，我觉得这部书其实还有很广阔的空间，这个空间作者还有机会大做文章，使这部作品再还有一个质的飞跃。

比如，小说中虽然有对自杀调查课题组的描述，但这群人基本上只是一个叙述的引线而已，高明的小说家不会让作品中出现一个多余的摆设，每一个人物和细节都会说话都有声音的，尽管在笔墨的分配上有主次，我常常想，课题组，特别是主持人淑华与作为返乡者的“我”之间，面对同一件事情在感受上有什么差异？作为作家的调查与作为心理学家的科研有什么不同？作者一再提到的“国家课题”，那种“科学”的眼光与人文的关怀是否一致，我觉得都大有文章可做。特别是他们把被调查者都称为“目标人”，这种科学话语背后隐藏着多少抹杀个体心灵的冷漠？记得萨义德在《知识分子论》中讲到 1960 年代中期，有位参加过越战的退伍军人来找他，要修他的一门专题研究课，那人说自己曾经任职于空军，“他使我产生了对于专业人士心态的可怕看法”，当萨义德问那人具体做什么时，他说是“目标搜寻”。“我花了好几分钟才弄清楚他是轰炸员，他的工作就是轰炸，但他把这项工作套上了专业语言，而这种语言就某个意义而言是用来排除并混淆外行人更直接的探问。顺便说一下，我收了这个学生——也许因为我认为我该留意他，而且附带的动机是说服他抛弃可怖的术语。这可是不折不扣的‘目标搜寻’。”[1] 把杀人的事业抽象化并消除感情的成分后，就变成了“目标搜寻”，这里面有着很多耐人寻味的反思，我觉得《生死十日谈》中不应当轻易放弃这些冲突。

比如，《生死十日谈》这个名字就是一个偷懒的取法，但作者更为偷懒的是在叙述方式上也太“十日谈”了，几章读下来，

[1] ［美］爱德华·萨义德：《知识分子论》，单德兴译，生活·读书·新知三联书店，2004，第 74 页。

我似乎总是在一种古老的叙述方式中回旋，几乎都是进入村庄，描述眼前所感所想，费点心机找到被调查者，打开他的内心，在故事的讲述中有疑点、谜团，又通过另外关键性的细节来破解……这种没有变化的叙述性套路执着地出现在现代小说中让我感到震惊，甚至我不能不说，它极大伤害了这部作品本应当有的更高的艺术水准。

又如，叙述者“我”的处理上也有很多可以商量之处，至少她还没有完全贴近这片土地和人物的命运，作品中不知道出现了多少次“愚昧的”这样的字眼，她还是以一种高高在上的眼光、启蒙者的角色来看待这些人的命运，这与她对他们的尊重又是矛盾的。当然，在这一点上有两种处理办法，一种是彻底关闭“我”的这种启蒙声音，让人物和大地成为真正的主角，也更好地凸现主题。另外一种办法，就是有意识地呈现出这种矛盾，让作品变得更为复杂，而目前看来，作者的高高在上似乎是无意识的。当然，这种表露跟作者的习惯性叙述风格有关系，就是她一直试图解释她所表现的一切，她在勾画人物内心的时候，一定要给出一个理由、一个判断才放心，却忘了这反倒限制了人物的更大自由，她像一个总是不放心孩子的家长，总也不肯放手让他们自己去成长。小说中有无数本来可以适可而止的叙述，作者却不断地过度阐释，这无异于画蛇添足。回到本文开头那个细节，看看鲁迅对于祥林嫂的问题是怎么解决的，而类似的问题，在《生死十日谈》里接下来居然是一段布道式的解决，这之间还是有很大的差距的，但差距或许正是作家生长的空间！

梁宗岱在谈论中国新诗歌发展的文章中曾经说，对于中国现代小说，中国新诗的成就是巨大的，因为你想一想胡适的《尝试集》与卞之琳、冯至等人的诗歌之间的差距就一目了然了。然而，就现代小说而言，鲁迅似乎成了不可逾越的高峰……我有理由相信这话，也感觉到当代作家的任重道远。

2013 年 4 月 27 日清晨于广东旅次中匆草

如花美眷，似水流年
——魏微的《流年》及其他

一

我在头脑中努力搜索十多年前阅读《流年》[1]的记忆。那还不是韩寒、郭敬明等“80后”挥挥手就下雨的时代，“70后”作家正被人们期许或唾骂。当然，在风口浪尖上的人物是卫慧和棉棉，不管魏微自己愿不愿意，她们被关注很大程度上是由于那个很商业化的命名：“美女作家”。仅仅十多年，便换了人间，如今已是“80后”呼风唤雨的“小时代”，连“90后”都已经跃跃欲试了。仿佛只有“70后”作家还规规矩矩在文学期刊哼哧哼哧地劳作，众所周知，传统文学期刊早已日薄西山，唯有“70后”仍守护着传统文学的最后一抹夕阳……唉，如今再提及2000年前后的事情，俨然白头宫女说旧事了。

那时，魏微已经写出了《一个年龄的性意识》《在明孝陵乘凉》《姐姐与弟弟》《乔治与书》等中短篇，它们比较符合“70

[1] 《流年》最初以《一个人的微湖闸》为名发表在2001年的《收获》增刊上，后由花山文艺出版社出版单行本时改名为《流年》。

后”作家写作的一般特征，然而，从《流年》开始，魏微开始了独立行走，并且在这条路上渐行渐远。十多年前，第一次读到魏微的《流年》，给我的感觉是像一股清风迎面吹来。它“清新”，完全没有同时期作品的燥气，不是酒吧的灯红酒绿，不是女孩与老外眉来眼去，不似摇滚一样的桀骜不驯或焦躁不安，它用一个孩子的成长世界置换了“70后”写作的所有流行背景，甚至可以说从纸醉金迷、男女暧昧中抽身而出，来到了一个似乎是封闭的叫微湖闸的地方。这个地方太安静了，连“文革”时代的敲锣打鼓都好像省下了，暖暖的、和缓的午后阳光照耀着一个叫小蕙子的姑娘，照耀着奶奶和杨婶的家长里短，照耀着叔叔和他的伙伴们、女友们的灿烂年华……《流年》的出现，仿佛正在播放着的喧闹大片突然被静了音，大家甚至有那么一刻还没有从喧闹中反应过来，没来得及接纳它。

比如作品中大面积的抒情，对往昔时光近于走不出的怀恋几乎构成了作品的整体骨架，在这一点上，《流年》简直就是一支抒情歌曲。长篇小说向来要求故事、情节、思想之类的，这些在《流年》中都成了碎片，魏微这样的叙述似乎把这部作品写薄了。但我不是这么看——尽管，这么写对作者而言是巨大的冒险，可我看到，落笔之时，她管不住自己，她也只能这样写，只有这样写，那些记忆和往昔时光才能复活。今天看，这个险冒得十分值得，抒情性成了这部小说的独特个性。它不是与小说割裂的一部分，而是小说内在的魂魄，读《流年》如同在静静地欣赏《二泉映月》这样的曲子，那些细碎的事情都在这种情感中碾成粉末，变成雨变成雾，再从我们的面前扬过。

或许，是1950、1960年代写作中那种虚假的抒情败坏了人们的胃口，使当代作家对“抒情”避之不及，但魏微似乎就要逆风飞扬。不过，当我得知她喜欢萧红时，又觉得一切顺理成章。还记得《呼兰河传》的尾声吗？

> 呼兰河这小城里边，以前住着我的祖父，现在埋着我的祖父。
>
> 我生的时候，祖父已经六十多岁了，我长到四五岁，祖父就快七十了。我还没有长到二十岁，祖父就七八十岁了。祖父一过了八十，祖父就死了。
>
> 从前那后花园的主人，而今不见了。老主人死了，小主人逃荒去了。
>
> 那园里的蝴蝶，蚂蚱，蜻蜓，也许还是年年仍旧，也许现在完全荒凉了。
>
> 小黄瓜，大倭瓜，也许还是年年地种着，也许现在根本没有了。
>
> 那早晨的露珠是不是还落在花盆架上，那午间的太阳是不是还照着那大向日葵，那黄昏时候的红霞是不是还会一会工夫会变出来一匹马来，一会工夫会变出来一匹狗来，那么变着。[1]

这是最平淡的叙述，又是最浓烈的抒情。再看《流年》的开头：

---

[1] 萧红：《呼兰河传》，安徽文艺出版社，1997，第212—213页。

> 那时候，我们住在微湖闸，我，爷爷，还有奶奶。我们住在水边，一个机关大院里。过着幸福而枯燥的日常生活。我在那儿度过我的童年，一直到1978年，我才被父母接到身边，在我母亲执教的小学读一年级。我想说，我在微湖闸度过了幸福、平静的童年。一定如此。现在，当我回忆起那段时光，当记忆的闸门开始打开的时候，一些断断续续的场景，一些不相干的小人物、一些名字、一些根本派不上用场的细节又重新回到了我的脑海里。[1]

从小说的结构到抒情性，以至小说的内容：一个孩子安稳又未免寂寞的童年记忆……我仿佛看到了魏微的血脉所在，每一个当代作家在某一刻都会与他的前辈不期而遇。

按照王德威在《抒情传统与中国现代性》中对于“抒情现代性”的梳理，“抒情”的意义已经超出我们原本的理解。“抒情可以是从个人的感性、情操出发，但这‘个人’在历史脉络里意义的变迁，首先就值得思考；也因此，抒情的面向可以导致‘个人’在观察社会人生，以及投入社会人生时，种种不同的感性作为以及表达方式……抒情也可能意味歌者或是诗人‘自吟自唱’的私密情境；即使在大庭广众之下，听者也‘仿佛’能得到一种心领神会的知音之感。”[2] 相对于那些陷入故事泥淖的作家，“抒情”让魏微获得了更大的自由，如此勇敢又泼辣地道出内心的情愫，将小说中某一方面的因素发挥到极致，是一次漂亮的走钢

[1] 魏微：《流年》，花山文艺出版社，2002，第1页。

[2] 王德威：《抒情传统与中国现代性》，生活·读书·新知三联书店，2010，第70—71页。

丝。同时，我们不要因此就低估魏微的叙述野心，她不但想串起人生的碎片，同时也从未放弃对时代风云的把握，从她所拟的章节标题，以及不断地暗示中就能体会到（如“一个时代的背影”“八十年代——我的爱情年代”），她正在以个人体验的方式讲述光阴的故事。

其实像萧红《呼兰河传》这样的作品是可遇而不可求的，那是反复咀嚼过的人生经历在作家成熟的文笔下的回光返照。相信《流年》对于魏微也是这样，她以后可能写下不知多少远比这更成熟的作品，然而我认为她很难再有这样对生命和岁月的深情的回顾，这种“有情”的写作需要作者生命中一些特别的东西，唯此才会有“原来你也在这里”意外之喜。

二

同样是追溯成长岁月，余华的《在细雨中呼喊》与魏微的《流年》截然不同。余华笔锋锐利却情感节制，人物与现实世界间充满着紧张、压抑、仇恨的关系。孙光林眼里的村庄和世界，不是灰色的，就是阴暗的。小说开篇写的就是一个孩子“对黑夜不可名状的恐惧”[1]。黑色，不论是傍晚，还是白昼，都是这个孩子的记忆底色。与魏微对微湖闸的抒情书写不同，《在细雨中呼喊》对故乡，几乎都是痛苦的记忆，“我远离南门之后，作为故乡的南门一直无法令我感到亲切”[2]，因为“我”不想再面对好不容易逃离

[1] 余华：《在细雨中呼喊》，上海文艺出版社，2004，第 2 页。

[2] 同上，第 19 页。

的现实。“现在眼前经常会出现模糊的幻觉，我似乎能够看到时间的流动。时间呈现为透明的灰暗，所有一切都包孕在这隐藏的灰暗之中。我们并不是生活在土地上，事实上我们生活在时间里。田野、街道、河流、房屋是我们置身时间之中的伙伴。”[1] 记忆是灰色的，回忆则是耻辱的，“父亲”与寡妇偷情，“母亲”被寡妇痛打，哥哥躲得无影无踪，父亲不敢出面，记忆中尽是这样的画面，它们会给一个孩子带来什么？生活在这样扭曲世界中的孩子，心中更多的是压抑、防范和抵抗，哪怕他在觉得更像自己的父母的王立强和李秀英夫妇家中，仍然不能消解心中那份警觉，他会以揭发王立强的婚外恋而谋取自己的利益，争取有利于自己的条件……每每读到这里，我心尖都发凉，要知道他才是个孩子，一颗心在寒冷的环境中冻了多久，直到盛夏还会发散着冷气啊？！

《流年》则完全是另外一种氛围，只举一个场景作例子就够了，那是奶奶、杨婶还有“我”在一起度过的下午时光：

> 下午的阳光是这样的悠长，缓慢，像长长的一生。两个人就这样坐着，闲闲地说着话。老太太放下手中的针线活，摘下老花眼镜，说起自己的老腰病又犯了；杨婶呢，把针线匾子搁在自己的膝盖上，身体整个伏在针线匾上。在她们的周围，还有一些梧桐的影子，一片一片的，静静地落在她们的衣衫上，脚边，手背上，眼睛上。
>
> 阳光是一寸寸地弱下去了，在某个静静地瞬间里，有风从门框前吹过了，非常轻微的风，并没有吹起落叶，倒像是

[1] 余华：《在细雨中呼喊》，第 31 页。

阳光在微微地跳了一下。[1]

> 总之，在那个昏黄的、日光迟迟的下午，那两个女人，杨婶，我奶奶，她们坐在一起，静静地说着话：也许她们再也不会想到，在她们那些琐碎的、没有见识的话里，其实囊括了人生至关重要的一些东西，活着，以及活着的一些细节。在那短短的三两个时辰里，她们活了长长的一生。[2]

每个作家都有一个自己的独立世界，在把魏微与余华对比时，我非常谨慎地提醒自己，不要把这个上升为两代作家的对比，那样会简化很多问题。然而，不同的岁月留痕也会在客观上形成代际差别。关于这一点，魏微曾有意识地做过对比，尽管那是通过她的小说中人物之口说出来的：两个年轻作家在谈论比他们年长十岁的“上一辈人”林白、陈染时，认为她们的作品“带有强烈的女权主义倾向”，接着便是这样的比较：“她们是激情的一辈人，虽疲惫、绝望，仍在抗争。我们的文字，甚至也是心甘情愿地待在那儿等死，不愿意尝试要花招。先锋死了，我们不得不回过头来，老实地走路。”另一个女孩说：“她们是女孩子，有着少女不纯洁的心理。表现在性上，仍是激烈的、拼命的。我们反而是女人，死了，老实了。”[3]这段很有名的话显示了非常自觉的代际差别。这种差别与他们的成长背景当然息息相关，1960

---

[1] 魏微：《流年》，第 10 页。

[2] 同上，第 12—13 页。

[3] 魏微：《一个年龄的性意识》，载《七十年代以后小说选》，上海文艺出版社，2000，第 469 页。

年代作家的成长岁月是身体和心灵都在受压抑的岁月，它更看重自身与周遭世界的关系，而且这种关系是防御性、反抗性的，想一想，他们的时代连在公众场合接吻都需要付出代价争取来，就不难理解他们的警觉。而对于“70后”作家，一切的获得仿佛都是自然而然，他们也不需要弄清楚缘由和过程，只要分享和享受就够了。更何况，社会还给他们投放了迷醉剂，让他们误以为个人生活和内心世界已经辽阔无边，无须再去过分关心外在世界的变化。本来，先锋作家呼唤和表现的就是这些，但先锋作家永远无法消除那种紧张感。而“70后”作家却觉得没有值得大惊小怪的，甚至觉得生活不是从来如此、就该如此吗？那种狐疑的眼神、紧张的内心，又为哪般呢？在这一点上，“70后”作家的成长背景决定了他们的感知和视野，这自然会被诟病为“缺乏历史深度感”，历史也悄悄地躲在他们的身后，不再气势汹汹地横在前面，于是，他们的叙述必然要进入另外一个世界：日常生活。

三

《流年》可以说是一曲“日常生活”的赞歌。凡是提到“日常生活”处，作者的笔触立即柔软起来。写杨婶，是这样：“她把一切都做到了细处，她在她的世界里是欢腾的，无所不能的。她的触须直指物体的深处，某个细部。它们曲径通幽，别有洞天。枯燥的日常生活在她的染指之下，竟变得如此辽阔，生动，细微。”[1]“日常生活”甚至成为某种屏障，挡住了时代的风雨：“总

[1] 魏微：《流年》，第22—23页。

的来说，微湖闸还是平静的，安宁的，人们有计算地过着小日子。革命年代里的种种风潮，并没有太影响到这个地处偏僻的水边大院。这里既没有武斗，也不常发生政权更迭的现象。我爷爷很安稳地坐在他的位置上……”[1] 作者几乎是在反复强调微湖闸的“世外桃源”性：

> 外面的世界是如此的辽阔，那里面有很多空泛的东西，革命和理想，还有主义。热血青年们急于缔造一个新世界，他们手捧“红宝书”，把手按在胸脯上（宣传画里就是这个样子的）。他们茫然地睁着眼睛，那空洞的眸子里空有鲁莽和热情。
>
> 可是这一切，跟微湖闸的人有什么关系呢？
>
> 他们蛰居在一块四方的天底下，那么安稳、踏实，沉着。他们工作，每个月靠微薄的工资生活。他们常常进城去，也许去百货公司买一副有机玻璃卡子，橘红色的，夹在辫子上像横躺着的“8”字，别提多漂亮了。他们并肩走在城市的林荫道上，一家三口，夫妻俩带着一个孩子，很体面的。他们的穿着也很干净，朴素，符合那个时代的对于美的要求。[2]

作者甚至断言，“他们与那个时代隔着很遥远的距离”[3]，也不去思想什么，考虑的都是实实在在的生活。于是呈现出这样的

[1] 魏微：《流年》，第 30 页。

[2] 同上，第 35 页。

[3] 同上，第 37 页。

结果："像我爷爷、杨站长、马会计、卢主任这些男人，他们显然是党员，也在关心时局和政治，可是他们是那样的安静，和善，通晓人情；革命年代里的一切，在他们身上似乎渐渐睡着了。而且，我所见到的他们，都是在日常生活中，他们走路的样子，他们坐在自家的门槛里，他们笑着和人打招呼，他们蜡黄着脸，侧转过身体轻轻地擤鼻涕。""这就是我看到的那个年代的人们的生活，它是那样的单调，平安，没有戏剧性。它日复一日、年复一年，枯燥地重申着。有时候，它甚至让人感到害怕和绝望。可不是吗，时代以惯常的速度滚滚向前，而他们仍生活在原来的地方，那样的微笑，谨慎，认真，永常。"[1]

这完全是有指向性的对比，一面是理想、主义、辽阔、空泛，一面是安静、和善、细小、踏实……"日常生活"被推到了崇高的、本质性的位置上。不仅在《流年》中，在其他作品中，魏微也写出了这一点。如《大老郑的女人》中，她写那一座古城，项羽打刘邦那会儿，它就在这儿，那时人们是怎么生活的，现在也差不多这样生活，多少年过去了，小城还保留着淳朴的模样[2]……连刘邦、项羽等枭雄都改变不了"日常生活"，"主义""理想"也不曾摧毁它，它柔软却有着穿透岁月的力量。这是得了政治、历史厌食症之后，一代作家对写作资源的重新寻找。在先锋写作中，已经毫不留情地颠覆了既往的历史，解构了理想和激情，那么解构之后，获得的是什么？是空洞的人性，还是身体欲望的解放？我觉得这是先锋写作不曾完成的模糊地带，

[1] 魏微：《流年》，第 41 页。

[2] 魏微：《大老郑的女人》，《人民文学》2003 年第 4 期。

而“70 后”作家，不管他们是否有这样一种自觉，他们踏过了身体、欲望接着走下去，他们找到了日常生活。在他们的想象中，这是符合人性的，是剥去打打杀杀、批斗、背叛之后，人的本质性的存在，风暴过去了，需要一种稳定，或者说一种“正常”的生活，它就是日常生活以及在此之中的个人悲欢，企图展现的更为复杂、深邃的人性。对于池莉，日常生活是“烦恼人生”；对于刘震云则是“一地鸡毛”；而在魏微则是抱在怀中惆怅又欣喜地独享的心灵秘密。从这一代的经历而言，他们的前辈是体制的产物，而进入 1980 年代以后，旧的体制在崩溃，新的体制没有诞生，他们正处在一个被体制抛弃的过程中，在这里，一切都变得不可凭依，仿佛一切只能依赖自身，而与自己切身相关的，也只有日常生活。

这样的一个豁口引领了新世纪以来的整个写作路向，而在十多年后，重新回顾这一段创作走向，我不能不说，魏微是这一路向的开路先锋，有她，还有朱文颖等一批人，“70 后”的写作才走出了与卫慧、棉棉不同的方向，并由此形成一股洪流。在这之中，《流年》无疑是一部有着代表性的作品。

那么，接下来又要追问：他们的“日常生活”是什么？它不是一个固定、静止的概念，在作者这里，它与“时间”紧密联系在一起。春夏秋冬，生老病死，在这样的轮回中、时间的疾驰中，有着所谓的日常生活。于是，在《流年》中，我们读到很多这样的句子：“时间到底从我们身上带走了什么？——年轻的容颜？爱情？一点点快乐的回忆？……我重新哭出声来。”[1]“可是，

[1] 魏微：《流年》，第 66 页。

我还能记得很多年前的那些时日，光阴怎样在一个姑娘的身上留下的芳泽，光阴也在她的身上打下了阴影。一年一年的，她也老了吧？她成了一个妇人，就像当年的杨婶，就像很多年后的我奶奶。面对着在成长的孩子，艰难生计，几十年如一日的生活。有一种时候，她也许走在下班回家的路上，她骑着自行车，她的车篮里放着一摞便宜的布料，还有一双塑料拖鞋。”[1]由此，我们多少能体味到，抵挡外在的时代风雨时，“日常生活”是一个很好的凭借，然而，另一面，它对个人又有些残酷，是它让童年不再，让容颜衰老。而所有的回忆都是有时间限制的回忆，它转瞬即逝之后，“日常生活”便显现出周而复始的枯燥和单调——这样，我们才能理解为什么有后来“杨嫂”的反叛——这可能是我们意想不到的结果，但也是世界的本真面目。“青春，爱情，肉体的欢腾，一代人的静静的理想，几乎是在一瞬间逝去的。也很难弄清楚当时是怎么回事，也很难追忆了。”[2]“我只对悲伤感兴趣。悲伤才是最真实的东西。它永恒，迫近，无力，它是人世的真实。”[3]难道说虚无、无力、悲伤才是日常生活的真实？那么，我得修正一个说法了，《流年》并非简单的日常生活的颂歌，作者显然处在一个无法解脱的矛盾中，她沉迷那些平静的下午时光，却又知道它们的短暂，同时又看到悲苦的生命是漫长的，枯燥的日常生活也是漫长的，在她的抒情背后是个体生命无法逃避的悲伤和疼痛。

---

[1] 魏微：《流年》，第 67 页。

[2] 同上，第 97 页。

[3] 同上，第 120 页。

小说结尾写到了“爷爷”和“奶奶”的去世，关于微湖闸生活的回忆也于此终止。尾声处作者曾有这样的感叹“新一代的孩子成长起来，新的欢腾又开始了。人世的艰辛，它们来不及体会，要到很多年以后……他们老了。一切都在重复。日常生活仍在持续着。”[1]这样的话再次重复：“她喜欢在微湖闸的那段岁月，她受到了爷爷奶奶的呵护，那是人世间最初的温暖。很多年后的今天，她想起他们，还会默默地淌眼泪。再也没有比这更伤怀的情感，她没有能力。世界上她最疼爱的两个人都走了，她没有能力。”为什么“没有能力”？接下来的话是反思还是忏悔呢？“光阴销蚀了她很多东西。她变了，也不知这变化从何人来，她冷漠，更加坚硬。也许，这变化就在她的骨子里？也许，它预示了一种更强大的真实？”[2]“我”（小蕙子）这么看重这段岁月，最终却任凭“奶奶”在孤苦中度过余年而无能为力。要“我”寄一张照片，“我”竟然拖了半年；“奶奶”盼着孙女来看她，而“我”却极少回家，“我不知道她过着怎样的生活”。当“奶奶”提出要回到儿子家住，说嫌女儿家的子女太脏时，“我母亲说，你就不要嫌弃了。小蕙子倒是干净的，可她不愿意跟你睡。她也不在家”[3]。这个托词十分残酷，但小说中另外一句话更像锥子一样扎着我的心，似乎在向我们展示赤裸裸的生活本相：“她沉默了。在她生命的最后两年，她不再提我，哪怕一个字。我想她是怪我的。”[4]

不知为什么，我不太舒服，这一代作家似乎总是在向我们展

[1] 魏微：《流年》，第 253 页。

[2] 同上，第 249 页。

[3] 同上，第 238—240 页。

[4] 同上，第 239 页。

示这样的本相，却缺乏更强大更有力量的精神来超越它，这种“没有能力”，是这个时代的精神疲乏症，还是作家自身的浅尝辄止或是故意回避？我说不清楚，但隐约地感觉到他们的写作似乎总停留于物质层面，这样的写作可以完美却总不伟大。

四

魏微在一篇散文中曾经说过这样一段话：

> 我们每个人都是忧伤的，可是忧伤没有用处。
>
> 我喜欢有用处的东西，物质的，看得见的，日常生活的……我在九十年代长大成人，形成了那个年代里所特有的重实利，自私，靡顿……人不再是狂妄自大了。他们开始意识到自身的弱小，处事谨小慎微。
>
> 我想这是对的，永常的人世恢复了它应有的面貌。
>
> ……我始终认为，时代是虚妄的，每十年一个时代，虽车轮滚滚地向前跑着，可是再隔三五十年回头看，时代又回来了，新的一茬人，新的楼房，旧的时装样式，似曾相识的生活习性，旧思想……这其中有一些亘古不变的东西，源远流长着，在新时代里换了一副和善面孔，卷土重来。[1]

不用提醒，你都会觉得这话很耳熟。是的，张爱玲。那个

[1] 魏微：《1988年的背景音乐》，载《我的年代》，百花文艺出版社，2005，第6—7页。

喜欢听市声，觉得“长的是磨难，短的是人生”[1]的女人，她也曾说：“生在现在，要继续活下去而且活得开心，真是难……所以我们这一代人对于物质生活，生命的本身，能够多一点明了和爱悦，也是应当的……”[2]大家都有气无力、无能为力，生命中充满了抓不住的虚空，能够暂时填补这虚空的唯有物质的实在感。张爱玲还说过，相对于激情飞扬的人生，写作不应“忽视人生安稳的一面。其实，后者正是前者的底子”[3]。这些都可以呼应魏微上面的话，也未尝不可为《流年》做些脚注。我无意去探寻魏微的师承，但她的写作，包括《流年》无疑有着“祖师奶奶”提供的思想底色。

身处这样一个变动的现代社会中，大家惊惧又无路可逃，虚空又需要支撑，说不出悲伤又需要情感出口……这是现代人的困境。鲍曼曾用“流动的生活”概括现代人的生存状态：“流动的生活便是一种生活在永不确定环境下的、缺乏稳定性的生活。这种生活挥之不去的严重性焦虑在于，人们害怕被弄得措手不及，害怕没能赶上迅速变化的潮流，害怕被抛在别人后面，害怕没有留意‘保质期’，害怕死抱着已经不再被看好的东西，害怕错过了掉转方向的良机而最终走进死胡同。——流动的生活，意味着持续不断的新的开端……新开端往往是流动的生活之最具挑战性的时刻，也是最令人不安的烦恼。”[4]问题在于现代人并非外在

[1] 张爱玲：《公寓生活记趣》，载《张爱玲散文全编》，浙江文艺出版社，1992，第32页。

[2] 张爱玲：《我看苏青》，载《张爱玲散文全编》，第260页。

[3] 张爱玲：《自己的文章》，载《张爱玲散文全编》，第112页。

[4] ［英］齐格蒙特·鲍曼：《流动的生活》，徐朝友译，江苏人民出版社，2012，第2页。

于“害怕”，他还是所有“害怕”的制造者，鲍曼也曾提出警告：流动的生活中一切都将成为消费品，在使用中被替代。这一点，现代人恐怕已经意识到了，因此才有不断地“怀旧”和“提前怀旧”，企图借“怀旧”定格某一段时光、激活某个瞬间，给漫长的孤寂岁月端上一道甜点，同时辟出一方可寄托内心情感的心灵空间。

这是自我制造出来的虚拟空间，没有人愿意重返昔日的时光，“怀旧”更多是一种修辞，就像有人分析的纳博科夫、布罗茨基、卡巴科夫等流亡作家，“三个人都着迷于家园和回家，但是谁也没有返回俄国。实际上，尚未返回变成了他们的艺术的一股推动力量”[1]。这样一种“怀旧”，与其说是对懵懂岁月的怀念，还不如说是对后来成长岁月的不适应，这一点有的研究者已经明确指出：“研究怀旧的史学家斯塔罗宾斯基和罗思得出结论，在二十世纪，怀旧已经被私有化和内在化。对于家乡的思念收缩成为对于个人自己童年的思念。与其说是对于进步缺乏适应，不如说是‘对于成年人生活的某种不适应’”。[2] 证之于《流年》：离开微湖闸的岁月，“我”似乎就是不快乐的，孤独、青春期的反叛、与父母的紧张冲突接连不断，仿佛再也找不到微湖闸的午后的平静时光，在这样的心境中，呈现出来的往昔岁月，已并非现实的复原，而是情感的重塑。小说中并不是以主人公成长历程的顺叙，而是充满“那时候”“很多年以后”这种倒叙，时空的拉近又推远，本身就提示我们，关注叙述者站在哪里，这并非无关紧

[1] ［美］斯维特兰娜 · 博伊姆：《怀旧的未来》，杨德友译，译林出版社，2010，第 287 页。

[2] 同上，第 61 页。

要，它决定了叙述的视角和立场。

然而，倘若“怀旧”也沦为消费品呢？个人的经历、情感，深情呼唤的昔日时光被批发、售卖甚至成为一种模式被生产，如同电视上那些模式化的催泪节目，这对于文学写作可是一个不幸的讯号。鲍曼还复述过蒙蒂·派松的一部电影：男主角十分厌烦自己的一大群崇拜者，他要说服他们不要像一群羊那样聚集在一起，可是无济于事。“你们都是个体！”他高声喊道。“我们都是个体！”他的信徒们立刻齐声答道。只有一个微弱的声音表示反对说：“我不是……”布莱恩又尝试拿出另一个理由。“你们必须与众不同！”他嚷了起来。“是的，我们都与众不同！”信徒们又异口同声答道。再一次，只有一个反对声音说道：“我不是……”听到有人这么说，人们愤怒地环视四周，要是能够找出那个异议者，非把他绞死不可。[1]

不知多少人标榜“自我”，到后来发现“自我”只是个流行商标而已。这种矛盾，恰如这一代作家与“自我”和“日常生活”的关系，如果沉迷于其中，他们将很快就变成没有什么与众不同的消费品，然而，丢开这一切，他们又将如何拥有“自我”呢？“自我”和“个性”并不可靠的，它们更不是一个资金充足的银行，可供一个作家不断地提取。那怎么办？有人已经发出他们是“低谷的一代”的赌咒，他们能够挣脱开来吗？这恐怕不能靠哪位高士设计什么路线图，能够带给他们救赎的只有这一代作家的创作。

2013 年 9 月 13 日午后于上海

[1] 参阅［英］齐格蒙特·鲍曼：《流动的生活》，第 16 页。

有的只是厌倦，哈欠连连
——映川小说阅读札记

一

映川的小说，写了很多现代都市中男男女女的情感纠葛、内心困惑和现实挣扎，从一地鸡毛到烦恼人生，是这个时代文学的基本面影，波澜不兴的日常生活在作家的反复讲述中变得尤其稀汤寡水，聊以自慰的是，从一开始，他们就拒绝粉饰、夸张或鼓动什么，在一种平淡中仅倒收获了真实和熨帖。当然，没有一个作家甘于复制、粘贴，他（她）总是有所表达的。在映川的表达中，存在一个二元对立的结构：一方面，总有一种声音在努力呼唤纯粹的爱，另一方面，她叙述的现实中又遍布对爱的背叛，对情感或爱的不信任之感跃然纸上。两者相互冲突、消解，又相互彰显，背叛带来的伤害和虚空，加强了对纯爱的呼唤；而内心渴望在现实中的落空，又验证了真爱的虚幻，百转千回，理不清的纠结给小说带来湿润的云雾，构成别样的风景。

长篇小说《婚前的荣灯》中，荣灯曾与父亲荣模讨论情感问题。荣灯说，美就是美，她喜欢不需要任何理由的纯粹的美。父亲在这之外又提出一种“依附美”，他解释：“所谓依附是因为它有条件。比如教堂之美是因为它能纯洁人的心灵，陶罐之美是因为盛物。像你喜欢鲜艳的裙子，是因为它能为你增色。”纯粹和依附其实是两种选择，他进一步说：“一个人要弄明白自己究竟要的是什么样的情感，很难。很多时候你想要的是纯粹，最后因为种种摆脱不了的东西而变成依附的。”这段话，可为映川所写的那些红男绿女的情感结构做注脚。

《淑女学堂》是这种情感状态最形象的呈现。为此，作者写了两个不同类型的姐妹，宋紫童是野心勃勃地实践着“依附爱”的女孩，而龙婷婷天真、善良，追求“纯粹爱”。事情当然没有这么简单，为了自己爱的人，龙婷婷最终无法坚持“纯粹”，不得不选择“依附”，这也正应了荣灯父亲所说的两种“美”的转化。宋紫童在贪婪地抓住一切机会向现实索取、争夺的同时，也把自己弄得遍体鳞伤，到最后甚至产生一种幻灭感：“她觉得这一切都是假的，是幻觉……”“纯粹的爱”激发了很多人对爱的激情和幻想，然而，这样的爱究竟存不存在，映川用文字不断地验证着这种叩问。《婚前的荣灯》中，荣灯的闺蜜黄梅曾甜蜜地宣布嫁给医生刘师乐不枉此生，这样的期许让荣灯羡慕不已。山盟犹在，刘师乐就出轨。他并不以此为耻，反而振振有词要荣灯理解，他说：“婚姻有时会枯燥得让你窒息，只想跑出去透透气再回来。这样做的时候我也很矛盾，但没有办法控制自己。”这是一个身体和心灵都被解放的时代，欲望是人们认可的通行证，更何况，对方是卫生厅厅长的妻子，情感屈服于现实也是畅通无阻的，他还叫板荣灯：“不，你不天真，更不单纯，你敢保证除了顾角你不爱其他男人？”荣灯不敢面对这个问题，她对闺蜜掩盖真相，想不到，闺蜜说她也曾有过情人……爱，承诺，情感，都是这般千疮百孔。

“现实”是最大的理由和根据，在它的压制下，一切都将得到宽容、理解、放行。最让人唏嘘的故事是《零食》中，在京城工作的IT“民工”谭文竟然要把女友钟楚梅“嫁”出去，因为两个出身低微、大学刚毕业的年轻人在这样的城市里实在抵挡不过现实的重压。谭文的考虑是：“凭钟楚梅的条件，如果不是跟他，可以有更多更好的选择，日子不会过得这么苦巴巴的，自己受的苦没人分担，还跟着他受累。将来他也许有本事让她过上好日子，可这个将来要等多久啊，像钟楚梅说的，那时候她可能已经老了。”[1]这个想法乃至随后把钟楚梅介绍给自己信任的人的做法，最初出自一份辛酸的爱。然而，仔细推究又会发现，无论是谭文还是钟楚梅，他们都对传统的天长地久的永恒爱情没有信心。“将来”，对于当代人而言非常遥远、极度奢侈，“这个将来要等多久啊”，青春易逝，“老”不再是叶芝笔下“多少人爱你风韵妩媚的时光，/爱你的美丽出自假意或真情，/但唯有一人爱你灵魂的至诚，/爱你渐衰的脸上愁苦的风霜”[2]，而是等不起、没有安全感，当代人唯有赶紧抓在手里才安稳，哪怕仅仅是根稻草。非常微妙的是，对这样的安排，钟楚梅起初是赌气，接着是心虚，再是投降，最后她投桃报李也给谭文介绍新人……小说中这样描述她的心理变化：

[1] 映川：《零食》，载《零食》，二十一世纪出版社，2012，第221页。

[2] ［爱尔兰］叶芝：《当你年老时》，载《叶芝诗集》，傅浩译，河北教育出版社，2003，第82页。

这段时间与陈立交往，她一半是赌着气的，赌着赌着也领略了生活的另一面，她不得不承认自己是虚荣的，她喜欢漂亮的衣服，名牌化妆品，喜欢坐在咖啡厅里聊天，喜欢坐小车而不是挤公交车回家……她心虚地与谭文赌着气，她知道自己不会也不想再走回头路……[1]

曾经沧海难为水，爱被现实赎买了。背叛，不信任，并且表示充分地理解，这些在映川小说里可举出的例子很多。《最后的朋友》中，男主人公皮乐山对待外来小贩张和表现出充分的善意（当然，也是有功利性的），在张和眼里，他是救星、大善人。然而，在情感上他也会逢场作戏，对妻子一如既往，对情人也含情脉脉。以老脑筋看，简直无法接受这样的双面人，可是，在映川不言自明的时代背景中，一切仿佛都不值得大惊小怪，这是一个"世俗时代"，专一、永恒、神圣已经翻篇，大家都是世俗中人，世俗中人不需要神圣的"伪装"，甚至连面纱也不需要，大家都露出肋条和屁股，存在就是合理的，不合理也可以理解，如此种种，一个时代的精神面相在这样的作品中歪打正着被映照出来。

恩格斯说过，资本主义生产行将消失以后，两性关系在"新的一代成长起来的时候"会呈现这样的局面："这一代男子一生中将永远不会用金钱或其他社会权力手段去买得妇女的献身；而妇女除了真正的爱情以外，也永远不会再出于其他某种考虑而委身于男子，或者由于担心经济后果而拒绝委身于她所爱的男

[1] 映川：《零食》，载《零食》，第 231 页。

子。”[1] 从映川的小说来看，恩格斯呼唤的“新的一代”还在襁褓中，两性关系里，企图以纯粹的爱情作为核心，还是一种奢望，爱情往往只是搭售品。不仅如此，在世俗时代和物欲社会里，金钱还会制造爱情的幻想和感觉，那些关于美好生活的所有想象都是以金钱为基础的，“爱情”也可以由物质交换制造出来，这些感觉没有引起任何警惕就进入人的意识里。小说，不是道德评判的法庭，然而，小说经常会撕开灵魂的一角。所谓的“现实”，无非是拥有或失去金钱所带来的安全与不安全感。“金钱使个体完全满足自己愿望的机会近在咫尺，更加充满诱惑。仿佛有可能一下子就获取完全值得追求的东西。”“货币给现代生活装上了一个无法停转的轮子，它使生活这架机器成为一部‘永动机’，由此就产生了现代生活常见的骚动不安和狂热不休。”当我们的生活目标有形无形地与金钱捆绑在一起之后，哪怕目的达到了，在内心的感觉上，“就会无数次出现那种致命的无聊和失望”，因为金钱提供不了最终价值，价值虚空的人们始终漂浮在生活表面。[2] 不管映川是有意还是无意，她的作品给这些人画了像。

二

世俗时代没有英雄。《尤利西斯》中的布鲁姆，虽然心地善良，但绝对无法与《荷马史诗》中的奥德修斯相比，家里也不存

---

[1] ［德］恩格斯：《家庭、私有制和国家的起源》，载《马克思恩格斯选集》（第四卷），人民出版社，1972，第 79 页。

[2] 参阅［德］西美尔：《现代文化中的金钱》，载《金钱、性别、现代生活风格》，顾仁明译，华东师范大学出版社，2010，第 10—13 页。

在一个忠贞不贰的妻子。在男权社会里，英雄几乎与男人画等号，可是，映川小说里的男人简直面目不堪，她出尽他们的丑相，“他们”不是小人物，而是精神侏儒。这个时代，不仅“上帝死了”，“男人也死了”。

对此，映川最具有想象力的叙述是小说《我困了我醒了》，男人张钉在需要他承担责任或做出抉择时，就昏睡不醒。他的前女友李芳菲评价：“我从来没有见过你这么自私无耻的男人。”现女友卢兰提出分手：“因为你是一个逃避责任，没有责任感的男人。你爸爸跟我说了，你从小到大一有难事就一睡了之。你前辈子到底是什么变的？真是一只青蛙吗？”[1] 检索一下映川的小说，这种逃避责任的男人比比皆是，父亲的缺席也是很多人物的成长背景。《只爱陌生人》中，兰心痴心爱着秦山，每月以自己的工资补贴秦山的学费，可是突然有一天，她发现爱人不见了，像从地球上蒸发了一样，找到天涯海角，得到的不过一纸留言。《找爸爸》也是这样，金有礼留下五千块钱，抛下妻儿，拍屁股走人了，留下的话是如此不负责任：“就算我对不起你和孩子了，可是我不想过这样的生活了，很累，你不用来找我，你也找不到我。”[2] 他“很累”，可是几年后，已患重病的妻子带着儿子千里寻夫累不累呢？此时，他已经躲在另外一个地方，又另娶女人。面对他抛弃的妻儿，他虽然懊悔却要继续逃脱：

迎春，我们当时没有办过结婚手续，你可不可以跟民政

---

[1] 映川：《我困了我醒了》，载《零食》，第 74 页。

[2] 映川：《找爸爸》，载《狩猎季》，广西人民出版社，2016，第 160 页。

局的说，找不到我了，把孩子给福利院，行吗？他又补充了一句，他只是暂时住福利院，等我过几年，方便一些的时候，我可以去看看他，再想想办法。他不敢看农迎春的眼睛。他说，我老婆还有三个月就生了，她年龄比较大，快四十岁才有这么个孩子，计较得很，我这几个月要忙生意，又忙着照顾她，别的都顾不上了，这种情况，你要我怎么把一个孩子领回去？她的脾气，唉，大得很。[1]

他已经不想承担父亲之名，而且从这些并非托词的描述中，能够看出这个男人在新的家庭中，依旧是一个“小男人”。与之形成对比的是女性的态度，农迎春千里寻夫，关心的已经不是金有礼计较的这些现实问题：“我不希望他（指儿子——引者）孤单单的一个人，高兴的时候不知道跟谁分享，痛苦的时候不知道找谁诉说……”到后来，依旧是一个女人，农迎春的继母陈锦，完全不计个人恩怨，接纳了这对母子——由此对比，不是更见男人之小吗？

映川的另外一篇精彩的小说《不能掉头》呈现的是一个男人成长的过程，这是在“巨婴”状态中的男人。从没有胡子到长了胡子，从生理到心理都在缓慢成长。胡金水一直以为他杀了人，四处奔逃，可是，这却是一场幻想。多少年来，他在自我的梦幻中成长，最后接纳他、让他睁开眼睛的又是一个女人。《婚前的荣灯》中的小客，虽然更符合荣灯关于理想男友的想象，然而，失败之后的表现，更像一个没有长大的婴儿，作者安排他丢开尚

[1] 映川：《找爸爸》，载《狩猎季》，第172—173页。

在奋力救助他的荣灯，去投奔“姐姐”，仿佛已经暗示了，这个人还没有长大，还需要母性的庇护。即便这样，他最后还是选择了自杀，因为一个婴儿是难以在这个社会里独立活下去的。《挂在墙上的自行车》，虽然在提醒我们，男人同样也需要一间自己的房间，可是简之同的时间永远在“过去时”，像文物一样珍存前恋人的物件，而毫不顾惜现任的感受，并直言：“这并不影响我对你现在的爱。”这种任性是不能协调自我与外在的关系，这不是成年人所为，而是一个没有长大的孩子的惯常之举。

关于男人更不堪的描述，就不必一一举例了。像《狩猎季》中周启利用女人的感情，谋取商业利益；大学教授苏玉石借保护自然之名谋私利；《魔术师》中黎金土，更是男人恶的集大成者。那些放纵自我、虚伪的男人，也是映川小说中的惯常角色。在《狩猎季》那桩生意里，周启把李绿当作生意伙伴，却不拒绝李绿的投怀送抱，值得注意的倒是李绿对于周启的态度，有女性的情感需求，也有对于世俗社会男人的“宽容”和“理解”：“她不愿去深究周启的真心占几分，她更愿意从另一个角度来衡量，那就是，男人的功利心无论多么大都是可以原谅的，这是他们的天性，前提是，他没有别的女人。”[1]我不想深究，映川小说中女性主义的成分有多大，我只是想从这样的态度中，看出世俗时代人们对精神底线的坚持是多么脆弱，或者说，大家已经不再相信一个精神性的东西的存在，宁愿从生存、现实的角度去判断、选择，只要能抓住眼前和现实。由此再看，男人死了、男人的侏儒化这些问题本是社会的问题，它们的形成也包含着女性对男性的

[1] 映川：《狩猎季》，载《狩猎季》，第 73—74 页。

塑造。

查尔斯·泰勒在论述这种社会状况时认为：“作为否认超越、否认英雄主义和深层情感的结果，我们所剩下的是这样的人生观：它空洞，不能激发认同，不能提供真正有价值的东西，不能应答我们对能为之奉献自己的目标的渴望。能够激发我们人之幸福的，只能是这样的：如果有种种势力要摧毁幸福，我们必须奋起抗争；然而一旦实现了目标，它将再也不能激发我们，有的只是厌倦，哈欠连连。”[1] 这个世界并非没有可以抗争之事物，只是我们太沉溺于“自我”，消费时代的物欲蒙上了我们的眼睛，狭小的眼界限制了我们的思维，于是，我们在自己制造的温柔乡里沉醉、下坠，畏缩，退化；于是，“有的只是厌倦，哈欠连连”。

三

映川的可喜之处在于，她并没有仅仅带我们坠入深渊，看到可怕的黑暗，她还企图带领我们飞升、超越，在她的文字中，我甚至看到某种宗教情怀，她以此赋予笔下人物以自我救赎的力量。

让人心疼又感动的是那篇《马拉松》，范宝盛在儿子丢失之后，开始自我反省，也等于是自我重生；原来的暴躁性格改变了，他也并没有因此而怨恨谁，相反开始感恩的旅程，变得乐善

[1] ［加］查尔斯·泰勒：《世俗时代》，张容南等译，上海三联书店，2016，第823页。

好施；他并不是装装样子，而是十几年如一日，他对自己的太太说："我只是努力做一个好人应该做的事，不容易啊，跟跑马拉松一样，坚持到底就是胜利。以前我几乎每天都会想，到底是谁把虫儿拐走的？……现在我不去想这些问题了，无论是谁都夺不走我的儿子，孩子无论生活在哪里都是我的儿子，我们就在这里等着他。"[1]就这样，他保留着馄饨店的老招牌，老地方，等自己儿子回来。这需要多大的心力支撑啊？久而久之，这种力量已经转化成一种信念，也改变了他对世界的态度。《总有一个怀抱》里也是一次切身的体验改变了肖夏对自我与他人的态度。她在风雨中被车剐倒在马路上，躺在哪里，车来车往，不知有多少人从面前经过，她喊破嗓子也无人回应，那种无助深深地震撼了她。以致在后来遇到同样的场面，我们想象不到这个小女人的力量，她身怀六甲却不顾所有人劝阻，挺着大肚子，冲下山沟，毅然救人。她对劝阻她的丈夫说："在那群人里，你就不怕有一个人是我，而你就这么和我擦身而过，却没有听到我的呼救吗？"[2]一己扩大为众人，个人、他人与世界便肩膀挨着肩膀。《失魂台》是一篇招魂记，那些带着各种伤痕、认为人生没有任何价值、要终结于此的人来到这里，经过灵魂的洗礼，对人生有了新的认识。他们聚在一起的这个文香旅馆，老板文香姨的女儿当年高考失败跳了海，"那个叫文香姨的人为什么能救下这么多人，原来，她是用救女儿的心来救人啊"。"她用所有的积蓄起了这家文香旅馆，这么多年来，救下不少人，她说每救下一个人，就等于多活

[1] 映川：《马拉松》，载《狩猎季》，第13页。

[2] 映川：《总有一个怀抱》，载《狩猎季》，第116页。

一辈子，她现在每天都很开心……”[1]这位母亲有地母一样的胸怀和仁心，经历痛苦之后的更生呈现出十分博大的气象。

我向来不喜欢以代际来论述或界定作家，这出于我的一个偏见：伟大的作家一定会超越他的时代和出身。然而，我并不一味否认代际文化差别，比如映川小说里的这份自我救赎，它就是典型的“70后”写作的特征。“70后”作家处在一种世界的转换中，他们无法拒绝世俗的诱惑，又在内心深处为一种古典情怀点着灯，这些都会不经意流露在作品中，表现出一丝温情，哪怕，映川有时候给人物设计的救赎很勉强，或者是很主观地植入，但是，她觉得还是需要。这一点在“60后”作家那里则不存幻想，他一定会给一块冰，来自北极的冰。不过，“70后”作家与“60后”乃至“50后”作家还有一点最大的不同是，他们与外在世界并非处于那么紧张的关系，他们是调和、和解甚至是和谐的。表现在写作中，“70后”作家作品中对于日常生活的表现是最有日常性的，往往不象征、隐喻什么，就是时光缓缓流淌的日子，是自我沉醉或迷茫的日子。对于世俗生活的享受，“70后”作家又表现得极为心安理得。“现代世界的一个重要特征是，这些叙事已经受到攻击。某些流行的‘后现代主义’声称，‘大叙事’的时代已经过去了，我们不再能相信。”[2]大概，“70后”作家都信奉这个，无能也不屑于去建构宏大叙事。当然，这也好。然而，一叶障目也不能不见泰山，某种程度上，这些也未必不是阻隔“70后”作家成长的因素，自我就是世界与自我之外没有世界，难以

---

[1] 映川：《失魂台》，载《狩猎季》，第231页。

[2] ［加］查尔斯·泰勒：《世俗时代》，第822—823页。

历史地把握自我，“自我”终究难得扩大和独立，认同世俗时代，没有间离感的表达，终究使艺术混同生活本身，越发显示出疲沓、松垮、无力感。而这一切如何超越，无不是摆在映川们面前的难题。

克里玛的回忆录里曾谈到他读卡夫卡一段日记的感受：“我读卡夫卡的日记时，被他在一九一四年八月一日的记录吸引了。这个记录非常简短：德国对俄宣战；下午我游了泳。我在这条记录上加了两个叹号和评论：将世界和个人的历史重要性如此并列，是现代文学不能忽略的特征。更确切地说：它是人生不能忽略的特征。”[1] 他说得很轻松，仿佛是基本要求，而我感到分外困难，因为能够将两者并列所需要的历史敏感和个人敏锐，对精神平庸时代的人们来讲，有点像让聋子去捕捉一根针落地的声音。

2018 年 2 月 24 日午后于竹笑居

---

[1] ［捷克］伊凡·克里玛：《我的疯狂世纪》（第二部），袁观译，花城出版社，2016，第 7 页。

小说的重量
——谈何凯旋、王苏辛小说及其他

一

一根鹅毛，从再高的地方落下，展现给我们的不过是轻盈的身姿，它不会在地面上扬起半粒尘土，激起一点声响。因为它太轻。

一块石头从天而降，那可大不一样，因为它有相当的重量。

这些都是十足的废话。然而，在信息、媒体全面覆盖，“科学”无孔不入的现代社会中，小说难道不是十足的废话？在古代，小说可以提供知识，给人茶余饭后的娱乐，负载着人们对千里之外的地理和社会的各种想象。在18世纪，小说可以成为贵妇人聚会上的谈资，摆情调的鸡尾酒。而今，这些功能全部被消解了，电视、网络，甚至一部手机就能把小说打得落花流水。现在的贵妇人，有《甄嬛传》《琅琊榜》就够了，美容院里也没法捧着厚重的《追忆逝水年华》。

在房子、车子、位子、股票、信用卡、手机的世界里，小说是不折不扣的生活冗余，是一堆毫无的实用价值的“废话”，就连抚慰一下内心，人们也宁愿选择“心灵鸡汤”，而不是小说。无才可补天，小说也许是落入红尘的贵公子，然而它的天在哪里呢？它落下来，像鸡毛还是石头，它能在我们的心上砸出一个大坑吗？

二

何凯旋《图景》的重量全在结尾，在那匹母马生小马的时候。那是一段交织着生的艰难与死的勇敢的文字，为了小马的生，母马必须义无反顾地死，这是严酷的现实，也是惊心动魄的选择。“我”与“父亲”剖开马腹取出小马驹，虽然，作者来不及叙述他们的内心波澜，可是，那一刻是庄严、神圣的，又充满着悲伤：

> 我不再犹豫，照着爹说的剖开黏膜，小马马上从胸前伸出头，湿淋淋的脖颈既柔软又修长，紧闭的眼睛一下子睁开来……爹把衣服从马头上解下来，抱起它的脑袋，让它看一看降生下来的小马，它出了一身汗，只睁了一下眼睛就咽了气。“它死了！”爹放下脑袋，它刚刚瘪下去的肚子流出来了全身的血液，把身下的褥草浸泡透，又浸泡到地里边。它躺在那里显得十分地舒展，像情愿用尽浑身的力气长眠不醒。我们看着它没有话说，因为它心甘情愿。那匹刚刚出世的小马已经在蹒跚学步，浑身上下带着从这匹死去的母马身上获得的力气，带着获得的那些动作。它还不知道母马已经死去。[1]

[1] 何凯旋：《图景》，《大家》2015 年第 6 期。

说句不客气的赞美话：整篇小说虽然有四万多字，可是所有的力量都集中在这一段的两千来字中。这段文字是润湿的、结成冰块的棉花，它有了重量，可以砸伤我们的心。当然，评判小说不能用如此狭隘的标准，不过，请你理解我，已经成为“废话”的小说，对当代每一位小说家都是一个极大的考验。在过去，写一点西洋景、非洲探险之类的，就能够让读者如醉如痴，因为我们的足迹、眼光和经验可能都触摸不到那里，如今，即便没有踏入非洲半步，一部电视片就足以让我们身临其境，文字传达给我们的感受不再新鲜，文字艺术必须背水一战才可能有一线生机。作家必须拥有强大的“自我”，但这并不意味着这个“自我”可以完全不顾读者耐心的多寡。读者的耐心不是硬道理，然而，用任性去挑战读者的阅读感受和经验，也是没道理的。

《图景》让我想到萧红的《生死场》。《图景》讲的是：“有一个孩子降生了。有一匹马降生了。有一个姑娘出嫁了。”小说在一种散淡叙述中，写出了两户人家中不同人物的人生样态，很像萧红在生老病死中写出的那群人的自然状态，也如萧红《生死场》看似结构随意，却是浑然一体。小说中不乏作者的精心设计，比如与老马一样的孕妇杨香，老马死了，马驹活下来了，杨香活了，她的孩子死了，这是一种奇妙的对称结构。我甚至想到前面的细节，《生死场》中有“老马走进屠场”一章，老王婆那匹老马，很快就将变成一张皮。然而，主人从屠宰场走出来，马却不知道它的命运，还跟在后面要回家。赶它回屠宰场，它却躺在道旁：“无法，王婆又走回院中，马也跟回院中。她给马搔着头顶，它渐渐卧在地面了！渐渐想睡着了！忽然王婆站起来向大门奔走。在道口听见一阵关门声。"[1] 那是让人内心颤动的关门声。人与马粗砾又细腻的情感，在《图景》中也清晰可见，要剖开马腹的那一刻，"父亲"把自己的衣服脱了下来，让我蒙上马的眼睛。这是多么绝妙的细节啊！

三

> "那是不是你偷的马？"爹停一会儿问国顺。"是我牵回家来的。"国顺说。"那是不是你牵回来的马把它勾走的？"爹又问。"是它自己往人家身上趴。"杨香说。"要是他不偷人家的马哪？"爹看着杨香，"这么说吧，要是没有他偷的公马，"爹显得十分有耐心，"它再想往身上趴能趴上去吗？问你——"爹指着庄永霞，看着杨香，等着她的称呼。"我妈！"杨香干脆地回答。"噢——你妈！呵呵——"爹干笑了两下，带着嘲笑的语气，"明白了吧？"他用那种语气问着他们三个人。他们说不上来，被爹绕来绕去的话弄糊涂，眨着眼睛互相看着，也没有看明白。

看完这一段，我哈哈大笑。如果说小说中处处隐藏着作者的话，莫非此处是他的自嘲？说实话，读《图景》，我也经常被作者"绕来绕去的话弄糊涂"。如果说《图景》像《生死场》的话，那么，我还得做一个小小的修正：作者的语言乃至由语言构成的叙述能力跟萧红的距离，差一点是黑龙江与海南岛的距离。"房

[1] 萧红：《生死场》，中国青年出版社，2014，第 81 页。

后的草堆上，温暖在那里蒸腾起了，整全个农村跳跃着泛滥的阳光。小风开始荡漾田禾。夏天又来到人间，叶子上树了！假使树会开花，那么花也上树了！”[1]萧红的语言是跳动的，拙朴中有着紧张感，每一句话之间既有很大的空间，又有极强的咬合力。我知道这种对比是残酷的，但为了证实我不存在偏见，我还要摘取《图景》中的一段文字：

> 她在和杨香说话，在问杨香的肚子，说她的肚子就像说我们刚才经过马棚里的那匹马。杨香也没有反对，那匹马一副无精打采的样子。她的样子也是一副无精打采的样子。“你一点也不疼？”姐姐问她也像问那匹马。“有时候里面总动弹。”杨香说。杨香明显不同的是她的眼睛：我们看不见她的眼睛里面闪烁着的光亮，它们是那么驯服，就像是那匹马的驯服，见到我们显得陌生显得茫然，显得不是原来的马，不是原来的杨香。她真像那匹马！一匹那么驯服的母马！母马也像她，她也像母马。姐姐怎么说她也不起作用，也不能叫她不驯服起来，那匹马怎么也不能叫它不驯服起来，他们有些东西一模一样。

“……就像是那匹马的驯服……显得不是原来的马……她真像那匹马！一匹那么驯服的母马！母马也像她，她也像母马。”“那匹马”在如此“绕来绕去”中，这种叙述承担着特殊含义，还是作者思绪紊乱、口齿不清？不管怎样，它早已耗尽语

[1] 萧红：《生死场》，第120页。

言蕴含的能量。小说开头纠结于去不去粮库一段，“我再也不去啦”，繁复不断，到第二段，还在重复“我讨厌粮库”，同一情景和情绪下，“我再也不去啦”已经重复了好几遍，已经表达出来的意味，何必再次重复？好的语言，要点到为止，含而不露，余音绕梁。如果有人说《图景》不是一篇好小说的话，那杀死这个孩子的，就是生下他的人。无力、繁复的叙述冲淡了小说本应该有的力量，阳光浓烈，烤化了冰，蒸走了水汽，棉花又变得软绵绵轻飘飘了。

四

当代写作，在不经意处就会与前辈相遇、相撞，拥抱、龃龉，甚至是僭越、彼此厮杀。没有办法，文学有历史，在漫长的历史中真正留给我们的空间十分狭小。当代写作最尴尬的地方在于，它既回避诗意和传奇，又不甘全身投入世俗的怀抱。它依赖日常生活，又不能做它的摄录机。否则，对已经成为“废话”的小说，可是雪上加霜。

还记得海明威那篇只有两三千字的小说《白象似的群山》吗？在列车中转站，一男一女在喝啤酒，男人翻来覆去劝说姑娘做手术，姑娘一直游移不定地拖延、回避、拒绝这个话题，小说几乎就是这两个人的对话，从喝点什么，到以后怎么办，你怎么想，乃至咱们别谈了好不好……看似语言贫乏，每一句话都牵动了人物的内心状态，也纠结读者的心。语言在繁复中有递进、转折，乃至回旋，那是一张严密的叙述之网，它的高明在于有时你根本没有意识到它存在。倘若问小说的重量是怎么形成的，我的回答是：由叙述生成。叙述是每一位小说大师的利器，哪怕一个蒙满灰尘的毫无新意的故事，经他的叙述都可能妙笔生花、灿若云霞。

V. S. 奈保尔的短篇小说《爱，爱，爱，孤独》的第一段："一天早晨九点钟左右，一辆载着灵柩的汽车停在希尔顿小姐门前。从车上下来两个穿着黑衣的中年男女。那个男人喃喃地对着灵柩里的男人说着什么，而那个女人有节制地哭泣着。"[1]这八十个字中，所有的故事元素都有了，并为接下来的情节发展打开了空间，读者不会把这样的文字当作一根鸿毛。马尔克斯的短篇小说《总统先生，一路走好》又何尝不是如此？救护车司机本来要从流亡总统身上赚取一点钱，却想不到被总统感动，贴了钱给总统治病。小说中有闲笔，却没有冗余，叙述中作者有效地调动了节奏和变化。总统检讨他是那个国家最差的总统，他反省不该"从事着一份我们不知道该怎么做的工作"，可是他出院离开日内瓦后，在一封来信中说："为了一项正义的事业和一个有尊严的祖国，他想回到故乡，投身革新运动的最前线，哪怕只能落个没老死在病榻上这种微不足道的名声。"[2]看似漫不经心的几句话，作者却给了我们颠覆性的结果。这一锤子太有重量了！相对而言，《图景》与王苏辛的《战国风物》，叙述中的变化不是很大，仿佛一场从来不换布景的话剧。这或许反映了作者叙述的统治力低，或者是叙述缺乏力量，这也是感染了当代中国小说写作中疲

---

[1] ［英］V. S. 奈保尔：《米格尔街》，王志勇译，浙江文艺出版社，2009，第123页。

[2] ［哥伦比亚］加西亚·马尔克斯：《梦中的欢乐葬礼和十二个异乡故事》，罗秀译，南海出版公司，2015，第41页。

沓的美学病毒。

真正有力量的叙述可以跨越空间和时间，却又是柔性十足，纤毫毕现。萧红也是叙述的大师，《生死场》中她用这么一点点文字，就让小说翻过了整整十年时间：

> 十年前村中的山、山下的小河，而今依旧十年前，河水静静的在流，山坡随着季节而更换衣裳；大片的村庄生死轮回着和十年前一样。
>
> 屋顶的麻雀仍是那样繁多。太阳也照样暖和。山下有牧童在唱童谣，那是十年前的旧调："秋夜长，秋风凉，谁家的孩儿没有娘，谁家的孩儿没有娘，……月亮满西窗。"
>
> 什么都和十年前一样，王婆也似没有改变，只是平儿长大了！平儿和罗圈腿都是大人了！
>
> 王婆被凉风飞着头发，在篱墙外远听从山坡传来的童谣。[1]

山河，人，童谣，记忆，随风飞逝的情感……不用多做分析，可以去对照，自己找差距。谦逊，不仅仅是一种美德，也是一种认识自我的能力。

五

王苏辛是一位有前途的作家。

---

[1] 萧红：《生死场》，第168页。

这是她的小说《下一站，环岛》《荒地》留给我的印象。她的小说不是这个时代的摄录机，而是设置了一个虚拟的现实空间，或者说虚拟与现实之间的藩篱被它拆开了，人物既有血有肉，又充分符号化，那种间离效果恰如其分。

对不起，我还得再说一遍马尔克斯，《百年孤独》完全掩盖了他短篇小说的光芒。《梦中的欢乐葬礼和十二个异乡故事》中所收的《圣女》和《光恰似水》两个短篇，都可以当作现实中的奇异故事。前者，是那个死去了、身体没有重量却容颜不变的小女孩，后者是在灯光河流中划船的孩子，这样的故事是寓言、荒诞戏、科幻片？不去管它，反正一个真正的大师，是不会复述生活的，他写的一定是变形记。叙述的切入需要一种视角，同时，它也是认识和理解世界的方式，是对生活的体察和深刻领悟。它所产生的艺术效果陌生又亲切，让我们在某种“震惊”中重新发现生活。“废话”因此可能有了不可取代的艺术价值。我无意于把王苏辛与这些大师相比，但我欣喜地看到了她的努力。这样的写作，自由了，文字也飞翔起来，相对于当下很多掉在生活泥淖中哼哼唧唧的小说，至少，我看到了文字的重量和作者的能量。

《战国风物》是一篇沉闷的小说。或许，沉闷正是作者着力打造的特点，父与女之间的隔阂、心理对峙，造成了这种沉闷。“他们相差二十六岁，须旦又早早出去，除了这点血缘关系，真的很难了解对方。想到这里，她如鲠在喉，想做点什么，却暂时想不出，只好喊了声爸。”“须旦走在他后面，这让他觉得是不对的，他把须旦拉回来，两个人并排走着。须旦默不作声，又把步子往边上挪了挪……”“他们不说话，沉默几乎要把他们内心仅存的耐心戳破。他们并排站着，表情严肃。”[1]类似的表述遍布文中。他们内心都被压抑着，都有一种期待爆发的力量，似乎又都找不到出口。对子女一代而言，这是一代人的心理宿命吗？为什么在他们的作品中，有那么多家庭的不幸、父母的不合、情感的阴影、沉默的反叛？说“心理宿命”，是因为似乎这并非他们的现实生活。可是，小说中那个“偷听的耳朵”“偷看的眼睛”甚至手机铃声，如魔鬼一样追踪着她、压制着她，令她无法摆脱。

然而，冷漠常常只是他们的表情，独立也仅是挂在口头上的词语。须旦在攀岩中，会突然问父亲：“你们会离婚吗？”说明她还是关心父母的，同时也有种恐惧，柔弱的恐惧。她一面与父母对峙，一面又依赖父母，就像无时无刻不想摆脱父母一样。余华的《十八岁出门远行》中，那个孩子是独自一人上路的。《战国风物》中，则是父女两个人。那一个人上路的孩子，与一群抢苹果的村民有一场恶斗；而须旦脖子上挂着的鎏金铜佛丢了，是父亲回去给她找。在这种代际的差别里，我仿佛看到，他们还不是断奶的成年人。

这是一篇叙述上留有很大空间的小说，两个没有现身的人物，似乎一直控制着这对站在前台的父女，那就是母亲和父亲说“不像好人”的“他”。父亲与母亲的关系，那种爱和生命的疲倦，我为何不去上学而去旅行，这一切作者都欲言又止却也欲盖弥彰。作者的语言，也有不少是我所喜欢的，如：“她尽可以压低声音，把这通电话按进夜晚的褶皱里”；“影子也有些惶惶，像是架着荡悠悠的身体，顷刻间就能把煤油、自己，揉成一团影子，

[1] 王苏辛：《战国风物》，《大家》2015 年第 6 期。

丢进外面这夜里”。这样的句子自然、不突兀，却有表现力，是小说中难得的珍珠。我稍微不满足的是，这一篇比《下一站，环岛》《荒地》，显得格局小了些，也缺乏一点想象力。是的，一不留神，我们就会平庸，就像那与山已经融为一体的岩羊，也有羊失前蹄的时候。

六

我不知写作者是否有一种嫉妒心理：为什么好的故事都被那些大师霸占了？有时候，开篇几句话，就已经预言了作品的精彩。

我想说：那不是天上掉馅饼，谁幸运谁来捡，那是苦心孤诣的艺术探索的结果。在《梦中的欢乐葬礼和十二个异乡故事》的序言中，马尔克斯说这本短篇小说集：“这是过去十八年间写就的。”写出了《百年孤独》的人居然需要用漫长的十八年来对付十二个短篇小说？接下来的交代让我看到了一个伟大作家为了找到最合适的叙述方式的艰苦劳动。“在大约两年间，我把脑海中闪现的那些我没拿定主意如何处置的题材都记录了下来……最后本子上积累了六十四个题材，以及相关的各种细节，只差落笔了。”看似一步之遥，却又千里之远，写作中有停顿、中断，有无法实现自己意图的遗憾。如此艰难，作家甚至感叹：“写一个短篇小说需要付出的心血不亚于为一部长篇小说开头。在长篇小说的第一部分，作者必须把一切都确定下来：结构、语调、风格、节奏、篇幅，有时候甚至要确定某一人物的性格特征……而短篇小说既没有开始，也没有结局：只有煎熬或者不煎熬。如果没有感受到煎熬，那么不管是我自己的还是他人的经验都表明，在大多数情况下，最好还是换个思路重新开始，或者直接把它扔进废纸篓。”

你感受到煎熬了吗？

写作是一项技术活儿，写作也是一种态度，当它能熔铸成一种境界时，你的文字才有重量。

2015 年 10 月 22 日午间于吴兴路

长长短短

有多少长篇可以重读
——2005年长篇小说的阅读印象

做过这样一个梦：乌云密布，雷声隆隆，不久大雨倾盆，雨水之后，下起了一部部长篇小说，砸得我晕头转向……大惊失色中醒来，望着屋子里一堆堆书和杂志，仿佛这又不是梦，而是最真切的现实。如今，大凡被称为作家的人都在熬红了眼睛写长篇，大凡有些实力的文学期刊都在谋划出长篇增刊，而出版社印长篇比印钞票还来劲。粗略统计，每天至少有三到五部长篇小说以纸质方式出版，这种可怕的生产量不能不让我认为，中国作家在“诺贝尔”情结之外，还有一种更严重的长篇情结，仿佛不写部可以当枕头枕的长篇就枉为小说家了。

严冬腊月，这些可敬的勤奋的作家们，你们是不是该清醒清醒，在计算版税和印数的同时，还应当看看这么多长篇小说都有谁来读啊？一个勤奋的阅读者一周读完一部长篇小说，一年最多不过读五十来部，而这个数字连全年出版量的百分之五都不到。那么剩下的百分之九十五呢？大概和我们家中每天收到的成堆的超市打折广告一样成了时间的殉葬品吧。这还不是最悲观的计算，我敢打赌一年能读上五十部当代长篇小说的，在十三亿中国人中并没有多少！认真地想一想，从 1919 年到 1949 年中国现代文学的三十年，到今天还能被人阅读或留存在记忆中的长篇小说究竟有几部？基于这种计算，我对 2005 年像雨点一样砸过来的无数长篇小说总体上并不看好，据说我们现在某些作家的写作数量和速度连举世公认的高产作家托尔斯泰和陀思妥耶夫斯基都望尘莫及。过于随意的写作，要说质量能多有保证，还是让人将信将疑。

人都是有局限的，伟大作家也不例外，鲁迅和沈从文就未必宜于写长篇小说，但这丝毫不会影响他们一流小说家的地位。扬长补短，珍惜自己的生命和精力的人都会这么做，可是，长篇情结总令许多优秀作家不撞南墙不回头。有的作家中短篇小说让人啧啧称赞，似乎自恨没有写出长篇，发奋几载写出来，读后不能不令人惋惜，很多精致的绣花功夫搬到长篇小说的广阔“平原”上未免英雄气短，那些在中短篇小说中发挥得淋漓尽致的雕琢功夫，在长篇小说中则显得刻意、矫情、缺乏气势。比如张洁，她的一些短篇小说写得多么潇洒啊，可是砖头厚的长篇却让我气闷。不得不承认，同为小说，中短篇小说与长篇小说在文体上的差别还是客观存在的，一个作家不一定要十八般兵器样样精通。

文学对热爱她的人来说，既是一个可以创造美好生活和梦想的尤物，也可能是吞噬生命让你一生两手空空的恶魔，这是一个充满凶险的事业，在它的词典中，“成功”二字永远是针对站在金字塔最顶端的极少数人而言的，而更多为她熬尽心血的人连个观众都算不上。这么想来，对这一年中那么多的长篇小说，我只谈其中的三部也就心安理得了，这并非我的疏懒，而是有很多长篇根本不必读，更多的长篇则是如果你读了一定会后悔两辈子。

所以，我想有贾平凹的《秦腔》、余华的《兄弟》、阿来的《空山》谈一谈就行了。它们并非都是完满无缺的作品，有的甚至缺点很明显，我的判断标准是一部作品读后还值不值得重读，接下来是这部创作是否提供了对中国文学创作来说值得重视的经验。由此，我也放过了林白的《妇女闲聊录》和王安忆的《天下枭雄》，对于林白，我觉得她的《万物花开》更吸引我，而王安忆则是因为她有很多比《天下枭雄》更精彩的作品。

贾平凹的《秦腔》要跟《浮躁》《高老庄》等放在一起读，它是一部“生活流”的作品，而且写得更加自我。“生活流”写的是寻常人家的日常生活，当代作家总是试图以理性的观念阐释或者统摄生活，让小说来传达一个主导思想，相比之下，真正的“生活流”写作极其困难，它要求作家对生活保持饱满的情感和绝对的熟悉。这一点贾平凹做到了，他写城市笨手笨脚，但笔一旦触摸到乡村，就立即活灵活现，用十八道绳索都捆不住，嫉妒他的人也没有办法，这与其说是后天的努力，不如说是先天的与土地间的联系。（顺便说一句《秦腔》的后记可以入选 2005 年的最佳散文。）“生活流”的写法对当代读者来说可能是一种“沉闷”“烦琐”的阅读打击，生活和作品本不沉闷，只是当今读者傻瓜书读多了，智商运行速度减缓了。文学的魅力在于它展示了人类精神的多样性，文学阅读也是同样的，不应当一味地追求快节奏。节奏的快与慢是作品的内在要求，而不是外在的律令。因为生活节奏的加快，就要求文学作品一定要随同加快步伐，这种拔苗助长很容易破坏文学自身的规律和应有的魅力。读文学作品，读者要在头脑中将文字转换成画面，需要读者调动自己的记忆、情感去破解文字的密码，它需要耐心品味，而在那些“快节奏”的借口下，一些“好看的故事”降低了文学水准，也终将读者的胃口弄得极其脆弱。在这四十多万字的写作中，贾平凹表现了农民般的笨拙和执着，我欣赏这种挑战当代读者阅读习惯的执着。

《秦腔》中也写到了当代农村生活中的很多重大事件，还曾被讥为《中国农民调查》的小说版。我认为一位作家如果不能直接面对和思考反而回避当代的很多社会和思想问题，他是无法成其“大”的，托尔斯泰哪怕写的是历史小说，也没有放弃对俄国当代和未来问题的关注。正因为这样，我颇为赞赏余华的写作姿态。记得去年春天见到余华的时候，他不住地说：我再也不玩了，我要写小说了。千万别对我说什么地方好玩……十年磨一剑，2005 年他的长篇小说浮出水面，却招致骂声一片。这足以显示中国批评家的狗熊眼光。今年中国文坛大腕儿级的作家出版的长篇不少，我还是郑重推荐这部作品，尽管它不是没有缺点的，比如开头的拖沓等。甚至有人认为，它跟余华的以往作品大不一样，它并不是孤立的，它照样属于《在细雨中呼喊》等余华的一系列长篇中的一部，或许，它没有人们期待中的所谓“转变”和“突破”。但正如余华所说，他的这部长篇小说要正面强攻“现实”。这对作家是一个绝对的挑战。《兄弟》（上）正面写那段特殊的岁月，让我看到中国作家的历史承担，这一点要比那些鸡零狗碎的技巧高超得多，在这个世界什么都可以戏谑的时候，余华却选择了朴素地面对，写出了历史带给人们的肉体和心灵血淋淋的感觉。在小说叙述中，还有很多不合时宜的古典的氛围和描写，甚至被认为是“煽情”，当代人的内心冷漠和空洞已经让他们感受不到什么是情感，他们在生活中拼命地回避和玩弄情感，然而文学真的能够远离了人的情感吗？或者说，表达人类丰富的内心情感不恰恰是文学得以存在的重要理由之一吗？可敬的作家们，你为什么那么恐惧情感，那么担心“煽情”？在一个喧嚣的时代，我相信逆着时光走着的人才能锻造出最有分量的东西。也正是如此，我对东西的《后悔录》有些不满足，它太取巧太油滑了，东西也太知道当今的读者和批评家们需要什么了，余华也未必就不知道这些，但他做出了另外的选择。

最后说说阿来。《尘埃落定》盛名远播，《空山》的价值人们可能还来不及认识，然而，走出了《尘埃落定》，阿来才是真正的大作家。很奇怪，这个时代几乎所有的好东西都藏在人们的视线和媒体找不到的地方，就像一处优美的风景，等到它被旅游过度开发就面目全非了。是的，阿来在这部号称“机村传说”的长篇小说中用的是富有力量的诗歌语言，它一下子就征服了我。《空山》的第一部《随风飘飘》，两个小男孩以比雪山还纯洁的情感抵抗着成人世界的浑浊，它们之间的冲突让我的心颤抖不已。那个总也离不开男人的女人桑丹，还有老奶奶、孩子的父母，这些人物着墨不多，却写得无不恰如其分，好极了！这个世界总下着雪，雪后总会有耀眼的阳光，阿来的笔既有力量又从容，冷峻中又有温情。第二部《天火》多少有一点落了俗套，但是，阿来还要接着写下去，只要他不走进中国作家那种历史的宏大叙事魔咒，“机村传说”将是这几年中最值得期待的长篇小说。

转眼间，2005 成为过去，新年伊始，史铁生、铁凝、莫言等作家的长篇小说都摆出来了，应接不暇中，我仍然充满期待，期待作家珍惜自己最好的才华和年华，写出最好的作品来。

2006 年 1 月 8 日午后于国年路

我只有苦笑
——关于第六届茅盾文学奖的一些闲言碎语

一

折腾了两年多的第六届茅盾文学奖评选以如今的庐山面目呈现在人们面前，从媒体到作家、评论家都纷纷说“意外”“正常”“可以理解”“你还期待什么”。很久以前，有人就声明对这个奖早已“死了心”，但言辞中还是有心不死的隐隐期待：或许死老鼠也有蹿上房的可能？当然，这并非期待这个奖能推动文学的发展，稍微头脑清醒一点的人都知道，在当代社会中，文学奖除了改变一下作家的生存状况、增加出版商的印数、给媒体送去一条文化新闻之外，对文学本身产生的直接影响微乎其微。因此，对茅盾文学奖的隐隐期待，与其说是期待它对当代创作的影响，不如说是期待茅盾文学奖本身，大家期待着它能以具有公信力的评奖结果改变或挽救自身的形象。可是，当这份获奖名单公布的时候，“我只有苦笑”——这是当年巴金先生面对那些捕风捉影的批评家对他作品的曲解时说出的话，此时成为挂在我脸上的唯一表情。

二

我真傻，真的，我单单看到莫言的《檀香刑》和尤凤伟的《中国一九五七》进入初选名单就傻呵呵地高兴，就以为茅盾文学奖这回总算要改头换面、重做新人了。我真傻，真的，我听说《檀香刑》全票通过就觉得是金子总能发出光芒，好作品毕竟是压不住。但就没有想到这是他们吸引视线、转移大方向以暗度陈仓的把戏？有人放出话了，证明了程序的公正性，也证明了《檀香刑》落选正是因为这个公正的程序。亏得还是一批人文学者说出来的话，他们的头脑如同职业律师一样：我知道你没有罪，但法律规定、判决你现在有罪。如果真是这样的话，那么这个法律和程序是不是就需要被质疑了，如果这套程序不是为了评选出最好的作品，而是为了便于搞平衡，那么你不觉得由它换来的所谓的“公正”更可疑吗？艺术上是可以仁者见仁、智者见智，但评委们如果真的看不出《檀香刑》在这一组小说中出类拔萃的地方，那他们就该被骂。太明显了，《檀香刑》就是有一百个缺点，与其他作品也不在一个档次上，还没有哪个作家能写出像《檀香刑》这样挥洒自如、大气磅礴的作品。莫言不仅在新世纪成功地实现了个人的超越，也在提醒中国文学界该如何甩开臂膀实现个人的艺术追求，哪怕就以茅盾文学奖狭隘的“现实主义”评奖标准来看，《檀香刑》也告诉了那些成天经营三流作品的现实主义作家：现实主义“不是什么”和现实主义“还有什么”。

既然《檀香刑》最终都得不到三分之二的票，那么我就更理解了尤凤伟的《中国一九五七》怎么连提一下的人都没有了，这种回避反而定位了这部小说的价值：它就是要反抗这种遗忘和沉默。落选一事也无形中证实了小说作者一个令人非常痛心的论点：经历过某些时间点之后，中国的知识分子在精神上已经被阉割了。20 世纪的中国经历了太多的苦难和坎坷，大家总抱怨当代文学中没有优秀的反思之作，但尤凤伟的《中国一九五七》问世后，我们不必再为此而羞愧了，它就是一部不可多得的优秀长篇小说，不仅仅因为它还原了一段我们永远也无法绕开的历史，也因为小说自身强大的艺术震撼力。这部作品的四个部分采取了不同的写法，由面到点，构成广阔又动人心魄的艺术画卷。面对这样作品的沉默，也再次让我觉得众多的批评家就是做戏的虚无党，他们制造了无数的说法，调动了不计其数的名词，写成了天花乱坠的鸿篇大论，但他们不敢面对一个最简单的问题：这究竟是一部好作品还是坏作品？你有没有起码的辨别力？

三

说了半天还没有说到获奖作品，不合作文规范，可是，面对这些作品，我说话的欲望的确变得很低。如果非说不可，我只能说这些：

对于一致通过、毫无异议的《张居正》，我提议大家十年后或者二十年后再来看，因为在长时间的历史戏、官场小说的熏陶下，加上中国人特有的政治兴趣，现今我们不可能持一种纯粹的艺术眼光来解读这样的作品。考虑到茅盾文学奖评委中离退休人员较多、年龄偏大的特点，你就更知道这部作品能“一致通过”的含义了。评委们深谙中国官场之道、政治规则、人海浮沉、世态炎凉，一部历史小说让他们读出诸多现实的内容，不知是被小说的艺术力量打动，还是内心积垢太多，终于找到一面镜子而兴奋异常。有些作品是随着它产生的时代而产生，也随着这个时代而灭亡的，但有些作品是会穿越历史获得永恒的，《张居正》属于哪一种我现在无法断言。

张洁和宗璞两位女作家的获奖，总让人感觉敬慰的性质更重，这也为本次评奖在宣传报道上增添了很多“花絮”，比如张洁两次获奖啦，宗璞是大学者的女儿啦，她们都如何如何在艰难中创作啊……毫无疑问，她们两位都是当代优秀的女作家，两部获奖的作品在她们自己算不算最优秀的作品却要打个问号。张洁有更优秀的作品，那是她1980年代后期至1990年代中期创作的一批中短篇小说，而不是《沉重的翅膀》，也不是《无字》。八十万字的《无字》缺乏艺术上的节制，作者经常挺身而出直接发泄愤恨之情，这部小说甚至远不如她的长篇散文《世界上最疼我的人去了》更动人。宗璞的《南渡记》《东藏记》虽不乏精致和优雅，但是太精致和优雅了，优雅得压抑了小说的气韵贯通，在孤芳自赏的语言囚笼中压干了小说的水分。长篇小说不是造句子，更在于整体的精气神。不幸的是这部表现知识分子的小说恰恰精神不振。宗璞更好的作品是1980年代的短篇小说和1990年代的一些散文。总之，这两位作家值得肯定的艺术成就似乎都不在这两部获奖作品上，把奖给它们侮辱或抹杀了其他应当来领取这个优秀长篇小说奖的作家的劳动。

至于《历史的天空》《英雄时代》怎么样呢？还是留给读者去评价吧。《英雄时代》的作者令我印象深刻的事情不是他的作品，而是几年前大骂他的同行卫慧如何道德沦丧，这令我很困惑：同是弄文人，相煎何太急？

2005年4月16日中午

长篇小说的灵魂
——2012年长篇小说漫谈

一

鲁敏《六人晚餐》的末尾引用了这段话："我们的人生就是一个被艰难包裹的人生。对于这个人生，回避是不行的，暗嘲或者堕落也是不行的，学会生活，学会爱，就是要承担这人生中艰难的一切，然后从中寻觅出美和友爱的存在，从一条狭窄的小径上寻找到通往整个世界的道路。"我没有去查这是里尔克什么时候在什么情况下说的话，但好像很适合发到微博上当作"萌句微理"。作者好像是为了遮掩自己的慌乱和小说的凌乱。这是一部开篇精心构制的作品，可是作者拢不住这么大的场面，所以在叙述上前三部分比较出色，而到第四部分"道德经"已经开始凌乱，再往后几乎有些杂凑。这部作品还有一个很出色的背景，那就是一个传统工业区的衰落和变化，当作者把六个人的命运与此牵扯在一起时，我看到了她在艺术上的追求，遗憾是，这超出了作者的经验和认识，这部分叙述同样没有达到想象中的效果，而略显皮相。对于鲁敏来说，这可能是一部有突破性的作品，而作为读者，我在想：长篇小说究竟是什么？忘了谁说的了，说长篇小说是“世界观”。鲁敏以及很多青年作家的写作让我从另一个方向上深刻理解了这句话，正因为“世界观”的不明晰，他们在试图突破自我的路途上常常无功而返，如果要多说几句提醒的话，长篇写作在这个时代变得极其容易，但也极其容易展示你的所有短处；当代作家在看重文字操练的同时，别忘了文字需要文字之外更广阔的世界来滋养。

多说一句，颜歌的《段逸兴的一家》能看出作者的才气，不过，同样显露出这样的短板，这是致命伤：小处精明，大处模糊，等于这个小说有衣着没灵魂。没有灵魂就不能撞击我们的灵魂，小说可以成为教师爷去分析的样本，可以在主流文学杂志上招摇，可以为年底的排行榜提供一行书目，却难有自己独特的面孔。如果是这样，我宁愿去读那些被认为不是文学的文字，至少它有活气、有活力。是的，为此我深深地理解了八十多年前鲁迅说的话：

> 我看中国书时，总觉得就沉静下去，与实人生离开；读外国书——但除了印度——时，往往就与人生接触，想做点事。
>
> 中国书虽有劝人入世的话，也多是僵尸的乐观；外国书即使是颓唐和厌世的，但却是活人的颓唐和厌世。
>
> 我以为要少——或者竟不——看中国书，多看外国书。
>
> 少看中国书，其结果不过不能作文而已。但现在的青年最要紧的是“行”，不是“言”。只要是活人，不能作文算什么大不了的事。[1]

---

[1] 鲁迅：《青年必读书》，载《鲁迅全集》（第三卷），人民文学出版社，1981，第12页。

二

阿乙的小说集《鸟看见了我》，让我惊叹于他冷静的叙述，随笔集《寡人》多少有些成名后的杂凑，而《下面，我该干些什么》似乎应当是他的勇攀高峰之作了，读后却让我浑身起鸡皮疙瘩：它延续了作者在短篇小说中利落的叙述，但也放大了作者的冷漠。这后一点让我极其不舒服。有关“无由杀人案”的叙述，主人公的冷漠让人胆寒，杀死那么美丽的女生，又诅咒自己的婶子，用语言的游戏躲闪内心的真正面对……他的心中几乎没有一点反省或温柔的刹那。

你可以说，作者越是让我们有这样的感觉，就越能证明他的小说写得成功——我认为这正是最大的歧途，我们的作家可以迷恋技术或者为了炫耀技术而不要良知，放弃心灵的救赎，这种看不见阳光的地下室写作会成就什么？都说陀思妥耶夫斯基是“残酷的天才”，然而他的《罪与罚》是这样来考问人性的吗？不是我扣大帽子，一个作家的写作用文字能够写出的是七分，还有三分是通过文字表达出来或文字之外的，那看不见的三分有时候会倒过来提升或颠覆前面的七分。我不引证书里的细节了，我不愿意成为冷漠的传播者，由小说主人公传达出来的完全可能是创作者内心的价值缺失，那种虚无不是形而上的深刻，而是找不到价值皈依的浅薄或装酷，当我们为这一代作家摇旗呐喊，认为新一代作家完全可以超越 1950 年代的写作群体时，《下面，我该干些什么》严重动摇着我的信心。

三

李佩甫的《生命册》，我是和孙惠芬的《生死十日谈》放在一起读的，正如小说本身所展示的，这是有背景的写作，大约正因为这样的背景，作品中充满令人嘘叹的故事，也容易引起人们的情感共鸣。但是，两位作家的叙述都有点笨拙（“十日谈”这样的名字就是例证），不过，它们也让我看到了长篇小说的另外一种形态，就是当作家打开自我，将外在的世界纳入进来，这种叙述的“弱”反被外部世界的驳杂和纷乱的“强”所遮蔽，作品倒有了更大的体量，容纳了更多的内容，文学似乎就是在这样的鲜花和野草中长成了自己的模样。相比之下，《生命册》对以往创作的突破不大，稍显老套。《生死十日谈》却有不小的突破，它所展示的“新农村”下的不同生命形态的追求和挣扎，特别是作者深入其内心的努力，不仅刷新了她自己的创作，也真正深入到了这片土地的核心，抓住了这块土地上人的灵魂问题。在种种流传的故事和各种关于乡村的叙述中，传奇、风情、道德是以往文学作品中最集中关注的问题，然而很少人有去关注乡村人的灵魂问题——尽管作家们都愿意把自己的作品看作有“终极关怀”，尽管鲁迅早就借祥林嫂之口说出了这个问题。从这一点看，《生死十日谈》别有价值。

四

回顾这一年的创作，马原、刘震云、贾平凹这些熟悉的名字也不能绕过，只是别人谈得够多了，我不再饶舌，他们每个人、每部作品的情况都不同，也未必都是他们最好状态下的最好的创作，但有一点令我很沮丧：提起长篇小说创作，能够拿出有分量作品的，目前还是这批1950年代的作家。

当然，还有年龄更大的作家，比如黄永玉，他的《无愁河的浪荡汉子》用了六十多万字的篇幅，总算写到了那个孩子的十二岁，即将出版第一部，不管人们是否把他当作文学中人，但这是一部奇书，总有一天，那些咋咋呼呼的作家和作品都灰飞烟灭的时候，有见识和审美的人会回头捞起这部巨作，当有人说某某作品“有可能是一部伟大的作品”，这话听起来就像是郭德纲的段子，但也让我放言一次：《无愁河的浪荡汉子》必将是一部伟大的作品。就凭作者鲜活无比的感觉，青翠欲滴的时代记忆，自由无羁的精神气象，行云流水的文字书写，还有贯穿背后的道德精神……它就不容小觑。

五

末了，我还想说：媒体也好，批评界也罢，是不是对长篇小说过分关注了，有这个必要吗？而且这样的年度盘点是不是有些太匆忙？至少，我十分警惕大家都读同一部或有限的那几部作品，这正是我们时代文学趋向单调和固化的起点。这个时代不是没有好的文学，但首先长篇小说——目前被作家们弄得最腐朽和堕落的文体——可能不在其列。

2013年1月12日上午

从长篇小说焦虑症到“中国化”问题

一

是不是每个中国小说家都要写上一部或无数部长篇以证明自己武功高强？甚至连诗人都来凑热闹。当我听说2011年出版的长篇小说超过四千部时，真是吓着了，这够我大半辈子读了。实际上，不知有多少长篇小说连被人翻一下的机会都没有。由此，我还想到了两个作家，那就是鲁迅和汪曾祺，他们从未写过长篇小说，但我不相信讲20世纪中国小说史有谁能绕开他们。看来，长篇小说与伟大作家之间未必什么时候都能画上等号。

说不准是什么鼓动了作家们的长篇创作热情，也可能是长篇写作的焦虑，谁都无权干涉作家的创作，轻率的长篇创作无异于盲目地虚掷才华。我甚至认为长篇小说的写作，其容量、长度，乃至写作时间的长度等因素已非单纯的写作行为，而是一段生命与灵魂的旅程。写《古炉》时，贾平凹早已是成熟的小说家，但他在小说的后记中却这样描述写作状态：“苦恼的是越是这样的思索，越是去试验，越是感到了自己的功力不济，四年里，原本可以很快写下去，常常就写不下去，泄气，发火，对着镜子恨自己，说：不写了！可不写更难受。”[1]它很真实地写出了作家在小说写作中自我煎熬的过程，这样的煎熬如果是一天两天、一个月两个月，还不算什么，然而长篇写作，它是一年两年，甚至几年，于是它便不是一个外在的问题，而内化成作家生活和意识中的问题。长篇小说饱含心血，不是“身”外之物。它是一种特殊的文体，是作家的人生经验、艺术才能，甚至是个体气力相互融合的结果，这是它不同于其他文体的地方。说得极端一点，它是老蚌病珠，是可遇而不可求的。所以，我要追问：是不是所有的作家都把长篇小说看作自己身上的血肉，而不是手里把玩的艺术品或者捏弄的泥团？从这个意义上讲，在动笔写长篇之前，作家应当自问：我准备好了吗？而不是为一个兴奋点而迷醉，为一个好故事而轻率动笔，觉得达到某个长度就可以。这是极大的误解，你的生命和艺术能量是否够承受长篇创作的长途中的消耗和重负，这才是关键。

二

既然，长篇小说不仅仅是一种艺术形式，那么所谓长篇小说中国化的问题，在我看来就不能仅从语言、形式、技术、方法上着眼，尽管它们是实现这种“中国化”的重要组成部分。认真思量，不论是贾平凹《古炉》的写法，还是王安忆《天香》的语言，都不足以成为中国化的标志，它们还是表象，更深层次的标志是

[1] 贾平凹：《〈古炉〉后记》，载《古炉》，人民文学出版社，2011，第607页。

小说的内在精神。这一点，我比较相信鲁迅的说法：“从喷泉里出来的都是水，从血管里出来的都是血。”因此，当年讨论“革命文学”时，他看重的不是打打杀杀的内容，也不是作品传播了什么革命观点，而是认为：“我以为根本问题是在作者可是一个‘革命人’，倘是的，则无论写的是什么事件，用的是什么材料，即都是‘革命文学’。”[1]在当今中国，企图从形式、材料、观念和方法上刻意区分中西似乎是件徒劳的事情，但灵魂和血液难以混淆，鲁迅在论陶元庆的画时便点明了这一点：“他以新的形，尤其是新的色来写出他自己的世界，而其中仍有中国向来的魂灵——要字面免得流于玄虚，则就是：民族性。”[2]鲁迅这话对我们不啻一个及时的提醒：如果只墨守其形而不得其神，反而丧失了民族性；而现代文学的民族性中从不也不可能拒绝各种“新的形”。

鲁迅的小说就是个例子，从“形”而言，毫无疑问是极其西化的，但就他表现的鲁镇世界而言，又是极其本土化的，他无比准确地抓住了这片土地的灵魂。巴金也表达过鲁迅这样的意思：“我是照西方小说的形式写我的处女作的，以后也就顺着这条道路走去。但我笔下的绝大多数人物始终是中国人，他们的思想感情也是中国人的思想感情。我多次翻看自己的旧作，我并不觉得我用的那种形式跟我所写的内容不协调，不适应。我的作品来自中国社会生活，为中国读者所接受，它们是中国的东西，也是我自己的东西。”[3]承继鲁迅衣钵的胡风，在1940年代关于民

[1] 鲁迅：《革命文学》，载《鲁迅全集》（第三卷），第544页。

[2] 鲁迅：《当陶元庆君的绘画展览时》，载《鲁迅全集》（第三卷），第549页。

[3] 巴金：《一封回信》，载《巴金全集》（第十六卷），人民文学出版社，1990，第454页。

族形式的论争中，积极捍卫“新文学传统”，他不同意民间形式就是民族形式，反而认同新文学以现实主义精神、外来的形式所表现出的民族精神，很值得我们思考：“欧化，如果是不顾客观可能性的、纯主观的强迫输入，自然应该反对，但如果是为了反映现实生活里已经存在的或正在萌芽的东西，能够被容纳到语言的有机统一里面，那就不但不能反对，反而是应该加强推进的了。”“我们所要求的‘欧化’正是新生的‘民族的’语言成分，能够而且应该成为创造民族形式的活的语言的性格之一。”[1]形式不是最终的指归，“内容”才是根本和决定者。

近年来，各种领域里关于中国化、中国模式的呼声很高，文学仿佛也从1980年代的西化中撤退到民族审美中，莫言从《檀香刑》到《生死疲劳》的努力和主张都是这样的样本。我想，重视前辈们的一些提醒，会让我们不至于舍本逐末，也不至于用了一点民间的语言、形式就一厢情愿地认为这是“中国化”。客观地讲，当今的中国化首先不应当是自闭性的民族形式；其次，中西的交融已经不动声色地出现在作品中，作家对人物的分析、叙述的视角等，早已是非常西化的，如格非的《春尽江南》之类，无论语言上怎么像《红楼梦》，书中的心理分析，甚至作为多余人出现的谭端午也有着自己的人物谱系，很难刻意分别出这是中还是西，中国人已经不是封闭土地上的人；第三，那“中国化”从何体现呢？我认为关键是要抓住现实的土地和人的灵魂，以贾平凹为例，从《商州初录》《浮躁》，到《高老庄》，至晚近的《秦

[1] 胡风：《论民族形式问题》，载《胡风全集》（第二卷），湖北人民出版社，2001，第780—781页。

腔》《古炉》，我不否认形式的探索在作家写作中的重要作用，如贾平凹在写《古炉》时自言是从国画中获得的启示，但最好的长篇小说无疑形式即内容，两者高度契合才有完美的艺术。而《秦腔》《古炉》这两部长篇，最值得重视的艺术经验倒是形式的退隐，而以生活的本相直接呈现于我们面前。贾平凹一回到他的故土便精神健旺、笔笔生花，甚至可以说，他是这片土地上的一棵树，与这里的一切盘根错节，正是这些，哪怕是写人物的几句话，也活灵活现，而其中你感受到的中国化，不恰恰是这片土地上的人流淌着中华民族的血吗？他抓住的不是外在的语言，还有他们的行为方式和思维方式。

那些让你觉得缺乏这种感觉的作家，显然是没有抓到这片土地的灵魂——对长篇小说来说，不是“抓”，而是它与你的灵魂融为一体甚至相互厮杀。如果没有这些，又怎么能写出“中国化”来呢？王安忆的《天香》则代表了另外一种表现方式，它完全借用明清小说的躯壳，从结构到语言，甚至可以说是一件仿真品。但它在这样的躯壳下表达的却是非常现代的问题，大的问题是它在探讨上海的现代性起源，具体而言，它写出了在大变动中传统的儒家精神如何失范，而近代的商业精神又怎样兴起，以及这种兴起对世道人心的影响，这毕竟还是西方的视角和思维。但这不也同样是近代中国无法逃避的问题而非西方的问题吗？由此，我们不妨说，长篇小说的中国化应当从形式的束缚或单一的范式中挣脱出来，鼓励作家的自我选择和大胆探索，而“中国化”的程度更多地取决于作家与中国现实的呼应和深入程度。

说到现实，一个敏锐的、有责任感的小说家不应当无动于衷，在巴尔扎克《人间喜剧》的时代，在狄更斯小说所描述的时代，当然也可能是罗曼·罗兰《约翰·克利斯朵夫》中写的“将死而不死于恶死之日”的时代……人们常说每天发生的事情比小说还精彩，小说家不是时代的新闻记者，但能够在这样火热的时代面前闭上眼睛吗？格非的“江南三部曲”，前两部一般，而第三部《春尽江南》倒不乏为精彩收场，它的精彩在于识破了这个时代一往无前的虚妄，同时，为被目为社会失败者的多余人辩护。我认为作家对当下的思考比他前两部对革命乌托邦的反思更打动人心。新世纪以来，很多作家都在努力与当下中国的“现实”进行对话，比如阎连科从《受活》《丁庄梦》到《风雅颂》的一系列的创作，都在提醒我们注意现实、反思“现实主义”，余华的变风，一部《兄弟》让人议论纷纷。实际上，大家都参与到了对中国现实的概括、命名和各自想象的讨论中。莫言的《蛙》在打量曾经影响我们生活的“重大现实”时，考量作家的不仅是想象力，还有你是以什么样的价值标准来介入现实的问题……这些作家以各自的创作回应着现实生活的挑战，也给我们留下很多值得思考的空间。回到现实成为长篇小说创作一种新的活力源泉，包括一些被认为艺术水平不高但广为流传的网络创作，它们之所以有那么高的呼声，同样是因为现实的力量。当然现实的力量如何转化为创作文本中的艺术力量，从而经得起时间的检验，那是作家和批评家应当共同探讨而不要再清高地回避的问题。

三

对于历史的叙述同样如此，一部好的小说，历史不能外在于作家的心，外在于心，小说就成了机械的叙事，那种被历史绑架了的长篇小说我们见得多了。而内在于心，历史事件成为作品人物的自身经历，人物的情感也内化其中，艺术与历史融为一体又分道扬镳，所谓想象历史的新方法，同样在于大道而不是小技。方方在《乌泥湖年谱》《水在时间之下》中对人物命运的关注和有力表现，都涉及人物活动的大历史、大时代，她有着一贯的举重若轻地处理历史的能力，这一定令那些动不动就让历史压死压扁的作家垂涎三尺，而其《武昌城》尤为精彩，小说的攻城篇和守城篇在叙述上相互对照，一正一反，编织得天衣无缝，两部中间的呼应和连接极大地显示了作家的叙述功力。更重要的是，这一随时会掉入历史泥淖的题材，却让作家在自己的手中游刃有余地写出了自己，写出了战争残酷中的人性复杂，写出了灾难环境中的坚韧，写出了一个人物在人生的转折中的内心，书中的每个人物，不是历史的提线木偶，而是活在作家所设置的历史情境中，它们为作家的写作服务。我觉得这同样不是方法的问题，而是作家能够穿过史料，看到人心、抓住人情，作家把史料融化了，让它们都不在了，又无处不在，这样塑造出的人物才有可能走出来。哪怕随笔表现的一个人物，也让人印象深刻，比如郭沫若，带着宣传队误听了北伐军胜利的消息，敲锣打鼓来迎接一败涂地的部队。多少年前，我读过郭沫若的自传《革命春秋》，讲的就是北伐的经历，而方方的小说写出了人物和人物的内心，编织出人生和历史戏剧化的一面，把握住这个，不但小说成功，不也写出了“大时代”吗？比如上篇反复提出的问题：你们为什么参加革命？而下篇马维甫自问：全城人的生命与军人的职责哪个更重要？……这些又都是超越了历史和时代的问题，让小说有了形而上的思考。

哈金的《南京安魂曲》颇让人失望，我没有看过魏特琳和拉贝的日记，无从对照，但小说仿佛是金陵女子学院在沦陷中的报告文学，头绪芜杂，抓不住要点，无力的事实罗列，失败得一塌糊涂，尤其是让我弄不清楚：小说家的天职在哪里？如果非要去与历史学家争锋，又要讲点打动人的故事的话，他两面都不讨好。哈金的失败在小说家中不鲜见，不知有多少作家就是这么写的，对历史没有看法，对艺术没有感觉，如果是这样，我宁愿直接去读历史！

2012 年 4 月 24 日

长篇小说的精神结构
——从雪漠的《野狐岭》谈起

雪漠的最新长篇《野狐岭》是一本叩问死亡的书。小说从开篇起，死亡的阴影就笼罩着每一个人物，仿佛没有一个人可以逃出这个命数。从另一个角度讲，“不知死焉知生”，这也是启迪我们思考生命价值的一本书，里面充满对不同人生状态的思考，比如，对于仇恨的消解，这个过程就是生命境界锤炼和提升的过程。不难看出，雪漠是一位有着自己生命观、价值观的作家。世俗生活切割人的精神，世界碎片化，这时，有一套完整的价值观便显得弥为珍贵。不仅如此，进一步说，作家的精神世界与他的创作血脉相关。

《野狐岭》出版后，很多人都谈到雪漠的变化，从叙述形式看，他变化很大，几乎每部书都不一样。但是，他作品的气质和内核又没有变，他的小说，始终有一个精神的结构在支撑。我一直强调——尤其对长篇小说而言——单纯的外部结构不足以支撑一部庞大的小说，作品背后必定要有一个强大的精神结构，它才能成为优秀作品。小说最重要的功能不该是仅仅去充当写作课上的教学范本（不必讳言，当代小说丧失了精神活力，与一些作家的这种追求不无关系，它在自我封闭中让小说枯萎），它应当保持世俗的艺术本色，跟世俗生活达成一种精神默契，也可以说，它不应放弃跟读者精神上的交流。此时，小说背后的精神结构就显得尤为重要了。

有人说，一部小说语言如此优美，结构那么精致，还不是一部好作品吗？我想说这只是“好作品”的部分条件，它背后缺少一种能够支撑它的精神结构，再精致也只是表面的。这涉及小说文本与它的阅读者达成什么样的契约的问题。我越来越怀疑，到底有多少读者，在阅读小说时会像大学的写作教师那样进行技术分析，这是起承转合，这是圆形还是扁形人物……如果把话题稍微扯远一点的话，我认为论改变当下国民精神结构，当代最优秀的作家，可能还不及余秋雨、于丹、琼瑶、南怀瑾等人。尽管很多人不愿意承认这一点，尽管他们很少具有原创性，但正是他们与大众达成了广泛的阅读关系和精神互动，那就难免对国民精神结构产生实质性的影响。这还涉及大众从他们的作品中读什么的问题。是精致的语言，叙述结构？恐怕都不是，读者需要作者提供一种精神景观，他们可以借此感受自己的人生、打量周遭的世界。这些功能原本都是由最优秀的小说提供给一代代读者的，但如今的小说“嫌贫爱富”，抛弃了这批读者，尤其是祭起“纯文学”大旗，把小说变得仅成为精英读者股掌之间的玩物，我认为这是有悖真正的小说精神的，是釜底抽薪的举动。

很多当代长篇小说，我们最后能从中读出什么呢？如果仅仅是一堆故事、信息的话，就会像现在大家常说的，每天的社会新闻报道比小说精彩多了。但是，当我们读古典名著的时候，总会觉得自己突然得到了某种点拨，它们甚至打开了我们人生的一扇窗，给我们提供了一个新的价值观，或是世界观。我觉得，小说除了叙事艺术的探索之外，在某种程度上，其实也应该提供这样的力量。因为只有这样，小说才不会轻易被时间风化。

《野狐岭》显示出作者的某种抱负，它有一种宏大而复杂的构思，在这一框架下还组合了众多精密的零件。说“宏大”是因为天地人神俱现纸上，在具体处理上，作者以“招魂”的方式打通了历史与现实。小说中，作者不光是对死去的一些具体人物的招魂，也是对这片土地上消失的事物、对我们这个世界上可能不存在的事物的招魂。雪漠在后记中强调说，他要写出一个真实的中国，定格一个即将消逝的时代。所以我认为，这种招魂不仅是叙述者一种具体的行为，还隐含着一个巨大的隐喻，作者在呼唤一种久违了的精神，这些才是这部作品更值得我们思量的地方。

雪漠在小说的后半部创造了一幅末日景象，或者说一个末日的世界，这跟我在前面所说的“死亡之书”是有联系的。但是，我注意到这个末日不是单一的惊人、恐怖，相反，在心灵震撼中还有一种温暖的力量。比如木鱼妹和马在波在胡家磨坊里推磨的那一章，雪漠制造了一种非常抒情、非常温暖的氛围，我甚至觉得马在波有点像现在大家说的“暖男”，而木鱼妹是侠义的“女汉子”。这样温暖的“末日”，让我感到《野狐岭》不是简单意义上的“死亡之书”，它是启悟我们如何面对死亡、破解死亡这样无可逃遁的生命咒符的书。

我们也一直在强调雪漠变得会讲故事了，但故事不是万能的，也不是最主要的，最重要的是，他创造的这个故事体现了一个作家的能力，尤其是能把传说写成故事，也能把故事再变成传说，这一点我觉得非常重要。前面也讲了，不管怎么样，最后可能都会变成一个传说。包括那段暴动的历史，包括人与人之间的恩怨情仇，甚至包括推磨的那个细节，最终都有可能变成传说。第二十七回的标题就是“活在传说中”，可能也有人死在传说中。在这个生死轮回中，雪漠完成了传说与现实、生与死的水乳交融。

当然，读这部作品，我也有不大满足的地方。感觉上，后半部分比前半部分精彩得多，或许因为小说的开头需要做一些铺排吧。作者一直在强调，驼队出发时就已经注定了消失的宿命，但是在每件事发生的过程中，我们又体会不到那种恐怖感，缺少一些非常恐怖的细节来营造一种心理上的恐惧感。其次，每一章的叙述方式应当有所变化，而不是像现在这样，开头一直由叙述者讲一段话，然后招出一个鬼魂来讲述故事。长篇小说需要变化和参差的美，而不要太模式化。

2014年9月12日改毕

更多的死于漫不经心
——关于短篇小说的读书札记

2013年，门罗获得诺贝尔文学奖，我想，蒋一谈一定有扬眉吐气之感。这话虽有点穿越，却并非不着调——在很多人眼里，短篇小说只是初学写作者练手的工具，或者是大作家写累了的课余闲笔，反正把它当作前菜、甜点都可以，当主菜就有人撇嘴笑你寒碜了。伟大如鲁迅者，就因为没有写出长篇而被朔爷（王朔）低看好几眼。在文学界，提到"力作""杰作"时，也几乎都与短篇小说沾不上边儿。不管你怎么说长篇太多啦，没人看哪，作家还是不听你哄，照旧埋头经营自己的长篇伟业。也不是没有人写短篇小说，或者一辈子写短篇就占领了写作伦理的制高点，仅从数量上统计，短篇小说创作量肯定远远大于长篇，大概没有完全不写短篇的小说家，问题是人人都可能采用的小说形式，却在很多人心中地位不高，这很不正常，也难怪作家对它三心二意、漫不经心，很多时候，我觉得短篇小说似乎就是作家送给读者、编辑和刊物的小礼物，随便拣点什么东西包一包，完全属于礼节性行为。这倒无伤大雅，反而一心写短篇的人会被视为才拙……由此，我想到一直未写长篇的蒋一谈该有多少辛酸泪和多么强大的内心，才得以抵抗文坛的这些潜规则啊。

现在好了，门罗得奖了，评奖委员会给她的赞语是“当代短篇小说大师”，真不知要惊醒多少人的长篇大梦。八十岁的老太太却也不忘吐槽：“我觉得，我得奖对于短篇小说来说意义非凡。我希望人们能意识到短篇小说是重要的艺术形式，不是随意写写，直到你有素材去写一部长篇。让短篇小说还原它本来的地位。”不难体味，老太太在“黄袍加身”之前，内心早已伤痕累累。有些比较和争论是没有意义的，一个作家喜欢写长篇或是短篇完全是个人的选择，我并非要替短篇小说或写短篇的人去争一时之长，我只是想画蛇添足地申辩一句，那就是门罗说的：“让短篇小说还原它本来的地位。”“本来的地位”又是什么？就是门罗前面说的：“短篇小说是重要的艺术形式。”话似乎也可以这么讲，如果作家觉得只有长篇小说可以满足艺术野心的话，尽可去大展宏图，但也不要瞧不上短篇小说，它不是鸡肋，相反，它还是测试作家对艺术的虔敬之心和纯洁之情的试纸。

对“高大上”的膜拜，自古而然，人一“聪明”就忘了“高大上”的孪生兄弟是“傻呆笨”。真正的大师，往往不是无所不能的人，而是知道将契合自己的艺术形式发挥到极致的人。他有所为，也有所不为。汪曾祺就说过：“我只写短篇小说，因为我只会写短篇小说。或者说，我只熟悉这样一种对生活的思维方式。我没有写过长篇，因为我不知道长篇小说为何物。长篇小说当然不是篇幅很长的小说……有人说，我的某些小说，比如《大淖记事》稍为抻一抻就是一个中篇。我很奇怪：为什么要抻一抻呢？抻一抻，就会失去原来的完整，原来的匀称，就不是原来那个东西了。”[1]老爷子不仅不曾英雄气短，而且说得很自负，这是对短篇小说艺术的一种自信。那些不屈不挠地炮制长篇小说的作家，不妨认真想一想：或许短篇小说更适合你呢，而且它照样可以成就名山事业。守着门罗这样的活榜样，不学习是最大的浪费啊，布克奖评委会曾这样评价门罗的创作：“艾丽丝·门罗以她的短篇创作最为著名，但是她在每一个短篇小说中呈现的深度、智慧和精准比得上很多长篇小说家穷极一生的书写。”艺术价值的判断可不是数钞票，越多越好，它更看重内在的品质，四两拨千斤，一篇胜过“穷极一生”的一堆，不是什么特别的事。篇幅短，气不短，内涵不薄，这样的例子请一个文学史教授来，能给你讲上三天两夜。巴别尔的《骑兵军》，长的不过五六千字，短的不满一页纸，其中的杰作《我的第一只鹅》也就两三千字。舍伍德·安德森的《小城畸人》、卡佛的《当我们谈论爱情时我们在谈论什么》、奈保尔的《米格尔街》、乔伊斯的《都柏林人》，还有博尔赫斯、卡夫卡、鲁迅、沈从文……这些作家或者专工短篇创作，或者长短皆宜，不管怎么样，这些作品哪一个不是百部不换，这些作家哪一位不是百身莫赎？

我欣喜地看到，近年来我们翻译国外的优秀短篇小说集越来越多了，如“短经典”系列已蔚为大观；扶植原创的出版眼光也不只盯在长篇上，如上海文艺出版社的“新势力丛书”，便虎虎有生气。但是，所有这一切，与短篇小说应当享有的艺术地位还很不相称，特别是经营短篇小说的作家，散兵游勇多，三心二意者众，短篇小说总是那个“村里有个姑娘叫小芳”，等哪

---

[1] 汪曾祺：《〈汪曾祺自选集〉自序》，载《晚翠文谈新编》，第299页。

一天进了城荣了身，大家爱的都是“艾丽丝”，一心一意地眷顾“小芳”的，只有孤独的刘庆邦、蒋一谈之人了。再重复一遍，我不是强调为短篇小说守节，但我看重善待这门艺术、把短篇小说当艺术来经营的作家。从这个标准看当下短篇小说的创作，我认为由于作家的漫不经心，使其在短篇小说创作中本该取得的艺术成就大打折扣，或者说，更多的死于漫不经心。具体表现至少有三。一是拿豆包不当干粮，漫不经心的心态，造成充斥刊物的都是散漫、疲沓、缺乏艺术张力的文字。汪曾祺当年谈短篇小说结构时是说过“随便”两字，但别忘了，他后面还有一句：苦心经营的随便。扪心自问：我们究竟有多少苦心经营的短篇小说呢？二是文比纸薄，既缺乏深度又没有厚度。清汤寡水，淡而无味，短篇小说的蕴藉、灵动、余韵都看不到，篇短气也短，这种平庸的作品遍地是。三是缺乏风格和文体上的追求，这当然是漫不经心的直接恶果，也是败坏这门艺术的最大毒素。

帕乌斯托夫斯基评价巴别尔小说时说：“巴别尔是作为一个胜利者和革新者，作为一个一级大师出现在文学中的……巴别尔的语言以不同凡响的新颖紧凑使人震惊，或者更确切地说，使人入迷。这个人带着我们没有的那种新颖，观察并倾听这个世界。”我特别注意到“革新者”和“新颖”这样的词，一个真正优秀的作家无不是新形式、问题和风格的塑造大师，他不会去复述一个腐烂的故事，发泄一段发霉的情绪，也不会满足于塑造一个人物，哪怕是在篇幅有限的短篇小说中，他也不容这门艺术被亵渎。

那些，苦心经营短篇小说艺术的人才是真正的“野心家”，他想在方寸之间微雕世界，我钦佩这样的雄心，也默默祝愿蒋一谈这样的作家红旗能够扛得更久些。从这个意义讲，门罗得奖了，蒋一谈的又一部短篇小说集《透明》来了。很好，很好。这两件事都是值得庆贺的。

2014年6月18日凌晨

别让肥肉累死狗
——关于莫言获奖二题

一

天下没有不受质疑的文学奖，据说第一届诺贝尔文学奖宣布颁给法国作家苏利·普吕多姆时，立即遭到炮轰：获奖者为什么不是托尔斯泰，不是易卜生，不是左拉，不是法郎士……大概所有的文学奖都遇到过这样的“为什么不是”。每个人心中都有一份自己的获奖名单，本来嘛，文无第一，武无第二，你非得让李白 PK 杜甫，那必得有狗脑子才能分出高下。何况，天下事从来是不患寡而患不均，肥肉就那么一块，被一个吃了，其他的怎能不汪汪叫?

那好，反正我吃不上，我就砸了它、毁了它、黑了它——持这种心态的也大有人在。我倒觉得管它什么文学奖，在当今之世，都是给孤寂的写作者送上的一束鲜花；作家不论得了什么奖，都是一件好事、喜事，至少它可以鼓励作家的创作信心，对扩大作品影响、引起公众对文学的关注有益，再俗一点说，对增加作品销量也有帮助，而这些对一个写作者来说都是不会也没有必要拒绝的事情（过分扭捏者除外）。问题是，你怎么看这个奖，世上事最怕认真，世上有些事情搞糟了也是由于傻头傻脑的认真，得奖就是中彩，高高兴兴，甚至邀三五好友吃吃喝喝庆祝一下就得了。对写作者来说，你真以为得了什么奖就可以不朽、伟大、传世，就证明了什么身份和地位，那可就麻烦了；你如果以此作为写作目标而奋斗不止、战斗不息，就不是麻烦，而是“麻风”了。我听说有的坏人，在狗前面放一块肉，让狗见着闻着就是够不着，那笨狗会为此拼尽全身力气，结果累死了。我们要做这只笨狗吗？

也有人说，熙熙攘攘皆为利来，人家才不笨呢，你没有看到获奖的好处，奖金不说了，分房子，领导接见，开会坐主席台，当什么官，记者围着转（谁都说记者像苍蝇一样围着烦人，但好像谁都愿意当那块臭肉）……必须看到，光有作家的“平常心”还难以抵制如今文学奖异化的现状，这也就不难理解为什么有“跑奖”一说及或真或假的传言。我们经常见到，某地介绍文学成就时，列的都是什么作品获什么奖，那么没得奖的呢，就泥牛入海了？这种把戏，跟官员的政绩观、GDP 唯上观，如出一辙。也反映出这个时代，底线和判断标准的生理紊乱，大家已经说不出哪些是好作品哪些是坏作品了，只有用这个简单又蠢笨的办法。就像大学里，面对一篇活生生的学术论文判断不出学术价值，却去算计它是发在核心期刊还是非核心。此时，文学和学术反而是最不重要的角色，在这场戏中，文化政绩、体制和等级的维护才是真正的主宰者，于此情形下，如果你不能超脱点，为那点蝇头小利或看似大利，非去演这场戏、蹚这个浑水，争那个 A 角，或许就不是悲剧演员，而是个丑角了。

反过来还可以问一问，鲁迅的《呐喊》《野草》，巴金的《家》，沈从文的《边城》等，当年都得过什么文学奖，都是靠得遍全国的文学奖才为人认识吗？尽管时代不同了，但有些颠扑不破的规律或常识，聪明的大脑最好也要复习一下。所以那天我在微博上的留言是："一、时间能埋没作家，也会淘汰那些伪作家，后一点不用一百年，翻二十年前旧刊就有感触。二、当代写史，不过给后人留下同时代人的感想而已；用不着觉得进了文学史就怎么样，大多数时候连这本文学史都是垃圾。三、一个作家和一部作品自有他的命运。"这个"命运"不是"跑"、"求"能得来的，很多时候，你能主宰的事情就是电脑屏幕和稿子那么大，那还扯什么？还为那块肉费什么脑细胞？！爱写作，就埋头写，管它得不得奖；爱读的书就去读，管它是不是得奖的作品。

2014年5月29日中午

二

1. 莫言获得诺贝尔文学奖后，在国内外依然存在大量争议，是否因其获奖而对其评价过高？如认为这次获奖是偶然，中国有很多作家同样应该获奖？

对当代文学而言，永远不存在顶峰和唯一，这些词只有留着这批作家和写作彻底历史化和经典化后才能用。如此说来，认为有很多（或者不是"很多"而是"有一些"）中国作家同样应该获奖，这没有什么奇怪的。获奖当然有偶然性，因为获奖者只有一人，而可以获奖者可能有一百人，对这一个人来说当然就是机会和运气；对另外九十九个人，当然是没有这个机会和运气——这里也涉及对于文学奖怎么认识，对于文学作品和作家的评奖从来没有唯一标准、终极标准，而且不同时代的读者接受都会有极大的变化，那么文学奖就可以承担终极裁决者的责任吗？即便是诺贝尔文学奖，也是这样。我历来认为，不论得什么文学奖，这就是中彩，得奖了对于作家就是值得高兴的事情，是对寂寞写作的一种鼓励；对外人来说，除了祝贺也谈不上沮丧，它并不意味着就是对你的写作价值的否定——绕来绕去，我觉得讲的都是最普通的常识，然而不知怎么聪明如中国作家和文人们，在诺贝尔的结上好像就是解不开。

具体到莫言，该不该得这个奖，把之前和之后的争议搜集起来，真是国民文化心态的绝佳研究材料。我看到过一种非常奇怪的心理：莫言得奖之前，有人大骂中国当代文学不成器，连个诺奖都没有得过；得了奖，又大骂莫言，好像不是得了瑞典送来的大礼，而更像哭丧……这是什么文化心态？真是让人鄙视的一群。

好了，莫言当然有资格得这个奖。或者说，莫言不得这个奖同样是中国当代最优秀的作家之一，大家同样在研究他的作品，他的哪部作品出来不是得到各种热情关注？只有那些从来没有读过莫言书的人，才觉得他是通过这个奖才从石头缝里蹦出来的吧？我们从来没有看低过莫言，但我希望，我们不要总是做文学的看客，哪里有热闹往那里凑；也不要因为诺贝尔就高看莫言，这是因为中国当代文学中像莫言这样的作家还有很多，大家以正常的心态去阅读去研究他们，或者去读你喜欢的，那才是一种理性的态度。

2．莫言的作品，为何能为世界文学，或者说诺贝尔奖所接受，它的启示意义在哪里？

在以前接受采访的时候，我就说过这样的话：文学艺术有着自己的轨道和规律，它不会像 GDP 一样可以计算。它不会一往无前，也不可能一无是处。那些最杰出的作品都产生于伟大的个体的头脑中，它们常常不成潮流也没有趋势，而是孤峰傲立，难以被预测也无法去规划——尽管我们常常愚蠢地拔苗助长，后来发现没长出栋梁也罢了，拔了也是棵杂草。就像莫言得诺奖对中国文学有什么影响这样的话题，我说：对莫言有改变，对莫言而外的人最多是跟着欢喜或愤怒，有什么影响？创作本来是个体劳动，越杰出的作家个性越强，写作就是各写各的，莫言得奖干卿何事？也有人说，不对，至少可以引起西方人对中国文学的关注。或许吧，或许这只是更大的自我幻觉。其实西方人该关注的作家早就在关注了，不关注的今后也未必就关注，像莫言，难道西方人是这半年才关注的吗？再说，西方人关注又怎么啦，月亮就由圆的变成方的了？我想再强调一下，千万不要去放大莫言得奖所谓“对中国文学的意义”，什么都要去分一杯羹，这是十分愚蠢的想法，和去拔莫言家的萝卜，吃了就能怎样怎样一样愚蠢。

3．莫言小说的独特美学价值在哪里？

首先，他的作品是从大地中生长出来的，一片杂草丛生的大地，具有无限的自由气息和磅礴的力量，是一种生机勃勃力量的显示。其次，莫言对记忆与现实中的一些事情，始终不能放过，让他的作品中有一种反讽、抗争、戏谑的成分，这些与民间的古老传统结合起来，成为表达对现实看法的极佳文学样式。第三，莫言是一个有不懈追求的叙述探索者，他深知语言的力量，能把大地上的事情和人心中的态度都化成一个个不同的精彩叙述，以实现他的艺术追求，这一点，在同时代作家中，他尤为突出。

4. 如何看待莫言小说中的政治意识，以及莫言在现实中的文化立场？

一个人不能站在地球上说月亮上的话，更不能站在地球上不说地球上的话。对此，每一个生在当今中国的人，不要去问莫言，先问问你自己，你说了什么又做了什么。

5. 请选一部你认为最好的莫言的小说。

不是最好，只能是我最喜欢的，《红高粱家族》。

6. 莫言热目前已经成为一种文化现象，请问如何看待？

对我而言，莫言热已经是不止二十年前的事情了，因此，今天对这些无动于衷，最多想说：噢，原来有那多么人以前没有看过莫言作品。那么，我也想劝他们，其实现在不看，也没有什么的呀！

7. 乡土和魔幻是否是莫言小说中最重要的因素？

当然。但我想强调，每个作家都有自己的乡土和“莫言”，莫言的或马尔克斯的，都是你旅游中看到的风景，而不应当是你的故乡。我非常非常担心，一些脑袋不大灵光的作家、批评家把莫言的乡土和魔幻当成唯一的标准和尺度。

8. 莫言之后，中国文学是否还能出现新的为世界承认的文学家？您认为，莫言之后，谁有可能再次获诺奖？

以后的事情，掐了两下指头也算不出来，这个问题应当请瑞典的那些老头去回答——假如，得了诺贝尔就算“为世界承认的文学家”的话。不过，我想以前的事情，至少是有边际的，是可以看到的，那么我想说，在莫言以前，我们已经有很多非常优秀，甚至远比莫言优秀的作家，看不到这些，只能怪我们没有眼光。手头刚刚拿到今年的《上海文化》第一期，发现郜元宝教授的文章中也提到了这一点，那么，我就厚着脸皮说：真是“英雄所见相同”啊！

2013 年 1 月 19 日上午

那边的月亮更圆吗
——对台湾作家的另外一种看法

去年上海书展期间，在乱哄哄的人群中，我特别去寻找了台湾展区。乘兴而去，却空手而归。这在十年二十年前，是不可想象的，那时候谁从台湾给我捎回一本通俗读物，我都珍爱有加，觉得那张纸、印刷，封面设计，一切的一切，不仅新鲜，而且贴心。我们这一代人受惠于台湾文学良多，且不说白先勇、余光中这样的人了，想一想读初中、高中时，有多少人捧着琼瑶、三毛、席慕蓉，用不着脸红，她们也是一代人的青春记忆。所以，那天从展场出来，我怅然若失。是没有好书吗？不是的，如果换作二十年前，我都想从银行抢钱把这些书买回去，而现在则不必了。我一再讲到时间，它有什么意义？当然有，正是这时间将两岸的隔绝、观望，变成了某种同步和共融。现在有不少文学书，已经不是上个月台湾出，这个月大陆版了，而是同步发行。现在，那些软软的、甜甜的生活化的散文，还有很多软性读物，已经不是台湾作家的天下了；张爱玲、梁实秋、林语堂也不需要从外边带进来了，想一想，我还买什么？

或者说，正是由于隔绝，才造成相互打量和观望的极大兴趣，进而造成我们对台湾作家和作品的另眼相看。不仅新鲜，还有敬佩，再加上政治文化的差异性，对熟悉得不能再熟悉的大陆作家作品的审美疲劳，反让我觉得对岸的作品真不错，真妙，太好了……近年来，我发现有些“不妙”，在一些人的心中似乎形成了一种等级秩序，经常是这样的：一等的是欧美作家，二等是港台，三等是大陆作家。连繁体字都天然具有某种文化上的优越感，甚至在大陆作家的作品中，我发现了港台腔、港台味儿。当然，最让大陆作家憋屈的是出版界对港台作家的作品礼遇有加，从装帧设计到推广宣传都气势恢宏，再加上“华文”“汉语”什么什么的词汇——不是说不该出港台作家的书，恰恰是因为出了，而且出的越来越多，才破除了我心中的很多神话。至少，用不着一惊一乍的，有些时候常理天下通行无阻，就台湾作家而言的常理就是：当然有好作家好作品，反之，自然也有一般甚至不怎么样的。即便是同样一个人，也未必部部作品优秀……总感到这是废话，可是很多时候，尤其是出版界对大陆和台湾作家的双重标准，让我觉得所谓“淡定”和“平常心”还是分对象的。

我要谨慎使用“台湾作家”这样的全称判断，每一部好的文学作品都有奇异的风景，也都不宜这样归类，那么还是列举一点个人的具体阅读感受吧。比如，旋风般冲进来的龙应台，你不觉得她越来越像台版余秋雨吗？大陆很多高雅人士提到“余秋雨”就牙酸，对龙应台可就不一样了。这两年，龙官员越来越不像一个作家，因为作家是以情动人、感染人，她好像不屑；说以理服人吧，她好像又缺了几分耐心，倒像小学教师，动不动就教训人，在课堂上训还不过瘾，恨不得到天安门广场去训。张大春当然是优秀作家，当年读他的《小说稗类》时，我觉得此人莫非阿城失散多年的兄弟？当然，谁都有让人失望的时候，上帝在赐予人完美的这一步上是很吝啬的。《聆听父亲》，太花哨了，很多时间和历史的庄严让失却朴素的讲述消解了。《认得几个字》，报纸专栏水平吧？巨著《城邦暴力团》，腰封上的宣传就能吓趴一批人，“当代最优秀小说家张大春扛鼎之作”，“金庸之后最伟大的武侠小说”，“中国地下社会总史，世纪暗战江湖变迁”，“近十年仅见的‘终生小说’，可以终生不停地重复阅读的好小说”……虽然说腰封总是像妖风一样毁人不倦，但这个架势也是在打鸡血啊，读完觉得：还行！——什么意思？这样的小说也不是别人就写不出来。另外一位“台湾中生代最重要的小说家”骆以军所写的“变形者的疯癫、妖艳、镜中幻城的恶魔之书”《西夏旅馆》，怪我资质太差，智商总跟不上作者的脚步，常常将作者的得意之笔看作故弄玄虚。“他们的年代在男女这回事上，拘谨忸怩到即使是闭室内的两对男女，仍会被看不见的每一细部分解的举止言谈间之踌躇谨慎，压抑到喘不过气来。”“但他们欠缺对自己的了解，无能翻弄嬉耍那僵硬羞怯的细微礼仪之间，巨大的可能。”这样的句子，在作者是语言扭麻花的艺术，在读者可能是情绪被纠结的折磨，太多的比喻，让叙述扭捏，降低了小说叙述的自然成色。最近给大陆作家谆谆上课的唐诺先生，谈古论今，信手拈来，头脑渊博得能放下八个书橱。《文字的故事》看过了，有趣，但也就是欺我们这些没有好好读过《说文》、不懂小学的人而已。《尽头》，读了，怎么总也读不到尽头，那啰唆啊。不要误会，长并不等于啰唆，文字长也可以引人入胜，为什么让我感觉啰唆呢？后来明白，知识不少识见不多就容易让阅读者耐心脆弱。

说实话，这几位都是我比较喜欢的作家，虽然不算他们的粉丝，至少他们出的书，我都会买、会读。尺有所短，寸有所长，作家写自己的，对不对口味是读者选择的事情，他们如此躺枪似不公平。那么，我要反思的还是我自己，头脑中需要对台湾的作家和作品祛魅，要用平常心来对待他们。虽然什么都拿打擂台的心理来看待太过太狭隘，但事实是他们的作品，大陆作家也能写得出；同样，大陆作家的长处，他们也未必有。并不是什么都等齐邦媛的“巨流河”流过来，才知道历史是那个样子，有那么多历史学家在努力着，而且齐氏历史也有她的傲慢与偏见。台湾作家重视叙述，耽于自我且富狂想力；大陆作家肯于承受历史和现实的沉重，有雄浑的气魄，取长补短，而不是排座次、论等级或许更好。自然也不必拿着电话问：那边的月亮更圆吗？都直航了，实地去看一看，远胜于想象，对于作家也一样，认真读读他们的书，远胜于看那些推介、宣传。

当然，我得抓个替罪羊。我认为这个等级的制造倘若与作家本身无关的话，那么与出版者、与出版者的商业需求则大有关系，替很多台湾作家造势的是出他们书的出版社和为之宣传的媒体，我佩服他们的敬业，但也想劝他们适可而止，少讲一点过头的话、咋咋呼呼的话，毕竟读者的眼界也越来越宽了，他一边盼着享受你大量引进的台湾作家的作品，一边也不断提出更高要求，并不是捡到篮里的都是菜，也不是所有游过海峡的都是好汉。如果说，读者一如既往地信任某个作家、某个出版社的话，那么你们千万不要辜负这个宝贵的信任，否则，那后果……你懂的。

2014年1月15日凌晨

别把豆芽当黄瓜
——论新书发布会与学术研讨会之别

这几年，关于红包批评家、研讨会批评家的批评不绝于耳；书评也被看作广告，以至于不少报刊强调他们登的是“独立书评”。批评在当今成了姥姥不亲舅舅不爱的玩意儿。以前写过一篇《批评的第三条道路》，卑之无甚高论，不过呼吁在“捧”和“骂”之外，能有一种正常的批评氛围：批评者无所顾忌、畅所欲言，而被批评者同意则接受，不同意则反驳，学术讨论就是讨论，与人事关系、朋友交情、社会地位、经济利益没有关系。忘了是哪位仁兄立即提醒我这是陷入了“风度”陷阱，教导我不要把道德问题与文章捆绑在一起，将学术探讨转化为做人的问题。到底学术和做人有没有关系，似乎成了一个暧昧的问题，但我想强调：尽管人们有充足理由表示对道德的不信任，却不应当成为我们可以不道德的充分理由。我说的“道德”是学术良心、做人的底线，是一种内在的自律，它是来约束我自己的，而不是吓唬别人。

问题是道德自律不是在真空中生长着的，当它落到现实关系时自持力有多少恐怕比凭空谈论它更为关键。那么，它能够管住我们自己吗？我之所以在良知、道德、人格、风度上做文章，是我认为许多问题并不出在学理上，大多数批评家凭着他们所受的教育也不至于连作品的起码好坏都分不出，在他们心中也应当清楚“最杰出的作品”是什么样，再进一步说谁也不是生来就要说些胡吹乱捧的话等着人去骂，但他们怎么就脑子断电了呢？话说得不好听一点，很多人是被“逼良为娼”。你可以说我在为他们开脱，但我想说这也是实情，是外在的环境不断降低着他们的道德保险系数。于此而言，我呼吁“与人事关系、朋友交情、社会地位、经济利益没有关系”的学术批评，一方面具有一定的难度和理想主义倾向，一方面也要求有具体情境之分。所谓情境之分，那就是公司开业典礼上的话和产品质量分析会上的话，寿筵上的话跟追悼会发言，是不能一样的。

有人说，这个道理傻瓜也懂！大概是，所以聪明人就不懂了？比如说，一本书刚刚出版就立即召开一个“学术研讨会”，一群学者面对记者的长枪短炮不吝言辞地去赞美这本新书（书太新了，好多人开会前刚刚看完或翻完），作者笑眯眯地接纳赞美的同时连连表示“欢迎批评指正”，大家轮流（按次序）把赞美的话倾倒完毕就拍屁股走人，文化记者兼娱乐版记者忙不迭地写上“张批评家说……伟大”“李教授认为……杰出”也完事大吉了。如果说当代批评被搞坏了，我敢说有一半的责任是这种“学术研讨会”造成的，它绑架了学者，忙坏了媒体，糊弄了读者，也不知是否讨得作者和书商的欢心。这样没有多少学术含量的研讨会充其量不过是新书发布会，是一个场面、仪式，久而久之，大家也都心照不宣按照各自的角色去表演（甚至是应付）一下。

我觉得那些赞美的言辞放在新书发布会上一定比在学术研讨会上更适合，而非要打着学术研讨会的旗号让一些学者冲锋陷阵制造模糊读者的迷药，最终结果是不但见了“三鹿”害怕，而是见了所有的国产奶粉都胆战心惊，也就不奇怪人们对当代批评一点信心都没有了。

依愚见最好把“新书发布会”与“学术研讨会”分开来、分清楚，这样许多问题都可以解决了。还记得鲁迅那篇《立论》中说的事情吗？人家小孩满月的时候，说孩子将来要发财做官，皆大欢喜；说孩子将来要死的尽管是真话却要遭人痛打。我觉得这就是说话者忘了说话的情境，满月道贺，说点祝福的话，人之常情；如果是医学研讨会上说孩子将来会死的，倒也是坚持真理。错了场合，许多事情就被搅乱了套。把新书发布会和学术研讨会合而为一的问题就出在这里。你面对作者呕心沥血、自期甚高、刚刚出版的新书，在众多媒体面前劈头盖脸地狠批一通，是不是太不人道，甚至大煞风景了？情面不是学术，但学术也不是生活和人生中的唯一内容啊！再铁面无私的人也不可能不考虑其他的因素，所以，哪怕是对作品有所批评，也是羞羞怯怯点到为止，研讨会虽有研讨之名，但常常是各吹各的号、各唱各的调儿，相互间既不研也不讨。于是大家把怒火都撒到批评家身上，大骂他们品质差拿红包，忘了批评家也是人，也有三亲六故、七情六欲，如果什么时候都拿出一副“批评脸”，不顾什么风度、态度，那不要说做批评了，恐怕在世界上生存下去都难了，这点小世故大概连圣人也会有的。

倘若这些研讨会就是单纯的“新书发布会”，很多问题就简单了，出了新书，告诉大家来关注一下，作者谈十年辛苦不寻常，有三五好友来捧场、道贺，讲一讲所了解到的创作背景，出版方也可以介绍一下作品的内容，当然娱记们抓点小八卦什么的，我觉得都无伤大雅，演艺界不早就这么做了吗？反正大家觉得有必要，就做一下，它起的作用是信息发布，是一个庆祝的仪式。而如果要开学术研讨会，那这个场合讲的就不该是道贺的话，而是学术讨论的话，这应当关起门拉起脸，好处说好，坏处说坏，讲一点“与人事关系、朋友交情、社会地位、经济利益没有关系”的话，甚至不是随便讲一讲，之前应当写好文章才行。至于娱记们，对不起，最好不要到这里来，学术研讨会没有八卦也没有花边。没有办法，学术既要有含金量也得纯洁一点。如果觉得这样形式太严厉太沉闷，作者的心理承受不了，那就不要去沾这研讨的边儿，省得惹了一身学术之骚。而且我觉得，不研讨对作者也没有什么损失，毕竟现在的“研讨”太多了，连小孩出本作文选都要研讨一下，凑这个热闹也没什么意思。

高明者又在嘲笑我，这是做梦，谁会开这种无声无息还要去找骂的会呢？并非绝对不可能，其实很多人在私下与作家朋友交流的时候，彼此都很坦诚，也不都在相互恭维，说明这种交流的可能性是存在的。只不过，弄到吓人的场合还有媒体直播实录的时候，大家变得小心翼翼了而已。既然这样，要保证畅所欲言，那最好关起门来；要热热闹闹，那就搞个新书发布会，让批评家们的道德负担也减轻一些。时间久了，读者不会被伪学术愚弄，批评家们也可以真诚地表达，或许人们对批评的信任感反而增强了。

2009 年 1 月 14 日

历史长河中的一块石头
——从陈思和的文学史理论探索说起

一

三十年前，尚未有厚厚的七大卷《陈思和文集》，连他出版的几种编年体文集也不容易买到，陈思和老师[1]的文章，我是一篇篇在报刊上追着读的。那时阅读的感觉，好比梁启超说的“初读《定庵文集》，若受电然”[2]。1990 年代，是文学史家陈思和思想迸发电光四射的时期，在文学史理论创新上，与众不同的理论观念频频提出：整体观，共名与无名，民间文化形态，潜在写作，世界性因素……这些研究视角和思考，一遍遍刷新着一个外省学生对文学史的既有认识。陈思和参与其中的重写文学史、人文精神讨论，对知识分子岗位意识的思考，编辑的《火凤凰文库》《火凤凰新批评文丛》《世纪回眸・人物系列》等丛书，给在一片喧哗声中不知道道路在哪里的迷惘青年一片宁静的绿洲。我

[1] 为行文方便，本文以下略去老师、先生等敬称。

[2] 梁启超：《清代学术概论》，俞国林校，中华书局，2020，第 128 页。

无权像梁启超那样去下结论：“晚清思想之解放，自珍确与有功焉。”[1]然而，却可以确定地说，这些对我人生道路和思想成长产生了决定性的影响。

如今，重读这些文章，我仍然能够感受到文字中的力量，在雍容的叙述中，陈思和的质疑、反问，不肯认同流俗的决心，随处可见：

> 正如司马迁一代读书人会在曲阜庙堂前“低回留之，不能去云”一样，由本世纪的传统薰陶影响下成长起来的我辈，常常会情不自禁地从百年来知识分子道路中寻求对当代生活的立场，或者也可以反过来说，是以当代知识分子的实践，来参与建构百年知识分子的新传统。……“传统”之“新”到尚未定形，难免为人所疑：本世纪以来知识分子所走的道路，究竟是成是败？是否具备一个新的精神传统？……无论功之罪之，在我看来，都是参与了百年来中国知识分子人文精神传统的建构。存在不存在是一个问题，是否在建构是另一个问题。有人认为中国近百年来从未有过知识分子的人文精神传统；也有人认为呼吁、实践、探索、追求，这过程就是一种精神建构。我是赞同后一种看法的，当然没有一个现成的“人文精神”摆在人们面前，等着你去朝拜。当代政治环境使人们的思维变得十分简单，总以为知识分子还站在启蒙立场上做导师，凡提出的思想学说，一要十全十美可以全盘贯彻，二要从国外经典里找到根据以示正宗，否则便嗤之

[1] 梁启超：《清代学术概论》，第128页。

以鼻，却不想想，你们不是口口声声地说，现在知识分子已经退出社会中心地位，不再发号施令了么？是否知识分子不再做导师，就只能谈谈风月，不能再谈人文理想和精神领域的话题？不能再对社会文化进行个人立场的批评？要么不谈，一谈就要“完美无缺”，不正与否定知识分子启蒙立场的观点相左吗？[1]

上海的气候条件不适合藏书，这些书的边缘已经发黄，想起有人曾描述作者也“白发苍苍”了，我哑然失笑之后有几分心酸。二十七年过去了，重温1996年写于东京的“遥想”，我似乎依旧没有挣脱其中的沉重疑问：到今天，这种“知识分子的人文精神传统”建构出来了吗？我们又践行了多少？或者，这仅仅是一个书生的一厢情愿，人们早已不再需要它了？当年，作者“笔走龙蛇”“写在子夜”，这些年他又送过我《碌碌集》《未完稿》《依稀前尘事》，这些思考有了续篇。也许，这样的建构和那些前尘事本来就是碌碌之中的“未完稿”，不该痴痴地去寻找？

近年，从出版文集、选集，到编辑访谈录、演讲录，陈思和在不断地回顾、梳理自己的学术道路，作为新时期以来学者成长的一个样本，这些文字值得重视。学习这些文字，再结合1990年代的理论探索，以及近年来作者的重申或修正，我认为陈思和当年提出的很多问题至今仍然有效，至今仍然不能轻易放过。没有摆在面前的一劳永逸的答案，哪怕是问题的提出者也不存在一

[1] 陈思和:《无月的遥想》，载《写在子夜》，上海人民出版社，1996，第6—7页。

锤定音做出完全定论的事情。[1] 思想的活力在于激发更多人的思想，而不是仙丹妙药一吃就灵。[2]

陈思和曾这样概括他学术研究的三个方向："从巴金、胡风等人物传记的研究进入以鲁迅为核心的新文学传统的研究，着眼于现代知识分子人文精神和实践道路的探索；从新文学整体观进入重写文学史、民间理论、战争文化心理、潜在写作等一系列文学史理论创新的探索，梳理我们的学术传统和学科建设；从当下文学的批评实践出发，尝试去参与和推动创作。如果说，第一个方向是作为现代知识分子追求安身立命的价值所在和行为立场的话，第二个方向就是建立知识分子的工作岗位和学术目标，那么，第三个方向则是对文学批评的'事功'的可能性探索，它既是我们对社会生活的理解和描述，也是试图改变当下处境的一种努力。"[3] 我想从对其文学史理论创新之特点的认识出发，重探陈思和的这些命题的提出在当下的价值和意义，从而也体会他对知识分子精神传统构建的良苦用心。置身当今语境，与陈思和当年的发问一样，我也要问：我往何处去？[4]

---

[1] 我当然注意到不曾间歇的各种商榷、质疑、反诘。我认为这是正常的，学术乃天下之公器，就是需要不断辩论和究诘，而且越是有价值的学术命题，越不要指望毕其功于一役。命题的最初提出者可以修正、补充甚至改变自己的观点，同时代和后人也可以补充、纠正和继续展开，这也是一条长河。从学术史上讲，这条河不论流到哪里，它的源头（提出者）的价值都不能抹杀。

[2] 陈思和在《无月的遥想》中说："人文精神不是政治文件也不是交通规则，需要一条一条写清楚了让人实施……假如真有了什么'样板'，还用得着讨论和寻思吗？"见《写在子夜》，第 8 页。

[3] 陈思和：《学术是我安身立命的基本立场——答舒晋瑜》，载陈丙杰编《陈思和人文访谈录》（上册），团结出版社，2022，第 145 页。

[4] 《我往何处去——新文化传统与当代知识分子的文化认同》是陈思和 1996 年所写的一篇文章，刊于《文艺理论研究》1996 年第 3 期，现收录于（转下页）

对陈思和提出这些命题的当年的社会语境，他本人已经做了很多说明，我不想过多分析，我倒是想提醒：既然这些问题的提出，当年是有具体语境的，那今天重提这些话题，同样要注意今昔语境的变化，甚至可能是巨大的变化。我不是从当年的立场来分析它们的，我是站在今天的起点重返当年的话题，这变化了的语境无形中决定了今天的话语方向。

二

从具体的问题中跳出来，整体看来，陈思和的文学史理论创新和实践至少有以下几点，令我印象深刻：

1. 学术的“血肉”感，或曰：学术生命化。在与张新颖的对谈中，张新颖说陈思和文章中直接的“个人性”表述，“这和您多次强调‘人文精神’主要是指知识分子的自我省思是血肉相连的”。陈思和的回答是：“我很喜欢你用‘血肉’这个词来形容当代知识分子‘人文精神’的实践。”这种“血肉”感，不仅强调了知识分子与人文精神的血肉相连，而且也是陈思和学术研究的一个重要特点。他曾用自己的经历验证了那些“文学概论”或者某些“真理”，舍弃了个人感性的领悟和自觉，无法表达“批评者自身从作品里获得的那种具体的血淋淋的感受”，“我明白了作品所唤起的鲜活的疼痛感受，不是来自文学理论的指导，而

（接上页）《告别橙色梦》（广东人民出版社，2018）。在此文中，作者不断追问：“要说二十世纪中国知识分子的实践中，究竟有没有一个新的传统？”作者给出的自己的去处是：“重进文学史，返回到被各种意识形态肢解得面目全非的二十世纪文学历史里，重新发扬光大我心中的知识分子传统。”

是来自对大量生活经验的记忆”，“而一些所谓的理论体系，虽然一套一套的架势很大，但不贴肉……当然，有些理论还是有意思的，但只有把它的内涵从彼岸体系中剥离出来，才能对我产生意义。”[1]把自己的生命体验融入学术研究中，而不是将学术研究对象完全“对象化”，以“理论”去生剥硬砸，这些话不但是针对具体作品的解读，也呈现出陈思和文学史等学术研究的鲜明特点。这个特点，跟他的研究对象有关，它们是文学作品，其内容蕴含情感、撞击内心、丰富灵动；它们是一个个作家，都是个性多样、内心复杂的活生生的人，以生命碰撞生命、内心连通内心的方式研究，正是基于文学作品和作家的特点而选择的。陈思和不是一个一意孤行的研究者，他的研究与研究对象以及社会生活是对话的、交流的，只有选择与研究对象相契合的研究方法，才能互相开启。开启研究对象，反过来，研究对象也会激活研究者的内心，在这样的状态中，双方各得其所，相得益彰。

陈思和曾有“做同时代人的批评家”的提法，从字面上看，容易引起误解，莫非今人就研究不了李白、杜甫了？但是，看陈思和本意，便清楚他强调的还是学术研究中这种生命经验和个人记忆的沟通：“因为上代人的问题往往是在一个你所不熟悉的环境下产生的，你不一定能够从中找到你自己的问题。但是同代人的困惑你是理解的，他们的痛苦他们的追求，也可能是你的痛苦你的追求，他们为什么这么写，你是了解的。如果你只关心前辈

---

[1] 陈思和：《大学教育与当代知识分子的岗位——答张新颖》，载陈丙杰编《陈思和人文访谈录》（下册），第56—59页。

的问题，你就只能跟着前人的思路走。”[1]他强调的是一种平等的对话和交流：“志同道合的朋友聚拢，先放低架子，不要把自己放到一个比同代作家高的位置；然后根据学过的文艺理论，结合自己这一代的生命经验，进入文本的解读，用形象逻辑推理出艺术真实，这个艺术真实的境界可能作家的创作还未抵达。”[2]

“血肉”感，“血肉”的状态，是一个有形却又不完全清晰规范的状态，它造就了博大的学术气象和鲜活可感的学术活力，却又与时下人们追求的“科学”性有些隔膜。太文学、太文学的生命化，比如有时候以比喻、指代来表述判断或命名什么，以形象的感觉来总结文学的规律，或许这正是引起很多人争论的原因。如今现当代文学研究披着学术的外衣，就要求概念、界定、推导清晰无二，于是对陈思和不准确、模糊、游移等的诟病便随之而至。我不能说所有的批评都毫无道理，然而，我恰恰从这一点上看到了陈思和学术研究的可贵之处，至少它没有参与到千人一面的时代制造中。这一点还让我想到了胡风，谈到自己的精神师承时，陈思和多举巴金和贾植芳为代表，我倒是觉得胡风对他的潜在影响不容小觑，尽管两人在气质和文风上的不同很分明，然而，胡风主观战斗精神的那种深入表里的“肉搏”和表达上的诗人化语言，在陈思和的研究中也有陈迹残影。

2. 有生命的文学史与身在其中的“我”。文学史作为一个学科，已经是一个严密的、封闭的体系，不仅所谓的现代文学，就

---

[1] 陈思和：《学术是我安身立命的基本立场——答舒晋瑜》，载陈丙杰编《陈思和人文访谈录》（上册），第 148 页。

[2] 陈思和：《做同时代人的批评家——答金理》，载陈丙杰编《陈思和人文访谈录》（下册），第 22 页。

是当下的当代文学，也在追求体系化、经典化，在研究方法上不断向古典文学献媚，理论化和方法论尘土飞扬甚嚣尘上，仿佛不如此，便无以立足。在这一点上，陈思和又在逆风而行，他一直强调现当代文学史是一个开放的体系，不仅“当代”尚在变动中，而且“现代”也远未终结；研究者也并非置身事外的审判员，而是置身于文学史长河的内在参与者：

> 中国二十世纪文学是一个开放性的整体。作为一种国家、民族及其文化的现代化过程，它并没有随着世纪的更换而终结，所以，以“现代性”为研究特色的总体学术研究（有人提出应建立一门“现代学”的总学科来涵盖一切与“现代”有关的学科，以示与“古典学”的对立，我觉得正是反映了这一学术总趋势）并没有完成。二十世纪文学仅仅是现代文学的第一个阶段而已，它所隐含的现代知识分子的人文传统，就仿佛是一道长长的河流，我们这几代的研究者做的是疏通源流的工作，让传统之流从我们这一代学者身上漫过，再带着我们的生命能量和学术信息，传递到以后的学者。

这个观点，他曾反复表述过，他也非常明确地宣称：“现代文学仅仅是整个‘现代性’总学科的一个组成部分，所以它不是一种固定的教条和技术性的知识，而是充满了人格魅力和发展可能……”[1]当年，我第一次读到这些话时，真有振聋发聩之感。

---

[1] 陈思和：《〈中国当代文学史教程〉前言》，载《陈思和文集·新文学整体观》，广东人民出版社，2017，第452—453页。

我从未考虑过，鲁迅、茅盾、巴金、艾青、沈从文……这些人会与我有什么关系，不仅是时间的间隔，哪怕某一位作家偶尔见过，心理距离也架不起一座桥，更想象不出这样的精神传统之源会怎样从“我”的身上流过，“我”又如何能置身于那些文学巨匠的河流中。对此，陈思和再一次以亲身经历做出阐述，他谈到与贾植芳先生聊天时，贾先生向他讲起的文学史之外的作家故事，文学史上的名字很快成为身边的“朋友”，“这样，我慢慢地感觉到，一部现代文学史就在我的眼前展开了。如果我不认识贾植芳先生，我读现代文学史就与读古代文学史一样。古代文学史老师讲李白、杜甫、白居易、曹雪芹、关汉卿等等，与我是没有关系的，他们不过是文学史上的一个个名字而已……没有感情色彩，没有生命交流……但是因为有了贾植芳先生，对我而言情况就不一样了。我脑子里的胡风就是作为贾先生朋友的胡风，我脑子里的鲁迅就是曾经教育过胡风的鲁迅。这样一来，这些人与我的距离就完全拉近了。”陈思和的结论是：“现代文学史对我来说，不是历史，而是个现实环境，就是一代代人从鲁迅传到胡风，胡风传到贾植劳，贾植芳传到我。”这种当代性、存在感，调整了研究者（读者）与研究对象（作者等）的关系，以这样的平等感和存在感进入文学史时，文学史不是冷冰冰的，而是有温度的，这种温度必然会很快就感染研究者。于是，陈思和再一次强调这样的一条“河流”与“我”的关系：

> 现代文学是一条河流，我是这条河流里的一块石头。不仅我个人，所有研究现代文学、从事现代文学的人都是这条河流里的石头。你们也是。这条河带着前人的生命信息，从

我们身上流过去，流过去时把我们淹没了。但当河水流过我们的时候，就把我们的生命信息也带了进去。那么这个文学史就是一个活的文学史，是有生命的文学史。这样来理解的话，这个学科就不是一个外在于我生命的学科，我喜欢现代文学，就是因为我是存在于里面的，我是这里面的一个人，就像河流里的一块石头一样，我感到这个传统在我身上这样流过去。[1]

“有生命的文学史”，这与上面谈到的学术生命化是一贯的，是进一步推进，是“我”的投入，而最终则是文脉承传，是知识分子精神传统的自我体认和自觉延续。

3. 现代文学史研究与当下文学批评方法相互结合。这是他提出来的“中国新文学整体观”的思路和方法，有《中国新文学整体观》和《新文学整体观续编》等专著可参阅，本文不必详述，我注意到的是陈思和阐述的此二者结合的缘由：“现当代文学本身就是一个与社会、与实践、与未来联系在一起的人文学科，它不可能在实验室里完成，只有将学术研究和当下批评联系起来，才能够真正体现出这门学科的内在活力……总体上说，我把 20 世纪中国文学史作为一个整体，即从中国现代化转型过程中文学审美领域所发生的变化，来考察中国社会的变化以及中国人的现代精神状态的变化，分开来说，也就是从人文精神的传承、文学史理论的创新以及当下文学批评三者组成一个贯穿从历史到当下

[1] 陈思和：《我的导师贾植芳先生》，载《流水账》，上海科学技术文献出版社，2017，第 18—20 页。

的动态的学术领域……”[1] 这是学术生命化与文学史研究开放性的思路在方法上的具体体现，其目的还是为了打破文学史的封闭状态，为之贯注勃勃生机，这样也避免学术研究蜕变成空壳，成为纯粹的技术性操作。

4.“不正宗”的文学史与新文学的核心力量。在怀念《中国文学史新著》的主编者章培恒的文章中，陈思和引用章培恒的自述：“我在古代文学研究里面，有人说我的功夫都是邪派武功——就是武侠小说里面的邪派武功。换句话说，在古代文学研究领域里面并不是正宗的，但是我觉得这个不正宗，实在是我很喜欢的，而这个不正宗也就是从贾先生的方法和路径里面所学到的。”陈思和对“不正宗”有这样的评论：“而那种‘不正宗’的做学问的方法和路径，恰恰是章先生为人所喜欢的，因为体现了他的人格魅力；而所谓‘正宗’的做学问的方法和路径，是在当下教育体制内大多数人都在平平稳稳走着的治学道路，却是章先生非但不为，反而感到‘害怕’。这就是做学问和做人结合起来的一种研究方法和路径。”这些体现在文学史研究和写作上，则是有意识地与“主流”学术定论拉开距离：“章先生要说的‘正宗’与‘不正宗’，大约就是指这些在文学史研究领域里对主流的学术定论的大胆突破，另标新帜，在学术研究中体现出强烈的人性的力量。这种深得‘五四’新文学的核心力量——从人性的视角来反观古代文学研究，是章先生与主流学派的分界线，而这种特立独行的反叛的批判精神，也许正是贾先生传授给章先生的最重

[1] 陈思和：《〈当代文学与文化批评书系 · 陈思和卷〉序》，载《耳顺六记》，云南人民出版社，2005，第 255 页。

要的人格的力量。”[1] 在另一篇文章里，他还曾这样评价章培恒：“我总觉章先生和别人有一个很大的不同，他首先是一个在战斗状态中的，一个和这个世界保持着紧密联系的人……”[2]

同为文学史家，同把贾植芳先生作为领路人，陈思和提出“不正宗”的问题，我认为这与他内心的很多观念不无缘由地暗合，这也是对他文学史研究的姿态的概括。作为实践的成果，陈思和主编的《中国当代文学史教程》，我们不妨与其他教程对比一下，其中有哪些作家和篇目是别的文学史所不讲的，又有哪些是别的文学史必讲而它不着一字的，便一目了然了。陈思和谈到章培恒的“战斗状态”，其实，他本人的文学史研究观点中所具有的革命性的效力和内在的张力，正在于它们是在一种对峙的力量中产生的，这种对峙是为了保持自己的学术个性的自觉选择。而支持这种选择的，在陈思和而言，则是知识分子的“民间”立场和“岗位”意识，他把这些也纳入了“新文化传统”之中：“民间是与国家权力相对的一个概念，民间文化形态是指国家权力中心控制范围的边缘区域形成的文化空间，有着自在的传统。一种广义的‘民间’，即泛指知识分子的非庙堂立场，知识分子离开庙堂后，在民间建立自己的专业知识的价值系统，形成一个与庙堂既不相通，也不相斥的民间的知识分子岗位。这种知识分子的民间道路，本来也是新文化传统的构成之一。”[3]

陈思和关于文学史理论的探索和思考，其特点绝不止以上所

[1] 陈思和：《五年来的思念》，载《耳顺六记》，第30—31页。

[2] 陈思和：《山田敬三〈小说家与鲁迅〉讲评》，载《耳顺六记》，第53页。

[3] 陈思和：《知识分子的新文化传统与当代立场——与王晓明对话》，载《告别橙色梦》，第501—502页。

列几点，而我单单提出这几点，并把它们归结在一起讨论，是认为它们对当今学术研究具有启示或警示的意义。在这个学科日益体制化、专业化和技术化的时代，如何冲破这些束缚，保持活力，甚至是保持这个学科的本质精神，我认为陈思和的思考和实践对我们有极大的参考价值，也值得我们深思。这种体制化、专业化和技术化，恰如海德格尔晚年所追问的“技术”一样，常常是看不见、摸不着，却又无处不在，力量巨大。海德格尔曾提醒：“‘技术’这个名称包括一切存在者区域，它们总是预备着存在者整体：被对象化的自然、被推行的文化、被制作的政治和被越界建造起来的观念。也就是说，‘技术’在这里并不是指机械制造和装备的孤立区域。”[1]在中国学界，“技术”之威力，随着内在“科学化”、体制化的崇拜和努力，已经显现，人们只是抱怨具体事务烦琐、劳累，往往没有意识到它对人文学科和人文知识分子的巨大“消耗”。它不见踪影地统治着我们，最终的目的，是把人变成技术的工具。

这是一个集置的体系，而不是一种单一的病毒，比如它的“专业化”面目。萨义德曾如此定义“专业化”：“我所说的‘专业’意指把自己身为知识分子的工作当成为稻粱谋，朝九晚五，一眼盯着时钟，一眼留意什么才是适当、专业的行径——不破坏团体，不逾越公认的范式或限制，促销自己，尤其是使自己有市场性，因而是没有争议的、不具政治性的、‘客观的’。”这难道在很多知识分子中间不是常态吗？萨义德毫不犹豫地认为这

[1] ［德］马丁·海德格尔：《形而上学之克服》，载《海德格尔文集·演讲与论文集》，孙周兴译，商务印书馆，2018，第 84 页。

种专业化会戕害“兴奋感和发现感”[1]。它所带来的更可怕的结果是，将血淋淋的行为用冷漠的专业词语表述出来，他举的例子是1960年代中期，他的一次招生经历，是他与一位从越战战场上退伍的报考者之间的对话。报考者“对于自己工作所用的词汇可以说是‘内行话’”，萨义德一再追问：“你在空军究竟是做什么的？”报考者的回答令萨义德“永生难忘”：“目标搜寻。”萨义德花了好几分钟才弄明白他是轰炸员，工作就是轰炸，但他把这项工作套上了专业语言，而这种语言就某种意义而言是用来排除并混淆外行人更直接的探问的。这样“中性”的、“科学”的、规范化的“专业语言”，有多少充斥在我们的文学研究论文中呢？这已经不是语言的问题，是思维和思考方式的“专业化”，其扼杀的是学术研究的灵魂、学者的心灵。二十多年前，陈思和与一批人忧心忡忡地谈到的人文精神失落问题，失落到哪里了呢？看来，是失落到“技术”中去了。

学术的“血肉”感，有生命的文学史，不可剥离的现实关怀，以及民间姿态和批判性……我正是针对以上的背景，才在今天重提陈思和文学史研究的这些特点，它们不是解药，却可以促使我们反思。

三

知识分子的“岗位意识”，是经过探索和反思后，陈思和为自己找到的一个话语空间，也是实践之路。

[1] ［美］爱德华·萨义德：《知识分子论》，第65、67页。

他认为比较理想的知识分子应当承担两种责任，一种是作为社会成员之一的社会责任，另一种是作为专业人士维护学术独立、发挥学术作用的学术责任。在对20世纪知识分子所走过的道路的研究和梳理中，他归纳了中国现代知识分子的三种价值取向："失落了的古典庙堂意识、虚拟的现代广场意识和正在形成中的知识分子的岗位意识。"[1]基于现实，他认为："我们既然已经失去了传统的庇护，唯一能守住的，只能是我们的岗位。"[2]"岗位"既可以安身立命，又能发挥知识分子专长，使社会责任和学术责任得以实现。在一次谈话中，在"民间岗位"之外，他又增加了一个取向，即批判的立场："我个人对新文化传统的认识，基于两点：一是知识分子的民间岗位的确立，二是坚持由鲁迅—胡风延续下来的独立批判立场。"[3]由此，他认为在现代社会中最适合葆有知识分子精神传统、实现知识分子理想和价值的岗位是教育和出版领域。

"岗位意识"这一概念的提出，对面对市场经济和各种诱惑心神不定如困铁屋子的知识分子来说，打开了一扇大门，他们看到自己所从事工作的价值和现实之途，不必再东张西望无所适从，从而也对"新文化传统"有了精神上的切实认同。当然，它首先让陈思和实现了自我救赎。从理论上而言，他从研究文学史出发，将个人生命投入研究之中，梳理出现代知识分子的精神传

---

[1] 陈思和：《试论知识分子在现代社会转型期的三种价值取向》，载《告别橙色梦》，第412页。

[2] 同上，第420页。

[3] 陈思和：《知识分子的新文化传统与当代立场——与王晓明对话》，载《告别橙色梦》，第503页。

统，从而也依凭这个传统，面对现实问题，实现了自我涅槃。从现实层面看，自此以后，以至今日，陈思和都在不断地探索和尝试在现实生活中实践这些精神原则，企图实现理论和实践的统一，实现自我突破和超越。

谈起知识分子的岗位意识，陈思和总是按捺不住兴奋和激动："我常常怀念五四一代的知识分子，他们同样经历了一场社会角色转轨的大变动。当历史把他们抛向市场时，他们并没有丧魂落魄，或放弃自己的责任感。他们搞教育（如蔡元培、陈独秀、胡适之等），办出版（如张元济等），始终保持了自己的生活领域和价值标准。1920 年代叶圣陶、夏丏尊、林语堂等人在开明编教科书和青年读物，不但保障了他们作为一个读书人的基本生活条件，而且在出版编辑中成功地贯穿了他们的人格理想。1930 年代巴金、吴朗西等人办的文化生活出版社更是高扬起自己的人生理想……"[1] 以上所谈，固然是事实，但是历史条件不同，每个人的现实环境不同，能否依照前辈们的指示走得通某条路，我觉得陈思和也没有绝对的把握，这是一种"探索"，结果是不可预知的。然而，如此充满激情，一方面是他在给自己和同行人打气，另外一方面，不难看出陈思和性格和思考中浓厚的理想主义气息。

可能是他以周作人的《胜业》和《闭户读书论》等作品来分析知识分子的岗位意识给人造成不适当的联想，有的人在怀疑提倡"岗位意识"是不是号召知识分子退回书斋。对此，他曾解释："我所说的重新确定知识分子岗位，也就是着眼于知识分子面对

[1] 陈思和：《现代出版与知识分子的人文精神》，载《告别橙色梦》，第 452 页。

经济大潮怎样使人文理想在自己的工作岗位中贯穿起来，绝无有些朋友望文生义地把它解释成‘退回书斋’的意思。”[1] 然而，这个误解在今天反倒提醒我还是要追问一下：“岗位”会不会成为某些知识分子埋头“专业”、内心冷漠、怯懦畏缩的借口？这不是陈思和非要讨论的话题，但是他也并非没有意识到知识分子的某些缺陷和自身的矛盾，对知识分子的人格分裂，在当年他就有过激烈的批评：

> 一种是自觉放弃知识分子工作的文化现象，这种现象的标记是把所谓生存放在第一位，为了“生存”，可以放弃一切抽象的人生原则。譬如，我曾亲耳听一位“下海”的作家说：“如果现在‘四人帮’在台上，我肯定投靠上去。”这话使我听了从头凉到脚，因为说这话的人，曾经写过许多批判现实生活和嘲讽“文革”时期文化的作品，应该说是个知识分子吧，他说这话不是出于无知，而是出于对生活经验的选择……还有一种，是在长期计划经济体制下失去了独立人格的文化现象，中国的知识分子在专制时代养成了一种避祸消灾的自我保护法，那就是所谓“避席畏闻文字狱，著书都为稻粱谋”，他们有意将治学与经世分隔开来，让自己的学问与人格一起慢慢地萎缩。[2]

成为问题的问题是，当年的问题至今仍然是问题。知识界的

[1] 陈思和：《关于人文精神讨论的三封信》，载《告别橙色梦》，第 455 页。

[2] 同上，第 462 页。

这种道德滑坡，于今而言，比人文精神讨论时代有过之而无不及吧？道德，于人不是一个可靠和稳定的因素，现实对其限制和左右力量太强大了。陈思和本人也曾发出这样的抱怨：

> 新世纪以后，我的人生观还是发生了些许的改变。新纪以前，我从文学入门，探讨的是知识分子独立人生的道路选择问题；进入新世纪以后，我担任了中文系主任，开始为学院体制工作，需要担起一个系的发展重任。从前我是闲云野鹤，作为一个旁观者，只要做好自己的事情就行，对学院采取疏离的态度；可是自从做了主任以后，个人与学校的关系、中文系和学校的关系、学科与国内外学术界的关系等等，我都要去沟通协调，但即使这样，我也是带着自己的生命意志进入体制内的，尽量想让一切事宜都处理得有知识分子的风骨。但实际上并不能如意，比如我一方面反对着学院体制的僵化，一方面也必须执行这个体制决定的工作任务。我有双重身份，一方面要保护中文系的人文传统和知识传承，尽量维护其中的学术自由环境；另一方面我又要融入体制，去保证各种评估顺利通过，获得各种发展资源。

他坦言："我知道自己现今已经不是一个纯粹的理想主义者，无法回避那些现实的东西——为了学科的发展，需要去妥协、去周旋……"同时，他依然选择理想主义者的坚持："但是我并没有忘记一个知识分子的使命。知识分子的现实岗位是可以移动的，但是精神岗位是不能改变的……我也想过有一天要'独善其身'，但起码现在，我还是要继续在'藏污纳垢'的社会上去做有意义的事情。”[1]如此“双重身份”，何以坚持“民间岗位”的理想，在两难中，我感到他的矛盾和内心的焦虑，他的矛盾也是知识分子普遍性的矛盾。也许可以卸掉各种包袱做到独善其身，权且认为躲进书斋可以保证这一点，然而，这并非“岗位意识”的初衷，而是偏废，因为“岗位意识”不仅是要求知识分子个人的独善其身，还有社会使命要履行，而要履行社会使命，与社会接触，想不蹚“浑水”恐怕是做不到的。

巴金引过柴可夫斯基的话：“如果你在自己身上找不到欢乐，你就到人民中去吧，你会相信在苦难的生活中仍然存在着欢乐。”[2]陈思和也一再提到这样的话，如果书斋、讲台都不足以庇护知识分子的理想，那么知识分子是否有“到人民中去”的道路？一定有，的确有很多人已经身体力行地在布满荆棘的大地上奔走。也不一定有，大多数人不可能像俄国民粹派那样舍弃现实的条件去怎么样，而且即便这样做了，它能够成为知识分子的常态岗位吗？然而，知识分子的岗位是否需要突破、扩大的问题，尤其是打破学院的封闭状态，也不能不有所考虑。崭新又古老的问题又出现了：知识分子如何处理与“大众”的关系，是否最终只有“大众”才会给知识分子另外一方沃土，而只有在这片沃土上，知识分子才能找到自己的岗位呢？对此，陈思和早有思考，“民间”等概念的提出就是开辟了另外的空间。但是，这个空间，可能更多偏重于理论，文学作品中尚没有构成知识分子现实中的道路。我甚至感觉到陈思和的犹疑以及对在“大众”“大众文化”中

[1] 陈思和：《坚持：知识分子的精神岗位是不能改变的——答柏琳》，载陈丙杰编《陈思和人文访谈录》（下册），第 203—204 页。

[2] 巴金：《序》，载《再思录》，作家出版社，2011，第 1 页。

落地这样的理念缺乏充足的信任，尽管，“民间”也不能简单地等同于“大众”，但我认为，“大众”已经站在知识分子的面前了，知识分子无法回避，甚至卸下身份的知识分子在某些层面上（如世俗生活的层面）也是“大众”中的一员。

陈思和“岗位意识”的提出，基于自身的研究，也有不越自己专业半步的自律。从专业的角度来讲，这是一个真诚的认识，是知识分子的“知之为知之，不知为不知”的求真精神，不做“野和尚登高座妄谈般若”，但是，有些问题仅仅局限在个人的专业会形成“灯下黑”，同样也会迷失自己的位置。重读陈思和1990年代的相关文章，我有一个印象挥之不去：人文知识分子的本位意识太强，精英感十足。也许这完全不是他的本意，可是无意识地流露，更让我有理由警惕我们对人文学科之外的知识分子之偏见，对于非精英阶层的大众之傲慢。[1]陈思和曾评论过香港学者饶宗颐的一段话：“我很寂寞，即便是我指导的研究生，得了博士学位就走向了商界，几年后见面虽然客气，但实际上已形同路人。”他说：

> 饶先生的岗位自在民间的教育领域，他也不可能超出自己的岗位去追求社会的名声。如果饶先生也在传媒中频频亮相，大谈广东企业集团和上海企业集团的差别，恐怕也就不成其为饶先生了。饶先生的“寂寞”，是痛感到香港建立不起一个源远流长的知识分子的人文传统的背景，他的学术思

[1] 其实这个意识由来已久，古代的士人阶层姑且不论，到近代平民崛起后，这种平等也难以达成。可参阅［英］约翰·凯里：《知识分子与大众：文学知识界的傲慢与偏见，1880—1939》，吴庆宏译，译林出版社，2008。

> 想，他的学术成就，在行业里得不到继往开来的发展。这也就是饶先生所说的他的博士生一个个走向商界的现实。本来优秀的青年人走向商界也不是不好，但十年寒窗攻读学术专业，本来先生或怀有学统承传大业的期望，如今却背离师门，成为名利场中的骄子，师生之间也弄得无话可说。这才是寂寞和悲哀。饶先生希望看到的当然是桃李自结硕果，“桃之夭夭”，才不枉“园丁”的辛勤劳动，但结出来的不是“桃李”而是“蜗牛”。虽然“蜗牛”也能造福于人类，可以送到法国餐馆去煮了卖钱，但对“种桃人”来说总不是个滋味。[1]

对饶先生的态度和事情本身，可有各种各样的讨论，这不是我关注的重点，我关注的是陈思和对这位学生的评论及暗示的看法，“怀有学统承传大业”便是高于一切么？倘若不能这样，便是“名利场中的骄子”，是“蜗牛”而不是“桃李”……人文精神的承传，其民间岗位非要固定在高校里，其他行业就不配吗？再进一步，如今的高校里又有多少人文精神呢？我前一段时间在读赵柏田的传记《银魂：张嘉璈和他的时代》，起初也不以为意，因为正是长期抱着这种人文知识分子的偏见，仿佛谈到灵魂的事情，我认为就只能属于鲁迅、陈寅恪、傅雷，那种实业家、金融家，即便不会再被鄙视满身铜臭味，至少也谈不上在精神层面有什么建树。但是，这本传记彻底改变了我的看法，张嘉璈和他同时代的银行界精英，放眼世界，要为中国建立现代金融体制，要为国家和国民储存财富，为了这样的目标，在一个军阀混战、战

[1] 陈思和：《大学教育与当代知识分子的岗位——答张新颖》，载陈丙杰编《陈思和人文访谈录》（下册），第66—67页。

火纷飞的年代，他们殚精竭虑，不惜身家性命、不惜高官厚禄，在与各方周旋中艰难地维持着一份理想。为此，他们与北洋军阀争，与南京政府斗；他们建立现代商业道德的努力，眼光长远，而个人不贪不占的气节，也令人感动。从实利角度讲，我认为他们这些人比众多人文知识分子对社会的改变更直接、力量更大；从精神层面讲，难道他们身上没有体现出一代有信念、有理想、有行动的人的精神吗？还有很多自然科学家也是，无论学术成就和道德言行，足称知识分子的楷模……这些人都不应该被排除在现代知识分子的精神传统之外。

对大众和大众文化的傲慢，是我从陈思和对于“学院批评”的期许和对“媒体批评”的批评中体会到的。固然，学院批评之长，显而易见；同样，媒体批评之短，陈思和也批评得入木三分、一语中的。然而，我另外体会到的是，在陈思和眼中学院批评可以独木成林，而媒体批评则是朽木不可雕也。由此我想到的则是在媒体影响社会和操控人们生活已经不可避免的情况下，两者是否有取长补短、相互融合的可能。我认为，在当今，这种融合早已产生，尽管融合的方向和结果未必如人意。对此，其实陈思和有着清醒的思考和深刻的认识，他说过：“‘媒体批评’中有非常优秀的批评，尖锐、感性、切中要害。媒体也会借助学院，请一些专家去发言，但更多是通过媒体记者发表报道、访谈、时评等。”可是，却总也避免不了“学院”中心论，媒体受到肯定之处只缘“借助学院”，似乎看不到强大的现代传媒对社会、学院的塑造。这种塑造当然有负面的成分，如陈思和所指出的那样：“如通过渲染八卦、花边新闻、打口水仗等等制造各种噪声。另外，随着新媒体汹涌而来，网络、博客、微博一浪高过一浪，几乎制约了流行文化、热门话题、新闻事件的盛衰起落，看似很热闹，但是真正的富有学理批评的声音几乎被淹没，更不要说引起人们的深入思考了。”面对这种情况，学院学者怎么办呢？陈思和认为：“若是这种情况下有学者加入了‘媒林批评’，那么学者的声音也不属于‘学院批评’了。所以，对于‘学院批评’，我觉得它的功能主要是体现在大学讲坛、研究生讨论、课堂教学、小型研讨会、专业杂志以及少数严肃的媒体理论版面——我主要从事的就是这方面的工作。”[1]“学院”当然没有必要包打天下，一个学者也自然有理由按照自己的喜好选择自己参与的学术领域，我说的不是个体，而是普泛群体，对于当今的学院群体而言，面对媒体的滔滔之势，莫非只能躲进学院成一统吗？

与此同时，陈思和也认为：“我所说的岗位意识如果能普及到普通人，这个社会就会好转。”[2]然而，只重视学院内知识分子之间封闭的承传，又怎么可能及时地“普及到普通人”呢？学院高度体制化，学校内部封闭的自我繁殖，结果只能让人文精神囚禁和枯萎。学生在学院接受的教育，如果不敢或不能到社会上去验证、践行，这样的教育是无效的。在一个大众文化占主导的社会，只有改变大众，知识分子价值才能有希望实现。“民间”，更广阔的社会，才是知识分子大展身手地方。可是，这样的“改变”会不会又落入陈思和提出的“虚妄”的“广场意识”中呢？待在象牙塔，还是徘徊于十字街头，1920 年代的老问题，1990 年

[1] 陈思和：《学院批评在当下批评领域的意义和作用——答梁艳》，载陈丙杰编《陈思和人文访谈录》（下册），第 25—26 页。

[2] 陈思和：《坚持：知识分子的精神岗位是不能改变的——答柏琳》，载陈丙杰编《陈思和人文访谈录》（下册），第 202 页。

代的旧问题，当下的新问题，似乎又交织在一起了，并再次汇成了一个问题：我往何处去？

朱良志在论述元代画家吴镇的“渔父”题材画作时，曾谈到古代士人的“归隐”问题：“渔父艺术与山居之类艺术不同的是，它不是为精神造一个隐遁之所，而是迎着风浪，于凶险中寻觅解脱，在江湖中追求平宁。唐代以来渔父艺术不在于突出人与凶险环境搏击的张力，更强调在险恶江湖中心灵的超越。张志和的《渔父词》就突出了这种‘乐在风波’的精神……老子说‘被褐而怀玉’——虽然‘被褐’，但是却有透亮如玉的心。他们伴着世俗的激流险滩，顶着江湖白浪，在漩涡中生活，以淡定的情怀面对江湖的凶险。”[1]莫非，要将“岗位”移到渔舟上，独钓寒江雪？天下之大，哪里又不是“王土”呢？再进一步追问：知识分子有多大权利选择自己的“岗位”？比如参与出版事业，在计划经济体制时代，只有出版行业的从业者才有机会吧，并非所有有意愿的知识分子都可以自主选择。即便在市场经济时代，知识分子究竟有多大的自主空间，也值得讨论。

我们又站在了一个十字路口上，也许，正如陈思和早就说过的，没有现成的方案去执行，一切需要去实践、去探索、去追寻，包括当年的问题也需要继续追问。那么，我仍然盼望着，陈思和老师能够带着我们继续向前走。

2023年2月13日凌晨四点

[1] 朱良志：《别无归处是归处——吴镇的“渔父”画题》，浙江人民美术出版社，2020，第36—37页。

吐滂沛乎寸心
——从毛时安的文艺评论说起

一

在批评声名狼藉的时代，为它呕心沥血也好，捶胸顿足也罢，似乎都不能改变它四面楚歌的境况。我也没有太大兴趣再去谈论关于批评的话题。批评虽然也是一种理论形态，但我认为批评问题的最终解决并不依靠对它的理论探讨，这是一个实践而非理论问题。

然而，最近读到的毛时安《视野·说》一书，有很多触动我的地方，索性一鼓作气将前些年出版的《毛时安文集》（共四卷，卷名分别为“大地·苍茫”“美丽的忧伤”“海上星空”“在有风和无风的日子里”）也读了，与读很多不痛不痒的批评所带来的木然感相反，毛时安的批评文字不时搅动着我的心，让我畅快，也让我沉默。我不是在这里看到多少“美丽新世界”，恰恰相反，它带着我们不断重返心灵之乡，促使我们重拾旧话题，或者说最基本的话题。在一个咿咿呀呀的小女孩子都讲“初心”的年月里，那些把批评搞得繁复无比、杂花生树的人，是否也应回过头去看看批评的“初心”在哪里呢？我们为什么做批评，做批评又是为了什么？这不是一个无足轻重的问题，而是需要不断自我叩问的大问题。

毛时安曾这样评价自己的写作：“创新而不偏激，稳健而不保守，理性但不冷淡，感性但不冲动，既正视现实也不躲避崇高。这种中庸之道，使我的写作虽无大红大紫的显赫，却也无大起大落的苦恼。”[1]这是一个很中肯的认定。他的文章不前卫、不学院、不冷酷、不媒体，在今天，不仅属于非主流，而且略显“老派”。他也不像大学教授那样有自己的“课题”“研究方向”，他甚至公开声明：不会专门研究一个作家。不仅如此，他批评的疆域是那么广阔，文学、戏剧、绘画乃至各种文化现象都有他的一手，俨然是一位游侠。这样的批评，在如今拉个什么理论虎皮做大旗的学院批评中，在故意尖叫哗众取宠的媒体批评中，显得那么平白，那么缺乏“技术含量”，那么不合时宜，那重提它的意义何在呢？

我认为，它提示了我们要回到批评的原点，重新面对批评的初心。

二

我读得很严肃、很费劲，也很愉快。读完蒋韵作品的当晚，我做了一个梦：一只美丽的白蝴蝶精灵般地在一片透明的阳光下，在一片五彩缤纷的花丛中上下翩跹、寻觅。她在

[1] 毛时安：《〈精神的历程〉代后记》，载《毛时安文集：在有风和无风的日子》，上海锦绣文章出版社，2008，第 385 页。

寻觅什么呢？我纳闷。我奇怪的是，那蝶、那花带给我的竟不是鲜艳的愉悦，而是空气一般包围我身心的凄清的美丽，一股沁人心脾的汩汩的忧伤。我想寻找这忧伤的源头，蝶消失了，我醒了。

解读蒋韵是件令人振奋有冒险性的活儿。她用女性细腻的感觉和心灵体验着种种孤独、伤感的往事。我们跟着她从一个故事走进又一个故事……[1]

这是一段非常感性的文字，在毛时安的评论文字中，却是随处可见的“常态”。必须承认，在当今的诸多批评文字中，这又是越来越稀缺的非常态。人们会轻而易举地批评它不够学理、过分随性。目下，不引点什么理论，不依据哪位大师，文章都开不了场；不雄辩地演绎、推导一下，戏都开不了锣。不过，这种的文字，总让我想起陆机《文赋》中所说：“言寡情而鲜爱，辞浮漂而不归。”要么也可能是另外一种文字：神圣真理附体，以尖叫证明自己可以唱高八度，然而，这也只是“徒悦目而偶俗，固声高而曲下”而已。它们的病根在于缺乏感性的捕捉、情感的力量和生命的体验。没有这些，这种批评都是没有肌肤感的木乃伊。有人一定以为我说错了对象，以为这是在说散文，而批评的“客观”“公正”恰恰需要与这些绝缘。凡事不可绝对化，可是在当下，我却分明感觉到：当代批评，已经理性，太理性了，理性得只有概念、公式，而没有感知和判断，或许，这也正是过分学术化的自然恶果。

[1] 毛时安：《美丽的忧伤》，载《视野·说》，文化艺术出版社，2015，第 97 页。

或许这已是见怪不怪的通病了，博士论文体、学报体，这些板着面孔的高头讲章代表了它们的基本面目，然而，基本判断哪去了，真知灼见哪去了？有些人不认为这些与上面谈论的问题有关，我的想法恰恰相反，正是批评丧失了它的初衷，在起点上就出了问题，才导致后来的结果。批评的起点在哪里？毛时安的批评观念和实践或许可以为我们做出回答。他说过：“说实在我不太喜欢形式主义批评的基本出发点，把作品完全作为科学对象加以冷峻不动声色的审视和解剖……”“批评必须给理性配以一些非理性的助手，如直觉、顿悟、灵感……特别是审美感情。有时它们比理性更可靠，至少在艺术领域的探索过程中，理性、科学必须和感觉结伴而行。”[1] 在评论李肇正作品时，毛时安还说过：“底层的平民生活对于那样的一些作家，完全是与己无关的外在的‘他者’。而对于李肇正来说，就是切切实实地内化的生命的体验。他从来不在外面更不在上面看生活，他，天天在生活的里面浸泡。对于很多人来说，他的小说是令人不愉快的，因为它们完全不是沙龙客厅里附庸风雅的盆花，而是结实粗粝带着真正原生状态的沉重的砖块石头。肇正小说的力量来自对真实生活的毫不畏惧的正视，特别是对人生的悲剧的正视。”[2] 毛时安的评论也是这样，不外在于评论对象，而是以情感深入评论对象的内部，他从来也都不是“他者”，只有这样才能与批评对象形成呼应、撞击，才能获得更广阔的批评空间，这是内在的判断和分析，而不是拿一把“理论”的利刃从外面任意宰割评论对象。

---

[1] 毛时安：《永恒的批评》，载《毛时安文集：大地 · 苍茫》，第 239—240 页。

[2] 毛时安：《平民生活的叙事者》，载《毛时安文集：美丽的忧伤》，第 366 页。

这不是否认理论的力量和理性的作用，只是强调文学批评不可忽视的一个重要起点。艾略特说过："文学批评是有学养的大脑所做的直觉活动。"他强调"直觉"的力量，接下来，他进一步说："事实上，这些概括性的术语，都缘自我的感受，缘自我对某位诗人或某类诗歌的偏好……但我肯定，我自己的理论概括都是从我的趣味中衍生的，如果说还有几分道理，那也是因为它们源自我对深深影响过我的那些作家的直接体验。"[1]一切的起点都在"自我"，从另外一面来理解，抽掉自我、感觉和生命体验而仅仅有"概括性的术语"的批评是可疑的。一切批评都指向三方，一方是批评家个人，需要有"我"，第二方是不能轻视批评对象，要从批评对象出发，而不能用强大的理论覆盖对象。恰如韦勒克所说："文学理论的兴盛只能通过和艺术作品的接触，而艺术作品首先至少需要有敏感、爱好、介入。"[2]同时，还有第三方，那就是读者，毛时安一再强调："因为我面对的是读者的心灵，我必须同样捧出我的心来。"[3]

毛时安评价张迪平的国画引用古人的话：画者，心画也。"在更多时候，我不把她的艺术当作大自然的写真，而看作她心灵世界的意象，并且从中聆听到她生命风景中那片神秘幽渺的天籁之声。"[4]事实上，这也是毛时安自身生命经验的呈现，是他的

[1] ［英］T. S. 艾略特：《批评批评家》，乔修峰译，载《批评批评家：艾略特文集·论文》，第13—14页。

[2] ［美］雷纳·韦勒克：《近代文学批评史1750—1950》（第四卷），杨自伍译，上海译文出版社，1997，第547页。

[3] 毛时安：《赶路人自语》，载《视野·说》，第245页。

[4] 毛时安：《美丽的心灵意象》，载《毛时安文集：海上星空》，第62页。

心之感受："造化钟灵秀，她不屈服于城市的压力，顽强地对抗城市。在城市狭仄拥挤的空间里，她向我们展示自然的博大美丽。于是，我们在城市楼群的黑压压中，看到大自然绚烂明亮得甚至让你睁不开眼的颜色；在城市嘈杂喧嚣的声浪中听到来自旷野林间的宁静天籁；在城市不堪竞争、负荷的焦灼呻吟中听到自然生命的欢乐歌唱。"[1]他评价仇德树的裂变艺术，在其中发挥作用的也是个人对于城市的体验和感受："城市处处有禅意。现代的禅意，在街角的梧桐树落叶的叹息中，在街心花园老人的银发和稚童的嬉笑中。它的形式是'裂'，它的基因是'力'……在我看来，在仇德树'裂变'作品丰富斑斓鲜丽的色彩上是城市、生命、自然色彩的一种呈现。"[2]

缘情的批评，不是简单的印象式、感想式的批评。情是融化坚冰的暖流，是坚硬石头上的溪流，也是开放的、柔性的所在，它载着批评者去做心灵的探险。毛时安关于卫慧《上海宝贝》和棉棉《糖》的阅读札记《灵魂：漂泊与下坠》是一篇极为出色的文学评论。它体现了批评者的喜好、价值观和审美观，同时，批评者并没有拘囿于个人的趣味简单地处置批评对象，而是能够深入批评对象的内部，去分析、探讨、理解批评对象，从而做出自己的价值判断和艺术判断。这篇文字好就好在，从内心出发，又能够超越个人喜好。在这篇评论的起首，他毫不掩饰地说：

坦率地说，对于卫慧和棉棉们的写作，以我的文化背景

[1] 毛时安：《美丽的心灵意象》，载《毛时安文集：海上星空》，第64页。

[2] 毛时安：《都市里的禅意》，载《毛时安文集：海上星空》，第61页。

和人生经历，天然会有一种疏离和拒斥。在相当长的时间里，我仅仅借助媒体和评论包装她们的文字阅读和了解她们。我本能地回避对她们写作的直接阅读。我，拒绝她们。因为我认定自己无法甚至完全不可能接受她们的价值观念、她们的生活方式，也无法认同她们对生活的理解，以及这些基础上派生出来的写作。甚至直到此刻，我读完《上海宝贝》和《糖》以后，我仍然坚持不能认同她们的生活方式和价值观念[1]。

然而，毛时安没有执于一念，或者一叶障目，深入地阅读之后，他能够不断地以开放的胸怀接纳“异质性”的观念，这篇批评也呈现出批评家思想观念一步步打开的过程：作者不是从观念出发，而是从阅读感受出发，确认作品的非主流性：“她们以一种全新的细致的真实的表达方式体验、复现着作为经验的欲望，从而在根本上冲击、颠覆着主流文学给予我们的文学观念。对我这样的读者来说，这两部小说的阅读，完全是一次全新的精神探险的经历。”然而，他没有否认自己经验以外的事物的存在，也没有回避它们，反而认识到：“因为《上海宝贝》的出现，加深了我们对发生在生活肌理深处变化的认知。同时，它反映了第三世界人们对发达国家生活方式、生活理念，过于迅疾的企羡、认同和追求。”“读小说是有各种角度的，其中之一，我把它们当作社会和时代变化的一个深层记号。相比堂而皇之的历史，它们更实

[1] 毛时安：《灵魂：漂泊与下坠》，载《毛时安文集：美丽的忧伤》，第358页。本节以下未注明出处的引文均来自该篇。

在、更感性，更能让人触摸到生活肌理和心理变化的脉息。”对于棉棉的文字，作者认为：“她，非常非常地忠实于自己的感觉、自己的生活，哪怕这种忠实会经历将结痕的心撕开的那所痛。和传统宏大叙事相比，棉棉们的私人写作更具有属于‘自己的房间’的小型性。但是，和充斥文坛流行叙事矫揉造作的苍白作秀相比，棉棉的写作是以自己青春生命的严酷作为底色的，无疑是勇敢、真诚甚至残忍的，呈现着我们不熟悉的青春街角群落未加打磨的更接近生活原始形态的粗粝和暴躁野性。”由此，作者认为：“过于简单的道德化的评析是很容易使‘糖’变质的。”进一步，作者又毫不掩饰对她们文学才华的欣赏：“阅读卫慧、棉棉，令人惊讶的还有她们极其出色的、在语言、叙事过程中不时闪现的文学才华。”评论家再次袒露自己的内心感受：“在混乱无序的叙事中，我自己的灵魂在为这些比我整整小了二十岁的年轻人战栗：她们如此年轻，肉体已经露出沧桑、疲惫的老态，灵魂也过早失去了青春的鲜亮。”作者最后的预言——这是十六年前的预言，也体现了一个批评家的眼光：

> 世纪交替之年，卫慧、棉棉们用文字提示我们，在欲望的盛典、肉体的狂欢之后，还将剩下什么，追求什么？对于这两个女作家同时杞人忧天的还有二点：在耗尽了生命积累的能量之后，她们还将如何写作？在强大的商业诱惑面前，另类会被异化同化到主流中去吗？或者已经经过异化被同化了呢？

三

“文以载道”是中国古人说了一万遍的作文大法，在新文学发轫之初，便成了箭靶子。新文学的战士们，实在不能忍受把文章仅仅看成传播圣人之道的工具，况且，那个圣人之道也不再是精神的鲜花，而是唯恐避之不及的牛粪。其实，“道”并没有那么可怕，如果创作主体的主体性丰富的话，“道”仍为文之主，不过，这个“道”并非让文字附庸于圣人之道的道，而是个人对人生、世界和艺术的看法和观点而已。再扩大一点看，“道”不是一个具体的观点、主张，而是相对于具体文字、结构、章法之外的文章的形而上的结构，是形虚实实的存在。它是文字的格调、境界、道义和职责，也是一个人的趣味、学养、良心的外化。综合起来，可以把这些叫作批评的品格、伦理和道义。

文学批评在没成为一门学科时，天然有着这样的“野气”，可是，当它尊享某种荣誉之后，就丧失了自己的活力，变得文质彬彬。那么多概念、方法、理论将它捆绑得连手脚都伸不出来了，反而丧失了“道”，而仅仅沦为一种技艺。很多人迷恋这种技艺，认为这是规范、学术，得鱼忘筌，买椟还珠，反以为这就是批评的根本。他们甚至不承认品格、伦理、道义，这些如云似雾的东西与批评有什么真正的关系。过去，人们常常说“文如其人”，强调的是人格修炼与文章境界的关系，而这也被人认为太笼统，文字似乎可以遮掩一切。其实，这是掩耳盗铃的自作聪明。章学诚就曾说过：“富贵公子，虽醉梦中，不能作寒酸求乞语；疾痛患难之人，虽置之丝竹华宴之场，不能易其呻吟而作欢笑。此声之所以肖其心，而文之所以不能彼此相易，各自成家者也。”[1]这是作伪不得的。钱锺书在《谈艺录》中也言及于此：“然所言之物，可以饰伪：巨奸为忧国语，热中人作冰雪文，是也。其言之格调，则往往流露本相；狷急人之作风，不能尽变为澄澹，豪迈人之笔性，不能尽变为谨严。文如其人，在此不在彼也。”[2]也就是说，我们读到的“文”，我们感受到的信息，不仅仅是文字，而且有作者的生命气息和文字以外的东西，有大道方有大文。我想，对于文学批评，同样如此。显得老派的毛时安的批评文字，其魅力除了文字本身，不能不说还有功夫在诗外的“道”在起作用，恰如他所说：“文字是有生命的，可以触摸到写作者的体温和写作时的心情。”[3]

毛时安说过：“文章奥妙千千万，但真诚是第一条。《古文观止》说，好文章字字句句皆自肺腑流出。巴老提倡‘讲真话’，就是说的真诚……古人说，修辞立其诚。好文字要解决的就是，既要有形式美的‘修辞’，又要有情感的‘诚’。但‘诚’是根本。”[4]修辞立其诚，不仅是为了情感的真，还是一个批评者和批评文字应有的品格。不能想象一个伪人和伪声音能够振振有词地对别人的作品指手画脚。从毛时安的文字中，能够看出他的品格，他不会回避问题，而是迎着问题而上，坦率、直率，同样，也不回避自己的短处。只有这样，他才能对别人的作品，好处说好，坏处

---

[1] 章学诚：《文史通义校注》，叶瑛注解，中华书局，1985，第 287 页。

[2] 钱锺书：《谈艺录》，生活·读书·新知三联书店，2007，第 426 页。

[3] 毛时安、傅小平：《文化是唯一能让社会公众稳定自己灵魂的定力》，《黄河文学》2015 年第 8 期。

[4] 同上。

说坏，又不故作惊人之论，因为心声靠的是真诚穿过时间，而不是尖叫和嘶吼。比如他写过一篇不长的文字《热〈猫〉冷思考》，对上海滩轰动一时的音乐剧《猫》泼了一瓢凉水。面对媒体的满腔热情，毛时安认为，音乐剧只是大众快餐，媒体的赞誉未免言过其实。同时，他认真检讨长期以来我们缺乏相对于高雅艺术的大众文化消费类型的研究，也始终拿不出像样的大众文化消费产品，这才导致对外来客大呼小叫、一致叫好的局面。“正是基于这样的认识，我认为引进音乐剧《猫》，对于不出国门却想了解音乐剧的广大观众是有益处的，它既非高不可攀，也非一无是处。作为一种大众消费的快餐式的商业艺术，音乐剧就是这种样子。”接下来，他又客观地分析了来沪演出的《猫》，从乐队伴奏、演员阵容及演出场地等方面而言，“总体质量比较一般”。这是一个专业的、说理的分析，而不是轻率地肯定或否定，在这一点上，比好说大话和过头话的媒体批评更能体现出一个批评家的品格。他的品格是什么？就是要用专业的素养、个人的眼光和艺术感受力对批评对象做出恰如其分的评价。做到这些，作者还没有达到目的，最后他又提出问题：一是对本土音乐剧发展的思考，他尤其认为音乐剧在西方是自然生成的发育过程，而在中国如果没有相配套的公众性、商业性和娱乐性文化基础和机制，急功近利就想上马，往往只能是缘木求鱼；二是就此事件，他对文艺批评也提出了自己的看法：“现在文艺批评正在陷入一种怪圈，发表批评的阵地媒体越来越热衷于艺术运作。许多重大艺术项目、艺术活动和媒体和批评在利益上达成了一种同盟。正是这种过分的利益驱动，干扰了媒体和批评保持公正、中立的客观立场，成为一味为某些艺术演出和文化活动评功摆好的吹鼓手，无法发出公正的、专业的、实事求是的声音。”[1]这是一位热情的批评家贡献的冷静之见。

并非手操批评权杖的人就法力无边、不受约束。正是无边的放荡和无理的僭越，才造成了今日批评信誉扫地的尴尬局面，因此重建批评伦理是刻不容缓的任务。我想在批评伦理中，首先强调的应是独立、公正——尽管每个批评家不免带着自己的趣味、标准甚至缺陷参与批评，独立、公正也是烙着个人印记的“偏见”，可是，这并不意味批评家可以各自为是、为所欲为，并不意味文学艺术完全不存在相对的标准，也并非在最基本的常识和艺术判断上彼此都形不成最大公约数。从某种意义上讲，文艺批评之所以在当代读者心目中一落千丈，正是因为它自身的这种底线的崩溃和混乱。关于余秋雨和文化散文的评论，让我既看到了毛时安的分寸，又看出他对当代文学批评自身的不满。余秋雨事件，是中国当代批评一个发脓的伤口，为什么这么说？文化大散文出世之时，创作界、学界和读者的欢迎是何其隆重！曾几何时，又因为“文化口红”而令许多人唯恐避之不及，再加上“硬伤”以及各种事件，竟让好多人前恭后倨，又集体沉默，仿佛骂骂余秋雨才叫清白。另外一方面，余秋雨的书至今畅销不衰，而创作界很多“文化散文”也是屡写不绝。当然，过于聪明的中国作家是不会承认师承余秋雨或者余秋雨对散文文体的拓展之功，大家揣着明白装糊涂，如果说“批评的缺席”，这岂不是最大的批评缺席？毛时安为此写过一篇《大文化散文的评价及其他：从〈湮没的辉煌〉看‘秋雨散文’》，此文写于 1996 年 12 月 20 日，

[1] 毛时安：《热〈猫〉冷思考》，载《视野 · 说》，第 208、210 页。

已经不是人们一面倒追捧余文之时了，收入2008年出版的《毛时安文集》中，恐怕这时余秋雨彻底“臭”了吧？然而，一个批评家不是小官僚，当政治上的墙头草，也不是小市侩，看文坛行情出牌，批评文字也不是“时文”，过两年收入自己文集都脸红，它应是心声，表达的是自己的看法，而一些认定的看法，不应受外在环境变化的影响，尤其是违心地受到影响。（王元化先生晚年有反思，那是自我的反省和否定。）在此文中，毛时安直言“秋雨散文带来了什么”，他认为：“黄钟大吕式的宏大叙事，成为‘秋雨散文’最基本的美学品格和创作贡献……应该承认的一个基本事实是，《文化苦旅》之前，像这样一种极具扩张力的系列散文创作，是不多见的……平心而论，对散文文体的发展，‘秋雨散文’是具有其不可磨灭的独特建构的，瑕不掩瑜，成就是主要的。”他并不回避“秋雨散文”存在的问题而更是从当时散文创作的大背景中看到它的价值：“也因为宏大，难免会在史实清理上出现某些疏漏。但在我看来，《文化苦旅》的出现，对于克服散文的日益柔靡颓唐，无疑是一种有益的尝试。”[1]我并不觉得毛时安的文章给我们揭示了一个多大的秘密或对“秋雨散文”的观点如何前无古人，这仅仅是平实之论，许多聪明人或许早就认识到了，可是更多人缺的恐怕是对批评伦理的一份尊重和一点批评家的操守吧？提高到这个层次来说，批评伦理和操守是会轻易击败那些华丽、高明的时文的。

坚守批评的伦理，不是貌似公正，失去批评的血性，毛时安

[1] 毛时安：《大文化散文的评价及其他：从〈湮没的辉煌〉看“秋雨散文”》，载《毛时安文集：美丽的忧伤》，第350页。

的可贵在于他从未失去批评的道义，他敢于横刀立马，也敢于手起刀落。2003 年有人写过一篇文章《应该崇尚优胜者》，认为："社会主义应该崇尚优胜者、成功者、强者，而不应该渲染'弱势群体'。"那些属于失败者的失业、下岗者"必须首先自己承担责任，而不应诿过于社会，社会也不应该把责任包揽过来，好像犯了什么错误似的"[1]。这样的态度触怒了毛时安的底线，他不无愤慨地说，这是一个有害的虚假的命题，并连连质问：我们何时渲染过"弱势群体"，他们之所以成为弱势群体的原因到底在哪里？他认为："如果设身处地、将心比心，是绝不会说出这种轻飘飘的毫无'个人责任心'的话的。""说到底，我们和文章作者的根本分歧在于究竟如何看待弱势群体，弱势群体的弱势能不能一概简单地归结为个人竞争力、个人责任心？弱势群体应该不应该得到他们应有的社会理解和关爱？"他并不讳言："通读全文，我很不喜欢文章字里行间流露出来的一种过上好日子的知识精英盛气凌人的、精神贵族的气势。"他甚至不无动情地写道："在人类历史上，凡属进步的、有良知的知识精英，都有着这一共同的人道主义的胸怀和立场……无一不体现着对弱者极度的、发自内心深处的人文关怀……总是把公平、自由、正义、良知作为社会前进的追求目标。对弱势群体的关爱，本质上就是对人类生命个体的尊重、热爱。我真的很怀疑，作者为什么一定要把'崇尚优胜者'与同情弱者、关怀弱势群体，如此尖锐地对立起来。"[2] 毛时安说过："工人新村的生活让我备尝人生的艰辛，使我理解了

[1] 转引自毛时安：《弱势者是社会的心中之痛》，载《视野 · 说》，第 279 页。

[2] 毛时安：《弱势者是社会的心中之痛》，载《视野 · 说》，第 281—282 页。

出生的阶级，理解了自己从小在其间长大的穷人和弱者。”[1]个人经历打下的不过是生命的底色，促动毛时安义愤填膺的还有知识分子的道义感，这也是一个批评家不可或缺的品质，否则终将是非不分、黑白颠倒，容忍那些不良倾向的滋长，从而不敢大张旗鼓地申明自己的主张。毛时安对李肇正作品的评论《平民生活的叙述者》，体现出与此一脉相承的道义感。正是从平民生活描述和反映的视角出发，他高度评价李肇正的创作，认为它们是无可替代的。在文章末尾，毛时安有感于李肇正被长期忽略，而他对文学批评的自我反省，的确也值得做文学批评的人从更广泛的角度扪心自问：

> 在大大小小的文学研讨会上，在电视媒体上，在时尚杂志上，批评何曾缺席过？非但没有缺席，而且热闹得很……在吹捧美女作家的时候，在为一些名作家的蹩脚之作做宣传广告的时候，在把肉麻当有趣的时候，批评非但没有失语，而且话多得很……批评界总是在附炎权势，也总是在追逐时尚。在时尚和权势面前，批评忘记了自己的良知和责任，他们就知道锦上添花地凑热闹，而不愿去做雪中送炭这种艰苦发现、带点风险的工作。虽然我已离开文学界多年，但作为一个业余的批评家，我自己也受批评的舆论导向，深恐落伍，读过多少浅薄、无聊、时尚的文化垃圾！真正是过眼烟云！我自己的眼睛呢？我自己的批评尺度呢？我作为批评家

[1] 毛时安：《〈精神的历程〉代后记》，载《毛时安文集·在有风和无风的日子》，第 374 页。

的独立人格呢？我曾经多次写文章，强调、呼唤批评家的独立人格，怎么一到批评实践，就随波逐流、见风使舵起来了呢？就那么机会主义起来了呢？[1]

四

在阅读中，我喜欢读作家、诗人谈艺论文的文字，不喜欢理论家的文字，后者往往啰啰嗦嗦且说不到点子上，云山雾罩地不知所云，这些也都罢了，最不能忍受的是言之无文，是面目可憎、味同嚼蜡，真是挑战感觉。毛时安好像也有同好，他说过："我一般不喜欢枯燥干瘪的文字，除了确有见地的深刻理论。可是这样的理论有多少呢？有些'深奥'，其实是晦涩术语包装起来的苍白。洋洋洒洒，剥出来并没有多少玩意儿。文艺评论要有自己的形式美感……我偏好欣赏文采盎然、才情勃发，也喜欢朴素得月白风清的文字。好的评论和文艺作品一样，读来令人沉醉。"[2]当学院派批评一统天下，这样的文字就越来越少了，都是些博士买驴般的文体。

不过，这也许是一种印象式的偏见。钱锺书不也是学者吗，不也喝过洋墨水吗？可是，他的《七缀集》还不令人百读不厌？《一段历史掌故、一个宗教寓言、一篇小说》，这样的文章举重若轻，写得神采飞扬。理论家的文章也并非都是拿蜡写出来的，不信你看别林斯基《文学的幻想》的开篇：

[1] 毛时安：《平民生活的叙事者》，载《视野 · 说》，第 140 页。

[2] 毛时安、傅小平：《文化是唯一能让社会公众稳定自己灵魂的定力》。

你们还记得那个幸福的时期，当时我们的文学勃发了一些生机，有才能的人一个接一个、长诗一篇接一篇、长篇小说一部接一部、杂志和丛刊一本接一本地陆续出现；你们还记得那个美好的时期，当时我们这样以目前自傲，这样寄希望于未来，并且夸耀着我们的现实，更夸耀着甜蜜的希望，确信我们有自己的拜伦们、莎士比亚们、席勒们、司格特们？呜呼！你，o, bon vieux temps（法文：啊，过去的好日子），到哪里去了，这些可爱的梦想到哪里去了，你，诱人的希望到哪里去了！一切在这样短促的时间里怎样地改变了啊！在经过这样强烈、这样甜蜜的诱惑之后，遭遇到的是多么可怕而心碎的失望啊！文学竞技士们的高跷折断了，庸才们惯于攀登的草台倒塌了，而同时，我们从前这样迷恋过的为数不多的铨才小慧之徒都沉默了，昏昏入睡了，销声匿迹了。我们睡着时，做梦时，是克莱士，醒过来却变成了伊尔！呜呼！一位诗人的这些令人伤感的话，非常适用于我们每一个天才和半天才：

没有开花就凋萎，
在阴天的早晨！[1]

谁说文学评论一定要皱着眉头写，一定要吃药一样读？好的评论究竟该是什么样子？它就应当是文学作品本身。文学艺术评论，如果本身不是文学艺术的一部分，那等于失去了自己最本质的一部分内容。这么说，不仅是说它的语言、形式、文体，而且还指它应当有文学的美感，敏感和智慧，富有创造力和想象力，

[1] ［俄］别林斯基：《文学的幻想》，载《别林斯基文学论文选》，上海译文出版社，2000，第1—2页。

具有探索语言、人类情感的能力。文学性，不应当从批评文字中抽空，更不应当与文学本身对立，回归文学性，才是评论的救赎之道。对此，毛时安曾明确地说："批评而冠诸'文学'的字样，不外乎两层意思：首先，这是对文学的批评，思维和研究的对象是文学；第二，是文学的批评，即是说，这门研究文学的学问，其本身可以焕发出文学的迷人光彩和色泽。"[1]此言一语中的、直陈要害。所以，他呼吁批评家想象和创造力的重建："从根本上说就是要重新燃起批评家想象与创造的热情，重新建构想象与创造的能力。"[2]而我的理解就是：批评必须回归文学本身。

我喜欢读毛时安的一些艺术评论，正是因为它们有文学性，毛时安将自己感受的艺术信息用文学语言传达出来，它制造了一种情境，带我们共同走进去，共同感觉不同的艺术的魅力：

> 在立秋过后，京城带着初秋凉意的透明阳光下，我一个人静静地阅读赵尔俊的一件件作品。我感觉自己被一种无形的力量推动着，推动着，自己的灵魂慢慢穿越了画面，穿越了那片复活岛，穿越了一座座荒城，穿越了一片片无极之地……我希冀在秋日的清晨或者灯光下打开自己的胸怀，去接纳画中雕塑般顽强矗立在我面前的年轻的躯体和他们强健有力的心跳。[3]

---

[1] 毛时安：《思维，在美的领域》，载《毛时安文集：美丽的忧伤》，第 12 页。

[2] 毛时安：《闲话"主义"主义》，载《毛时安文集：在有风和无风的日子里》，第 46 页。

[3] 毛时安：《他们的肉体，他们的眼睛，他们的……》，载《视野・说》，第 155 页。

欣赏程（十发）先生的线条是一件十分赏心悦目的事。他的线条或如喃喃低语欲说还休，或如白鹤起舞袅娜多姿，或如涓涓细流回肠荡气，或如盘根错节千回百折，总之如苏东坡所说，奇文如风行水上，涣，常行于所当行，止于所当止。在漫长的艺术生涯中，形成了程画中顾盼生姿、流光溢彩、活泼自由、无处不在的程线。程线使我想到程（砚秋）派和昆曲唱腔一波三折、一唱三叹的委婉和细腻。[1]

（谈江兆申的画）这是用书香浸泡开来的一杯清茶，是用中国典籍的文化余韵辟出的一方净土，是长期耳濡目染被历代大家名迹熏炙出来的艺术世界。看他的画，你会发现，他的留白特别的透明清亮。画境的清明源自内心的澄澈。他的灵魂被古典的书卷气滤掉了现代社会急功近利的浮躁，能从容到连绝顶一棵盘曲伸出的小树，江流中几块貌不惊人的石头，都安排得自然有序，没有丝毫的疏忽之感……如陈年佳酿，朴素无华的坛中装着绵长悠远的醇厚与回味。[2]

这里有感觉、有领悟、有想象，也有回味，是对艺术感觉的描述，也是对艺术规律的阐发。这样的文字是活的，如水，有源头，有身姿，有柔有刚……

[1] 毛时安：《时代的智者——程十发中国画管窥》，载《视野・说》，第 144 页。

[2] 毛时安：《风烟俱净……》，载《毛时安文集：海上星空》，第 106 页。

五

毛时安在不同的文章中都提到过英国作家高尔斯华绥写过的一个鞋匠，在所有鞋匠都开始用机器做鞋的时候，他依然用针线、楦头手工缝制鞋子，他要让顾客穿鞋时感受到一种人工的传统和感觉……毛时安感慨："秋天到了，人们回家了，只有寂寞的守林人倚着窝棚中的一盏孤灯，守着长夜下的茫茫丛林。为什么艺术家就不能做'传统'艺术老店的工匠？做秋日麦田里最后的守望者，去捡拾人们收割后遗落的麦穗稻谷，就像米勒的拾穗者那样呢？"[1]他也曾有过这样的议论："在一个风平浪静的时代，人们喜欢于因循守旧的生活，恪守传统并不是件难事。相反，在一成风起云涌的时代，创新成为一种时髦的行为，人人都怕错过'创新'的列车，于是坚守传统，此刻便具有了某种悲壮悲凉的悲剧意味。因为此时你坚持的不仅仅是某种艺术风格或生活方式，而是一种游离于时代潮流之外孤独的信念。"[2]评论别人的文字，也不妨看作夫子自道。这样的一种选择，我甚至想到了康德，想到他们避居闹市却又在思考世界的日子。

或许，批评已经太喧闹了，需要这样的日子。

或许，批评太工业化了，需要一种手工感。

或许，批评太时尚了，需要一种"跟不上时代"的老派。

2016年2月22日于沪上竹笑居，起首于青堆子

[1] 毛时安：《大地 · 苍茫》，载《视野 · 说》，第29页。

[2] 毛时安：《秋日，最后的守林人》，载《毛时安文集：海上星空》，第66页。

零零碎碎

湖南人的天下？
——华语文学奖杰出作家候选人：黄永玉、洛夫、韩少功

拿到今年杰出作家奖候选人的名单，我不禁一愣：哟，五人中竟然有三位是湖南人。又一想，没办法，谁让屈原在人家那里投江呢，流芳不散啊。关于此事，黄永玉曾从酒谈到流放、“反右”，对屈原投江的地点也颇为“计较”：“我们凤凰山清水秀，沱江两岸树木葱郁，水质滑腻可人，五月的水温在二十二摄氏度上下，是最适宜跳水的。”“只可惜古时候这些老夫子们都把跳水地点定在汨罗，辜负了凤凰那一片山水景致，尤其是耽误了以后我们旅游事业的开发……”[1] 作为诗人，洛夫惺惺相惜，满纸沉重，他“把手伸向历史的深处/试一试/当年你走进去时的温度/有点凉/渐渐积淀为岁月的荒寒”[2]。他不禁为诗人招魂：“江水早已洗白了你一身傲骨/何不把青衫与发簪留给昨日的风雨/归来吧，楚国的诗魂。”[3] 一直在这方水土“寻根”的韩少功，却借笔

[1] 黄永玉：《我心中的“列仙酒牌”》，《芙蓉》2004 年第 1 期。

[2] 洛夫：《水灵》，载《洛夫诗全集》（下卷），江苏文艺出版社，2013，第 436 页。

[3] 洛夫：《水祭》，载《洛夫诗全集》（上卷），第 306 页。

下人物之口，这样谈论屈原之死："屈原是个湖北佬，怎么死在这里？他当大官走南闯北的，哪里不能死？怎么偏偏就要在汨罗投江？事情太明白了，他肯定是被这里的老百姓气死的，把八辈子的血都吐光了！"[1]

哈哈，不用再饶舌分析三位作家的风格、特点之类了吧？

我想强调的倒是，几年来我一直提名的黄永玉《无愁河的浪荡汉子》，今年总算看到它还不算迟到地出现在名单中。由于文学研究者的盲区，像黄永玉、黄裳这样的人长期被漠视，我认为这不是哪个奖项的缺失，而是中国当代文学的损失——漠视这么优秀的作家，却让那些顶着文学冠冕的劣质作品横行霸道，简直可以称为"耻辱"。《无愁河的浪荡汉子》是一部宏大的交响乐，雄壮、低回，抒情、思辨，古典、先锋，样样容纳其中，堪称"当代奇书"，从某种程度而言，黄永玉也实现了他的表叔沈从文未竟的抱负。当然，对于当代人，捧着厚厚的大书，你不觉得它唤醒了我们内心中很多沉睡已久的东西吗？

从"而我只是历史中流浪了许久的那滴泪/老找不到一副脸来安置"[2]，到"高中地理课本上的河川/仍在我体内蜿蜒"[3]，洛夫在诗的探索中锤炼着灵魂的纯度，写诗"价值的创造"之说，是他为中国新诗寻找的一条道路，至于成果有厚厚的两大卷《洛夫诗全集》为证。

从《马桥词典》《暗示》到这部《日夜书》，韩少功的长篇小

[1] 韩少功：《气死屈原》，载《山南水北》，人民文学出版社，2008，第 203 页。

[2] 洛夫：《石室之死亡》，载《洛夫诗全集》（下卷），第 213 页。

[3] 洛夫：《如果山那边降雪》，载《洛夫诗全集》（上卷），第 234 页。

说创作不慌不忙、雍容大度，一如他在这部作品中表现出来的游刃有余、炉火纯青的叙述一样，它融化了历史与现实、叙事与思辨。《日夜书》这样的创作让我对韩少功这一代作家不得不另眼相看，在很多新锐眼里，他们已可以安度晚年了，然而他们却不断地抛出来重磅原子弹。写作是一场马拉松赛跑，对于这样的选手，你不竖起大拇指行吗？

舍湖南人，天下无文吗？非也，华语文学的版图大着呢。白发越来越多的阎连科，就是现成的文学劳动模范，只是那些白发为忧愤所致吗？这些年，他犹如困兽在文学与现实中左突右冲，不肯驯服，《炸裂志》又是这样的声嘶力竭之呼。可是，我还看到了熟悉或曰自我重复的阎连科，不知道他何时能够冲出囚笼来到真正自由的荒原上。有时，我更怀念《耙耧天歌》《日光流年》时代的阎连科，尽管这只是我的一厢情愿。而诗人西川，现在给予一个“终身”界定实在太早，我喜欢他《一个人老了》《另一个我的一生》《出行日记》这样的诗，不喜欢“够糟糕……更糟糕……更更糟糕……而最糟糕”[1] 这样毫无语言感觉的表达。

以上五个人，哪个都该得奖；哪个没得奖，我都感到失落——自然，那也不能跳汨罗江，明年春天，花仍会开。

2014 年 3 月 13 日于上海

[1] 西川：《所见》，载《小主意：西川诗选（1983—2012）》，江苏文艺出版社，2014，第 363 页。

散文的“歪门邪道”
——第十一届华语文学奖散文提名作品小议

一

我不喜欢那种规规矩矩的散文，文字的老实不是诚朴，而是匠气，没活力也没魅力。散文当有自己的“歪门邪道”，让它区别于“说话”，也区别了不同作者的文字。另外，对于散文，文字之外的东西永远是重要的，但它们又是通过文字进入文章，看似矛盾，想一想又很正常。或许有一扇看得见的“门”，也可能有一条从未现过形的“道”，很多路径只有靠作者和读者自己去心领神会。

二

周成林的《考工记》，格局不算大，但相对于温情脉脉的忆往滥调，它是拿刀子捅自己的痛处，过往生活所泛起的不是美丽的泡沫，而是“酒鬼”父亲歪歪斜斜的身影，神经官能症母亲的抱怨，伯父的命运，在这样的背景下，“我”的经历……没有成功人士的自炫，也没有痛哭流涕，作者冷静却不冷漠地将种种生命的本相端到了我们面前，不是叹气，而是真实地“伤害”了我们一把。

野夫在《相关何处》中带着悲愤甚至怨戾的语气所叙述的故乡、故人和故事，不仅是一个人或一个家族的遭遇，而且交织近代中国纷繁的苦难丝缕，那种情感基调长久以来深深地藏在人们的心底，或许通过这些文字也将成为我们民族的某种情感记忆。我忘不了，我是在机场买的这本书，在归途中，一口气读完，并久久难忘，我脆弱的神经在以后一直不敢承受再翻开它所带来的情感波澜。

三

把李娟的文字与梁鸿的《梁庄在中国》放在一起读，它们呈现出的是怎样一个“中国”？有时候，仿佛觉得不在同一个时空中，但“中国”的复杂和真实仿佛就在于此。梁鸿在她的行走和采访中，也不断地提出自己的困惑，以致让我看到了她“我终将离梁庄而去”的感叹，这是一个可以娱乐化，但无法认真起来的时代，认真与无能为力的苦痛相生相伴，回报我们的是双重打击，就像梁鸿看到的那么多乡亲在不同的城市和不同的角色中却逃避不了共同的命运一样，在现实面前，文字的力量太微弱了。但我想倘若有一天，河南和河南人作为一种形象进入不朽，那么我们千万不要忘记阎连科、刘震云、梁鸿这些作家的努力，只有文学可以让时间无法风化记忆。

李娟是天山上吹来的一股清风，她的好处是谁都能感觉得到，不用我多说，我的苛求是她能有所变化和突破，为了她今后更长远的心灵和文学的路。而作为她前辈的刘亮程，在形成了自己固定化的风格后，显然有着更宽的路数，近年来无论小说和散文，都展示了这一点，这部《在新疆》有过去作品的影子，但显然亮出来的又是这十年的新面目。

四

2012 年，歌手周云蓬出版了他的散文随笔集《绿皮火车》，里面的作品长长短短、杂七杂八，却都是极好的文字，特别是那种淡淡的漂泊感，既古典又现代，那些不但感受到一束光的变化而且还会用文字记录下来的人，是幸福的。

2012 年，杨照、马家辉、胡洪侠，同生于 1963 年的三人，仿佛做一场游戏似的回顾自己的成长岁月，出了两本《对照记》，并还打算写下去，在那些名字的背后是当代中国的历史泛光。

2012 年，黄裳先生去世了，华语文学奖终于失去了向这位老人致敬的机会，一个散文家的成就最终体现在他能否形成自己的文体上，黄裳是少有的有自己文体的作家。而在当代，在此尚能有所作为的大概还有董桥……

2013 年 3 月 7 日于杭州旅次

时间诚实得像一道生铁栅栏
——北岛、迟子建等人作品的零碎印象

一

要从北岛说起。

“时间诚实得像一道生铁栅栏/除了被枯枝修剪过的风/谁也不能穿越或往来”[1]，记忆穿过时间的铁栅栏，我对北岛的记忆，逃不出他是朦胧的1980年代文学史的翻开者，九卷《北岛集》的出版，是铸造纪念碑的工程，也是读者和时间向他表达深深敬意的举动。（这套书印制得很好，细长的开本拿着舒服，朴素又大气的设计看着舒心，够致敬的格儿。）

不仅如此，我们无法把“在天涯”的北岛与“波动”的北岛机械切割。“我在语言中漂流”[2]“我对着镜子说中文/……祖国是一

[1] 北岛：《十年之间》，载《履历：诗选1972—1988》，生活·读书·新知三联书店，2015，第63页。

[2] 北岛：《二月》，载《在天涯：诗选1989—2008》，生活·读书·新知三联书店，2015，第75页。

种乡音/我在电话线的另一端/听见了我的恐惧”[1]“在母语的防线上/奇异的乡愁/垂死的玫瑰”[2]这是一种怎样的苍凉？欧阳江河评价那些在非中文背景里的写作，认为北岛的文字“有着中文语境里难以得到的一种疏离的视野、新奇感以及语词的节奏感”[3]，我知道“郊寒岛瘦”别有所指，但不知道为什么，读北岛的诗，我却想起了这句古老的评价，它们又寒又瘦。走出了文学史框定的北岛，越走越远的北岛，反而更令我注意。

二

如果说北岛隐遁在精神世界中，那欧阳江河的诗句更多呈现的是公共事物，他的野心当然不止于此，他也在招魂历史、指向未来。“凤凰向你走来，浑身都是施工。/那么，你会为事物的多重性买单，/并在金钱的匿名性上签名吗？”[4]《凤凰》的“当代性”、降了温的诸多隐喻，让艾略特的《荒原》在我阅读时不时闪回。“人在这个世界上奔跑真是悲哀。/往哪儿跑，哪儿都塞车。/即使在外星空跑/也能闻到警车和加油站的气味。”[5]或许在修辞中腾挪躲闪，让人觉得欧阳江河捉摸不透。只能说明我们与世界关系的疏离，否则，你会强烈感觉到欧阳江河是用

[1] 北岛：《乡音》，载《在天涯：诗选 1989—2008》，第 23 页。

[2] 北岛：《无题》，载《在天涯：诗选 1989—2008》，第 55 页。

[3] 欧阳江河：《词语世界之间的文学跨度》，载《如此博学的饥饿》，作家出版社，2013，第 336 页。

[4] 欧阳江河：《凤凰：注释版》，中信出版社，2014，第 57 页。

[5] 欧阳江河：《黄山谷的豹》，载《如此博学的饥饿》，第 243 页。

另外一种方式在与世界对话、与我们对话，他绝不拒人千里之外，相反，对话的欲望是那么强烈。

因为他写过："真正震撼我们灵魂的狂风暴雨/可以是/最弱的，最温柔的。"[1]他追问过："但是，人的痛在哪里呢？/这针尖的痛，没它，人凭什么飞翔？"[2]在一个"浑身都是施工"的时代，不仅有痛在哪里的问题，还有痛是不是被置换的问题。（私人需要补充致敬的还有欧阳江河《站在虚构这边》这样的随笔和文论，它们对我启发甚多。）

东西的《篡改的命》似乎就是置换了我们的痛，也在消费大众对于底层的情感，我不能说汪长尺的命运是虚假的，那不是评价小说的标准，我感到的只是这是一个电视剧本，里面有可以吸引大众"观看"的景观，而小说的自足世界，作家并未建立起来。我还有一点不能忍受的是，文本中遍布"真TM丢人现眼""太TM荒诞了"这样的语言，不论是谁都在TM的！而汉字与拼音字母混杂，阅读中让人眼皮不断跳动，令我想到了另外的一面镜子，那是帕慕克的新作《我脑袋里的怪东西》，这里对"底层"和他们的世界的叙述，或许可以供中国作家参考。

三

迟子建的创作越来越自我，也越来自由。一个找到自我的人，从来都不是固守自我，而是不断突破自我，《伪满洲国》《额

[1] 欧阳江河：《一夜肖邦》，载《如此博学的饥饿》，第38页。

[2] 欧阳江河：《江南引》，载《如此博学的饥饿》，第210页。

尔古纳河右岸》《白雪乌鸦》《群山之巅》虽然同为迟氏制造，可是，你并不能把它们生硬地放在一起比较。《群山之巅》里，小说家在故事的编织上用尽心力，她仿佛是一个皮影戏高手，在人物出现的一瞬间，在每个片段中，都不含糊、不模糊，手起手落间让我们直面人物的手舞足蹈。我喜欢小说里有安雪儿这样一个人物，它让这部小说超越推理小说，也让纷繁纠结的现实遮挡不了我们对命运的思考。我喜欢迟子建小说中的冰雪世界，它们不是背景，也是小说的主体，你必须完整地感受它，而不是剥离开。

作为小说家，迟子建在中国当代文坛的地位是不可取代的，因为她是她自己。

四

“时间诚实得像一道生铁栅栏/除了被枯枝修剪过的风/谁也不能穿越或往来”，那么，阅读的感觉是诚实的吗?

如果它是诚实的话，我可以说自己是硬着头皮读完王安忆的《匿名》吗？再问一句：我们的阅读鉴赏力如此分裂吗，分裂到对一部作品的基本判断无法形成？我不知道这些问题的答案，只好偷偷懒，把一切交给时间。在这之前，需要啰唆一句：作家何需对世界进行命名？世界在作家的头脑中如果仅仅是一堆《辞海》里的名词，那么，文学会不会一头撞到生铁栅栏上。也许我不知该与时俱进吧，我更喜欢《富萍》《天香》这样的作品。

与此相映成趣的是跨界进来的张志扬，《幽僻处可有人行》是他的“阅读经验”，也是三十年来心路历程的记录。尽管，已经很诗性，但我还是认为它的思性更多。尽管这里的片段充满灵光一现的碎片，然而哲学家解释、思辨的冲动，还是让我觉得文学有它自己的边界和面貌。还是让文学归文学，哲学归哲学吧，对于这个时代，文学更需要“痛”，需要痛感的肉身。

一个人只有是自己，疼痛与兴奋、忧伤与欢喜，才是可感的、真切的、丰沛的。一部作品容纳了这些感觉，语言和文字才有神经、肌肤、骨骼乃至神韵。文学的野心不必太大，有针尖的痛就可以带我们飞翔。

2016 年 3 月 17 日中午于吴兴路，21 日修改

“任意驰骋，放言无忌”的黄裳散文[1]

黄裳，本名容鼎昌，原籍山东益都。他的生活经历并不复杂：读书、做译员、担任编剧，此外还长期任职于《文汇报》。不过，他的头衔却不少，翻译家、记者、藏书家，当然，从1934年开始在报刊上发表文学作品起，黄裳的影响主要建立在文学创作上。他是一个多面手，小说、剧本都尝试写过，不过，写的最多和影响最大的还是散文。

黄裳最初的散文创作是带有何其芳《画梦录》笔调的《锦帆集》《锦帆集外》，后来是情感上变得粗粝起来的《关于美国兵》。学者吴晗说黄裳《昆明杂记》（收《锦帆集外》）中对南明史事的关切令他“起敬”，关于美国兵的文章“生动的文笔，顿时吸引住了我”，及至南京通讯（总题为《金陵杂记》），“犀利的文笔，翔实的报道，熟悉的风格，读了如见故人”。[2]在此之后，黄裳的《旧戏新谈》更得多人齐声叫好。唐弢评价：“我觉

[1] 本文系笔者为《黄裳散文》（人民文学出版社，2022）一书所写导读。

[2] 吴晗：《旧戏新谈·吴序》，载《黄裳文集·剧论卷》，上海书店出版社，1998，第6—7页。

得作者实在是一个文体家，《旧戏新谈》更是卓绝的散文。”[1] 至此，年轻的黄裳已成为引人瞩目的散文家。多年来他不断拓展散文创作的疆土，1983 年回顾创作时，黄裳认为他的文字主要有读书笔记、记游文和随感三类。每个类别，他都有精彩的作品：读书笔记，是《榆下说书》《银鱼集》《翠墨集》《笔祸史谈丛》《来燕榭书跋》《来燕榭读书记》《梦雨斋读书记》等；记游文，有《锦帆集》《锦帆集外》《金陵五记》《花步集》《晚春的行旅》《一市秋茶》等；随感，则包括《负暄录》《惊弦集》《春夜随笔》《榆下杂说》《来燕榭文存》等。除此之外，还可以增加一类，即怀人之什，代表性作品可举《珠还记幸》《故人书简》，两者分别从故纸旧迹和书简出发叙写师友风采，是十分独特的怀人忆旧之作，也是黄裳多姿多彩散文创作中的一个重要方面。

以上笼统的分类不过称谓方便而已，在创作中黄裳是各种体式相互穿插、渗透，你中有我我中有你。如《钱柳的遗迹》《常熟之秋——关于柳如是》，虽属纪游文，却分明又在写人，写人又征引大量的史料，不妨看作作者的读书笔记。而这笔记中，臧否人物，抒发兴亡之际命运浮沉的感叹，处处有“随感”。如果了解作者对于“散文”这一体裁的看法，对这种写法便不会有丝毫违和之感。黄裳说他的这些文字：“要简便，是通通可以归入杂文一类的。这里我用的是杂文的古意，指的是在传统文集中挨不进论、议、考、说、碑传、庆吊文……中去的一切东西。”[2] 其

[1] 唐弢：《旧戏新谈 · 唐跋》，载《黄裳文集 · 剧论卷》，第 173—174 页。

[2] 黄裳：《珠还记幸 · 后记》，载《黄裳文集 · 珠还卷》，第 272 页。

实，“今已有之”，鲁迅的很多杂文集子所收文字也不是狭义的杂文。内容“杂”、范畴广是黄裳散文的一个很重要的特色，他不喜欢纯而又纯的抒情文，曾经批评：“按照今天的通常概念，散文的范围已经狭到难以想象的程度，仿佛只有某一种讲究辞藻、近于散文诗似的抒情写景之作，才可以称为散文。”他认为“散文的门类和风格都非常繁复，并不如此单一”[1]，不应作茧自缚。他还强调散文和杂文间不存在不可逾越的鸿沟：“把杂文的因子引入散文，倒可以使散文变得更自如更有生气……”[2]打通文类，融会贯通，从而更有生气和自由。这是黄裳对散文文体的一个固执的认识，他以自己的创作实践又完善和丰富了这些理念。

黄裳是一位文体冒犯意识很强的作家，他的很多创作都意图打破文体的常规边界，最大程度地释放文体的自由。他说《关于美国兵》“是一本轶出了正规散文轨道的书”；《旧戏新谈》借谈旧戏也谈了现实，不是剧评而是杂文，“在传统的剧评家看来是不折不扣离经叛道的行径”，《昆明杂记》《贵阳杂记》等记游文，杂缀史料、读书笔记，“则是又开辟了一条新的创作道路”。[3]黄裳的游记不仅有风景，还有历史、现实、掌故、感想，他认为：“游记也不是纯粹描写风景的，没有了人，没有了历史气息，只能是一种枯燥的自然写生簿。”[4]打破文体的樊笼，索性“不必时时顾忌某些特定的限制和要求，想写什么就写，想说什么就

[1] 黄裳：《海滨消夏记》，载《黄裳文集·榆下卷》，第405—406页。

[2] 黄裳：《河里子集·后记》，载《黄裳文集·杂说卷》，第662页。

[3] 黄裳：《掌上的烟云》，载《掌上的烟云》，华东师范大学出版社，1998，第182—184页。

[4] 黄裳：《我写游记》，载《黄裳文集·春夜卷》，第67页。

说，结果就是这样一堆四不像的东西”[1]。黄裳的“四不像”强调发挥散文“任意而谈”的功能[2]，获得“任意驰骋，放言无忌的快乐”[3]。他的书跋甚至打破文言与白话之间的界限，人生感叹，记事回忆，评点时世，乃至版本考据都可入乎其中，有“黄跋”之美誉。钱锺书给黄裳的信中曾赞：“报刊上每读高文，隽永如谏果苦茗，而穿穴载籍，俯拾即是，着手成春。东坡称退之所谓云锦裳也，黄裳云乎哉。”[4]这精辟地指出黄裳文字的特点，在这一点上，它融合了“二周”文字的精髓，既有鲁迅的冷静、犀利，又有知堂的雍容、闲致；既有情趣、情调在，又有观点和见解。

黄裳的文字，尤其是读书记、书跋甚至谈旧戏的文章很容易为人误读，只看到迷恋旧纸的文人情趣，不曾注意背后的现实观照。黄裳曾不断提醒我们，他谈戏，常常谈到戏外，那是对时事的针砭。写读书记、书跋，“往往在古人身上得见今人的影子”，这样会“脱离了骸骨的迷恋，得见时代的光影”“免于无病呻吟无聊之讥”。[5]黄裳毕竟是接受过五四新文化洗礼的新文人，他的思想底色是现代的。他的游记，“表面是‘怀古’，隐伏在底下的则是‘伤今’”[6]。《金陵杂记》“并不是忽发思古之幽情，主要还是在观察这个政治中心的较全面的实际，时时抒发今昔之感，不

[1] 黄裳：《花步集 · 后记》，载《黄裳文集 · 锦帆卷》，第 560 页。

[2] 黄裳：《我写游记》，载《黄裳文集 · 春夜卷》，第 67 页。

[3] 黄裳：《掌上的烟云》，载《掌上的烟云》，第 184 页。

[4] 转引自黄裳：《故人书简——钱锺书十五通》，载《故人书简》，海豚出版社，2012，第 164 页。

[5] 黄裳：《〈黄裳书话〉后记》，载《掌上的烟云》，第 322 页。

[6] 黄裳：《我写游记》，载《黄裳文集 · 春夜卷》，第 66 页。

是通常所理解的游记”[1]。他谈旧戏《思春》，充满对女性的同情，对封建伦理中的“万恶淫为首”等予以无情的批评。谈《法门寺》中的“贾桂思想”，痛斥游移于主奴之间的奴才行为，呼吁国家现代化要加强法制、发扬民主。他特别感兴趣的历史转换时期的南明史事和人物，其背后有一个现代知识分子的眼光和判断。黄裳的文章摇曳多姿，别有情致，却不缺凌厉之气。他曾自得地说，八十五岁了，“近仍不时动笔，说些怪话，以之自娱……仍不失少年凌厉之气”[2]。这种凌厉之气，与远古的幽思、旧纸的迷恋、山水的情怀，共存于黄裳的文字中，让我们读黄裳的文章犹如经历一次穿越古今的迷人旅程。

2022 年 4 月 7 日，上海足不出户之时

[1] 黄裳：《1946 年在南京》，载《黄裳文集 · 春夜卷》，第 773 页。

[2] 黄裳：《答董桥》，载《故人书简》，第 40—41 页。

关于《废都》……

本文题目的正确写法应当是：关于《废都》□□□或 ×××（以下省略 ×× 字）。倘若这样，是不是会增加很多读者呢？遥想《废都》当年不就是这样令一众晕倒吗？那是书贩子最牛的岁月，为了这些□□，人们从城东跑到城西，我当时生活城市的文联干脆每人发一册，这么多年文联的福利待遇总算扬眉吐气一把。我当时是那里的实习学生，蒙领导恩赐，也捞到一册。我是对书有洁癖的人，但不论怎么当护书使者，还是保不住这本书被反复蹂躏的命运。我记得前两年《色，戒》上映时，每逢聚会总会听到人们矫情地谈这片子，仿佛不谈它都不算文化人；可是当年不谈《废都》，那都叫不识字啊！这绝对是当代小说最后的辉煌。

由这部小说引发的所谓"《废都》现象"，单纯从文学的角度看多少有点莫名其妙。贾平凹不是什么新作家，写作多年早已名震文坛，偏偏是《废都》让大众突然认识到：雷声隆隆震天响，来了作家贾平凹……在人们一惊一乍的时候，老贾一定觉得委屈：咱可写过好多作品咧！评论家困惑的是《废都》虽说是贾平凹最冒邪气的小说，但它却不是唯一的小说啊，怎么人们的眼球就盯着它不转了呢？读者管不了那么多，于是，关于《废都》的废话就越来越多。一本正经分析的，慢条斯理品评的，怒不可遏斥责的，忧天唤地担心的……样样俱全。说白了，《废都》的轰动，还不是因为叽叽喳喳的“当代《金瓶梅》”的评语和那些□□，甚至一些憨大还绞尽脑汁去猜那缺的字究竟是什么，而另外一些头脑灵活的人已经在谋划填上这些空白造一本“全本《废都》”。中国人关于性越渴望知道得多就越装着漠不关心，果真要冒出一本当代《金瓶梅》那还不人喧马沸？“性”成了贾平凹小说最佳推销员。《废都》生逢其时，那正是中国人生活好起来，挣脱了政治话语，开始理直气壮关心个人及个人生活的时代。如今，“《废都》现象”还预示着媒体时代的兴起，在关于《废都》的吵吵嚷嚷中，批评家扮演着无足轻重的角色，是那些知名和不知名的大小报纸充当着这大合唱的主角，中国文学界总算见识了媒体的力量，由此“炒作”这个词就挂在一些人的口头上，批评家们也不断向媒体抛媚眼，直到现在双方简直是充分媾和。

热闹过后归于被迫的沉寂，据说《废都》被禁了，我简直怀疑这是盗版书商最成功的策划，因为那段时间，除了盗版，别想再买到此书，接着《废城》什么的又漫天飞。十五六年过去了，听说《废都》要重版了，新闻报道中说内容都不改，只将□□□换成 ×××，这又是一种莫名其妙，这种置换又有什么必要呢，还不如保留历史原貌。不管怎样，想到有本齐齐整整的《废都》，代替那本皱皱巴巴拿不出手的毕竟是一件惬意的事。对于阅读的内容，我倒没有洁癖，至少，让贾平凹这样一部重要作品总是不见天日，显得我们未免太愚蠢。而且，我相信现在不会再有当年那种大惊小怪了。“性”和□□□已经难以作为招牌菜吊读者的胃口了。

媒体总要遮蔽一些东西，在“性”之外，《废都》还有许多可以解读的内容。比如对于世纪末知识分子精神状态的叙述就很值得注意，可惜一性障目，什么都看不见了。《废都》真切地写出了知识分子的无奈和无力，写出了他们颓废又找不到精神出路的状态。作者在写这些时有质疑、叩问，也有妥协，但这种矛盾和复杂也正是《废都》的独特价值所在。到去年，阎连科的《风雅颂》延续了《废都》的思路，继续在寻找知识分子的精神家园，所不同的是，贾平凹写《废都》时对知识界的状况可能还是预言，到阎连科这里已经是十足的现实主义了。对此，知识界应当有一个清醒的反省，为什么灵魂的工程师成为灵魂最见不了阳光的人，成了分裂最为严重最口是心非的人？一个社会中知识分子的精神下坠和道德堕落，意味全社会的礼义廉耻的寡淡。想想这个，我真感到可怕。我们的灵魂都需要被救赎，至少需要扪心自问。从这个意义讲，我欢迎《废都》的重印，它仍然可以作为一面镜子，来照照我们自己。

2009 年 8 月 4 日晚于四季花城

写散文的贾平凹[1]

很多人对贾平凹散文的印象，都是从《丑石》《月迹》这样的篇章开始的，我虽然不能说这是老皇历了，但我们显然不能仅仅沉浸在这样的抒情、咏物的明澈篇章中。贾氏散文早已不是当年的涓涓细流，而是长江大河、磅礴奔流。我们也不应忘记，在1990年代，贾平凹是“大散文”的提倡者。在他的心中，“大散文”有大境界、清正之气和博大的情感；有不拘于抒情散文的大范畴；也有冲破专业“散文家”队伍的大的、充满鲜活力量的写作群体。[2]谁都不是站在时间之外的人，我的理解，贾平凹的呼吁未尝也不是自我的调整、纠正和期待。我们很难说他的创作就叫“大散文”，读者当然可以用某些标准去验证贾平凹的创作，可作家绝不会方头方脑地按照某个规则去写作，然而，贾平凹的散文越写越自由，越随意，越大道无形，这也是事实。

单从形式而言，他操用了传统散文的各种体式，游记、论

---

[1] 本文系笔者为贾平凹《南北笔记》（东方出版中心，2016）一书所写编后记。

[2] 贾平凹：《走向大散文》，载《时光长安》，时代文艺出版社，2015，第119页。

说、序跋、笔记，各式各样，但又绝不为“式”和“样”所束缚，而是万物皆备于心，万言皆从心出，心与物游，各得其所。具体一点说，他拆了很多墙，不管在哪个园子哪块地，种的都是自己的菜，你也不能用传统的写景、抒情、记人、议论，这样的标准来分类，因为它们可能完全混合在一篇文字中。有时候，你也会觉得，他不大讲究章法，“西门一吹，柴门就掩了”（《商州又录》），就这么大白话地开场，细品又觉韵味十足。“原来是一摊水而已！”这样开篇很莽撞，不文雅，不给人准备，仿佛挑开帘子就唱戏，然而，起承转合、繁文缛节只适合匠人，一个有气魄的艺术家从来不会作茧自缚，相反，飞得越高越没有阻拦。最好的散文，首先要是自由的，贾平凹显然是领悟了其中的真谛，他不断解放自己，不断解放散文本身，让狭窄的形式能够容纳更广阔的现实，让二者水乳交融、浑然一体。

自由的散文并不意味着阅读中的自在、随意。贾氏散文意象繁密，稚拙中有浑厚，朴素里有机巧，倘若不静下心来，便很难走进这个世界，你只能站在一望无际的麦田之外，赞赏金黄、丰收、麦浪，而完全无法感受到麦芒和稻香。从这一点而言，贾氏散文显得笨重，当然，笨重也代表着某种分量，它甚至与篇幅无关。寥寥数语，俨如古人的一则笔记，是贾平凹；滔滔万言，如指挥千军万马的大将军，也是贾平凹。笼罩在贾平凹文字之上的有一股混沌之气，它如烟如雾，包裹着这些文字，虚虚实实，形实实虚，让一篇文章像座山，看山又不是山，一眼望不透。这股气又让他的散文在坚实、简朴之后有灵秀有动感，那些流动的文字，可以捧在手里，却不能握在手心。像《老西安》这样的文章，对作家来说绝对是一个巨大的挑战，西安太老了，那厚重的历史会让作家不知该从何处下笔；写西安的太多了，崔颢题诗在上头，纵使诗仙也感叹啊。可是，贾平凹从老照片开始轻轻起笔，从帝王陵、朝里人、民间事入手，把坚硬的土块变成柔软的泥，徐徐把捏出心中的城，在宏大的背景、烦琐的材料中，他找到了自己的一条小路并越走越宽。此时，你也会猛省：好的散文，既有气吞万里的气势，也需要巧手绣花的纤密。而这两种本事，贾平凹已经操练得游刃有余。

小说的盛名或许遮蔽了贾平凹散文家的功业。的确，有很多作家成为名流之后，仿佛天然咳珠唾玉笔一挥洒就是散文，散文大概需要这样的自然写作状态，我想提示的是，散文也是一门艺术，纵然才高八斗，还是小心为妙。所幸，贾平凹并不是随随便便对待散文，尽管小说占去他的大部分光阴，然若，他的散文显然同样是沉重的生命书写。同样，他的散文创作量十分可观（至少也有两百万字了），体式丰富，这样就给编选带来一定的难度。我曾有一种方案，即选各种体式的精华，展示一个“全面”的贾氏散文图景，后来发现，在操作过程中，不好把握，也是篇幅绝对不允许的。后来，便选择了现在的办法，精选他某一类的散文，以小见大，而又尽量透彻地反映他这一方面创作的特点。现在选取的，按照以往的惯例应当叫游记，而我更愿意称之为行走笔记。行走，是一种状态；笔记，是一种表达的方式。从南到北，这里所写地域广阔，表达形式不一，更重要的是它们是贴着大地的行走，是脚步的丈量，同时又是心的飞翔。这批作品，也可以用“读懂中国”来命名，它有助于从历史、现实，从外在到内心，来领略和理解我们生于斯长于此的土地，是难得的“大地印象”。我还特别不避讳选取贾氏的长篇散文，像“商州三录”、

《老西安》、《定西笔记》等，它们代表着贾平凹散文创作的成就，也代表当代散文的新高度。固然，他的散文不是无源之水、无本之木，不难看到柳宗元、苏东坡、沈从文等的传统在起着作用，然而，我觉得在题材的拓阔、气魄的宏大上，贾氏的一些散文有超越前人、独树一帜之处。

小说家的优势也尽显其中，小说笔法让这些文章的内涵、容量超越了习见的散文，作者常常寥寥几笔，写尽人间世态，写出人心浮动，然而又笔锋一转，把这些融在人情地理之中，也能让很多奇思玄想、不经之谈来“点化”凝滞的现实。其实，转过一想，贾氏近年的小说，从《秦腔》《古炉》到《老生》，贾平凹似乎不管不顾闷头写得任性，细读起来又发现，这些作品哪一部不是以散文笔法写出？或者，这么说，就不对，本来就不存在天然的畛域，无所谓散文笔法、小说笔法。或者，他们都是贾氏笔法，不今不古，不新不旧，不疾不缓。真正会读书的人，一定会把他的散文和小说结合起来、对照起来看。即如《定西笔记》，如他的小说《秦腔》和《古炉》一样叙述徐缓有致，与内地翻天覆地变化的乡村相比，定西是片安静的土地，就像他们在一个村子看到的快要五世同堂的一家，还有异常结实的老房子，甚至连猫的寿命都超出一般。在定西的很多地方还古风犹存，家家都挂着字画，而且对书画家的德行、职位和相貌都有要求，德行高的有职位的身体端正健康的书画家作品挂上房中堂，大年初一早晨要上香。这是贾氏作品像山的一面，有根由分量，任由外在的风怎么吹过，我自岿然不动。然而，它还有水，现实也不断触发作家的思考和忧思：村人们对命运改变的渴望，而他们的手段又是那么单一甚至无效：“越是贫困的农村越是拼死拼活地供养着孩子们上大学，终于有了大学生，它耗尽了一个家，也耗尽了一个地方，而大学生百分之九十再不回到当地，一年一年，一批一批，农村的人才、财物就这样边掏空着，再掏空着……”那古老的河床里，泛起的却是今天的水花，不变的、失落的、新泛起的，又构成一种苍凉的对照：这就是生活，这就是世界。

在这样的叙述中，语言与现实不是剥离的，而是亲密无间的，贾氏语言是在不动声色中给你颜色。从山川风物到人情地理，作者的眼睛和语言对当下生活有着相当的把捉能力，不动声色中，他写出了定西的常与变，以及地域文化性格。作品中三次写到照相。“院门拉开了一个缝，里边的说：阿婆，啥事？老婆子说：你囚呀，城里人给你照相呀不开门？门却哐地又关严了，里边说：呀呀，让我先洗洗脸哈！”第二例照相是：“村长和我照了，还要他老婆也和我照……她照了三次，第一次说她眼睛可能闭了，第二次说她没站好，第三次照完了，说：我不上相哈！”第三例是与一个老太太照相：“她出来了，却抱着她家的狗，狗是白狗，像一堆棉花，她说她老汉死的那年养的这狗，她总觉得这狗就是老汉变了形儿来陪她的，尤其狗转身往后看的那个样子，和她老汉生前的神气似模似样。我尊重老太太抱着狗照相，可她看见我的条凳却一下变了脸，说：快把凳子挪开！……后来我才知道，放砖的地方是有土地神的，绝对不能在那上面坐或站。”好文章会用最准确的语言将大千世界、人世百态恰如其分地表现出来，《定西笔记》不是静态的描写，而是直接将土地和土地上的人生活百态呈现出来，那些原生态的带着韧劲的西北语言，经过作家的点化，成为叙述中的珍珠，让人味之再三。如：“车超过去了，听到牛响响地打了个喷嚏，还听到拾粪的说：汽车能屙粪就好了。”羊在山梁上吃草掘根，破坏植被，当地一位妇女便说：“羊是山梁上的虱咯。”我的复述无论如何都无法代替实实在在的阅读，还是让我们小心地打开书，与贾平凹一起出发吧。

2016 年 8 月 26 日凌晨完稿

独立风雪中
——读李晶、李盈的小说《沉雪》

关于知青的书最近很盛行，包括当时的老照片也被拿出来招展一番，知青文学早在十多年前就盛极一时，说实话，我并不喜欢，里面太多一厢情愿的理想色彩和个人英雄主义，主人公往往被放在一个艰苦的环境中，由对环境的反抗乃至战胜中，彼此间获得了一种共患难的友情，与人民、与那片土地有了血肉联系，进而又因经历了苦难、走出了苦难便觉得获得了骄傲的资本，获得了高高在上回首往事的机会……民族的痛苦被置换了，那个时代加在个人心灵和命运中的重负被取消了，“青春无悔”不能证明他们付出的血汗的历史价值，在一片感情的汪洋中，作家迷失了理智的一叶扁舟。《小说选刊》1998 年第 1 期长篇小说增刊刊载的李晶、李盈一对孪生姐妹的长篇小说《沉雪》，不是什么史诗、杰作，但是近年来知青文学的一个新的突破，它打破了知青文学过去惯以我们来讲述的方式，而代之以个人化的视角带我们重新回返难以遗忘的历史，那些欢笑歌哭在作者笔下不是声嘶力竭的血和泪，不是英雄的悲壮，而是独立寒风雪的凄婉与沉静，用蒋子龙先生的话说，这部作品有凄美的感人力度。

故事很简单，家庭出身不好的孙小婴来到了黑龙江某建设兵团，敏感、孤独的她在军事化的生活中、在繁重的劳动中不堪重负，一次偶然的机会她认识了后来改变她命运的舒迪。舒迪是一个强壮且富有男子气的女知青，孙小婴从她那里得到了关怀和温暖，但是她们的关系明显超出了友谊，多少带了些同性恋的倾向，这让她畏惧又无法割舍。在这样的矛盾中，舒迪后来为她创造了一次推荐上大学的机会，她赢得了机会，但是失去了真正的爱情……作品成功地展示了主人公这个对集体排斥的女孩被改造成适应集体并能在集体中伪装自己利用各种力量逃出这个环境的过程，在个人逐渐走向异化的过程中，我感觉到集体对个体的可怕压迫，把集体主义强调到可以随意剥夺个人权利的时候，“集体”便成为借口，以强大的力量使个人陷入无法选择和操纵自己命运的可悲境地，许多凄楚的故事就此产生。

孙小婴本来是一个孤独的、不合群的女孩，对于集体的畏惧和防范很早就形成了，“曾因日记被别人盗去并遭展览，继而是斗争，一些红卫兵同学把课桌搬走，椅子摆作一圈，让我站在中间朝着大家，将日记里最隐秘的奇思异想逐句地念了出来，那种听凭他人耻笑、质问、讥讽的怪笑，可怕地折磨我”。然而命运仿佛要捉弄她似的，把她送到了兵团，这里无论在思想上还是生活上都没有个人空间，她悲哀地发现属于她个人的地方只有三尺铺位，她显然不习惯集体生活，尽管那么渴望在劳动之后洗澡，可在众人目光下，她实在不能毫无顾忌地展示自己的身体，她只好简单洗几下，躲在被窝里。然而那是一个肆意践踏和蓄意消磨自我的时代，集体则是培养失去独立思考的盲从者的最好学校，它用“规则、要求”来剥夺个体权利，来规训个体。比如清晨在迷梦中就起来跑步，孙小婴跑不动，但又不能在集体中落伍，结果跑了个脸色发青、眼前发黑，还被人责问缺少锻炼。又饿又困地干活，大家都在一起，“而所有的活儿干起来，大家总是显出一种比赛的气氛，似乎为着一种集体荣誉感，人人早都养成‘力争上游’的习惯，表现出一种可怕的力量，一种不可理解的急骤狂热”。人家拿五块砖，可是她拼命只能拿三块，人家的目光中透露出对她“偷懒”谴责的神色，当时的教育也不容强调个人身体素质的差异，甚至只能“一不怕苦，二不怕死”。

在狂风和暴雪袭来的时候，连队指导员要撤退，可是一些革命性极高的干将非要创造奇迹，要战胜大自然，结果付出了代价，把人冻残了。然而，心灵上的伤害比肉体上更厉害，孙小婴感到前途茫茫、孤苦无助，这时舒迪出现了，像一棵强壮有力的树给她庇护和温暖，她是那么依赖她，她们是那么相互需要，那是生活和感情的唯一的庇护所，甚至跨越了同性的界限，在这种失去了痛苦但拥有又恐惧的感情中，孙小婴备受煎熬。另一方面，简单、繁重、循环往复的劳动和无望的日子，令人的情感麻木，使她们学会了生存之术，使她们产生了强烈的逃离感，机会来了，表现好的就可以被推荐上大学，这个诱惑迅速使孙小婴出卖了自己，在舒迪的帮助下，她到了最艰苦的新建连，咬牙承受繁重的体力劳动，并且担任了并不适合她的小头头，最后，为了迎合舒迪、为了争取入学的名额，她毅然放弃了跟秦铭的爱情，终于离开了这片土地……读到这里，我无法轻松，她已经不是当初的她了。是的，经过了这样的“锻炼”，她以后对苦难的忍受力一定好于从前，但这片土地带给她的“机智灵活”、简单地出卖自己灵魂等人格上的缺陷，恐怕远远大于给她的恩惠。

写到这里，我想到最近看顾准谈斯巴达精神时，他说：“平等主义，斗争精神，民主集体主义，我亲身经历过这样的生活，我深深体会，这是艰苦环境下打倒压迫者的革命运动所不可缺少的。但是，斯巴达本身的历史表明，藉寡头政体、严酷纪律来长期维持的这种平等主义、尚武精神和集体主义，其结果必然是形式主义和伪善，是堂皇的外观和腐败的内容，是金玉其外而败絮其中；相反，还因为它必定要‘砍掉长得过高的谷穗’，必定要使一片田地的谷子长得一般齐——它又不精心选种，不断向上，却相反要高的向低的看齐——所以，斯巴达除掉历史的声名而外，它自己在文化和学术上什么也没有留下，甚至歌颂它的伟大的著作，还要雅典人来写。”[1] 顾准的文章写于 1973 年，在当时这些可以视同先知先觉的声音。

《沉雪》去年曾获得台湾联合文学奖，对文学作品来说获奖并不能证明什么，引起我兴趣的是包括陈映真在内的台湾评委们并没有大陆作家的知青经历，隔一定距离看这部作品，倒能显示出作品本身的价值。带着诗意地写出了北国风光，又带着苦涩写出了内心的境况，合上书，我的头脑中还留下在高而密的苇塘中，孙小婴长叹一口气，望着灰色的天的情景，她盼着下雪，她想家了，想起了童年的游戏，她感悟到生命掌握在大自然的手中……唉，这样的岁月，这样的青春。

1998 年 9 月 20 日

[1] 顾准：《僭主政治与民主》，载《顾准文集》，贵州人民出版社，1994，第 256—257 页。

倾听这个城市的耳语
——唐颖《冬天我们跳舞》阅读随想

月色拥抱着上海西区，街道中间是梧桐长长的树影，当年留下的西式建筑里，不知多少隐秘的故事在上演。唐颖用文字照亮城市的一角，也仿佛屏蔽所有外在的声音，让我们清晰地听到每一个人物的心声。那是慢雨和建平两个少女对金默的表白（《当我们耳语时》）；那是鲁囡永远也没有机会向王美华和蓓莉说出的道歉（《套裁》）；那是德鲁躲避雪瑞的无言（《名媛》）；那是秦公子永远走了之后，阿兔在那间暗室的小床上一个人的哭泣（《随波逐流》）；那是“我”在悠扬的舞曲中怦怦的心跳……唐颖是一位倾听者，是耳语的采集者，她又是创造者，她在用文字对这座城市深情耳语。

与那些集合一些流行符号来渲染这个城市的传奇不同，唐颖的故事和城市是有年代感的。淮海路、红房子、法国总会、西区的某个弄堂，都不是浅表的都市景观，而是命运浮沉、生命演绎的舞台。这个舞台是有历史景深的，它使得男男女女的恋爱，这种人类社会天经地义的事情，都遭遇历史的迎头痛击。金默连向女孩告别的诗都充满时代的重口味，鲁囡穿一条包臀裤都是一桩祸事，正当好时候的人跳一场舞都心颤不已。唐颖写的不是寓言，而是带我们穿行在寓言与现实之间，让城市朦胧的灯光不仅仅有抒情的功能。当然，作者不是在猎奇（这正是目下很多上海书写中津津乐道之处），而是有价值判断的。正如她笔下不断强调的“西区”，并非一种身份、地位或阶层的炫耀，而是一种价值或标准的强调。从美学上讲，它更在暗示一种精致的、优雅的、内心的、自尊的、个性的美学原则，也是不由自主地对那种暴力的、粗鄙的、集体的、压抑的美学的消解。这是这座城市最具个性和魅力的地方，它表面上是黄浦江，混浊又柔弱，而内里却又那么清澈且有力量，有力量到你永远难以轻易改变它，它总会以自己的方式呈现出来。

说到这里，我还想到了“抗争”这个程度更重的词。不论在什么时候，无论是春暖花开，还是春寒料峭，抗争从来没有退场。作者在很多作品里都抓住了一个非常好的叙述视角，那就是对身体和欲望的管控和为突破这管控的抗争。温柔一点的方式是心照不宣的耳语；激烈一点，就是王美华这样张扬起来的“飞”女人，还有以退为进的“老克勒”，像秦公子、德鲁这样，他们甘当那个时代的“零余者”、落伍者，由此顽固地保持着自己的个性，哪怕有时不惜僭越通行的社会规范或道德。他们用另外一种方式，把身体和思想解放出来。包括金默那种夸张的“革命”性，难道不也是一种消极反抗吗？尽管，这代价太大，尽管他们可能失败了——相对于粗暴的外在力量，心灵是何其脆弱啊。但是，在唐颖的文字王国里，他们的面孔和个性是那么清晰。时代巨浪挟裹一切滚滚而过，人们听到的都是宏大的轰鸣，而这里还有哭泣、叹息，它们当然不值一提，但文学的法则却不这么认为，它就是要捡拾那些被丢弃的时代碎片、心灵杂音，为那些被撞击得粉末都没有了的个体树碑立传，这是它最温柔的情感，最刚正的道义。尽管，合上书，那种伤痛仍在。

唐颖的小说有时尚元素，可读性极强，却又不是展示红男绿女的情事艳遇的，也不是为上海西区富豪怀旧的，它总是别有心意。作者将叙述把控得非常好，压卷之作《冬天我们跳舞》是我最喜欢的唐颖小说之一。唐颖是一位“最上海”的小说家，她笔下的上海不是封闭的、自恋的，而是开放的具有世界性的上海，这样写才触到上海的灵魂。即如这篇小说，上海西区洋房里的事情与 1978 年冬天的时代巨变自然融合在一起，小说的语言节奏与人物情绪节奏乃至外在氛围合拍，像一曲美妙的音乐，那么谐和地统一在一起。这其中还有岁月的伤感、命运的忧叹、人性的无奈，交织在一起，拨动人的心弦。这篇小说虽然不长，但是文字空间很开阔，它胜过了很多长篇，多少年前我读它时就记住了“唐颖”这个名字，而今重读仍然兴致盎然。关于上海的叙述，唐颖比王安忆流畅，比金宇澄开阔，比程乃珊更自由和放得开。这么对比，不是争短长，我只想提醒大家：一个城市不知有多少隐秘需要作家去发现，每一种有自己印记的叙述都值得赞赏，上海之大，需要容纳更多的叙述方式，而唐颖的小说业已成为关于这座城市叙述的经典。

2018 年 11 月 15 日写于由沪赴渝的飞机上

记忆看见了她们
——简儿、梦之仪、草白的创作

一

想到了一句不相干的话：会稽乃报仇雪耻之乡。那么，嘉兴可谓人文荟萃之地。

用不着去翻名人词典，即如眼前这三位小女子，每年自印作品合集《映雪集》，在一份职业和生活之外，悠闲地写着各自的文字，就很能说明问题。一个地方的文化厚薄，那些顶尖的人物固然是有分量的说明，然而，平常人家的人物也能拿出不俗的成绩来更是雄辩的证明。

她们都不是专业的创作者，正是在一种文化的养育中成长和写作，又反哺着这个文化。我欣赏她们的态度，让写作成为生活、生命的一部分，怡然自得、心满意足；而不是让生活成为写作的边角料，沽名钓誉，患得患失。

二

然而，谈同样一方土地上的三个迷恋文字的女子，就得谈她们创作的共同点吗？不然，她们是那么不同。

三

简儿在题为《乡村笔记》的这组文字中，写到那个拾荒人时说：“他的大口袋，装满了故乡的落日、槐花和旧时光。我知道这些都是他的宝贝，陪伴着他负重的一生。”这些文字对于作者又何尝不是这样呢？在这里我看到了形形色色的人，时光中的风物，当然还有作者化不开的乡愁。一切都曾存在，然而作者好是好在她并非写实，而实已化虚，成为她的记忆。我们会注意到，那双看着生活的眼睛是一个孩童的眼睛，然而叙述的口吻却又是一个漂泊在外的成年人，这种反差形成了时光穿越的格调，让这些文字有了另外的韵味，好似作者笔下的臭豆腐“那香味从时光中穿梭而来，裹挟着浓浓的乡愁”。还有那些酒鬼、赌鬼、鲤鱼精、古树精等，如是我闻的故事，更让乡村记忆中了有几分空灵的色彩，这段段笔记有了《聊斋》《阅微草堂笔记》的遗韵，平淡无奇的乡村生活在此有了五彩斑斓的饱满。

四

梦之仪追寻的是更遥远的记忆，表面上看，与她都没有关系，不论是那些文人旧事，还是胜地陈迹，都是冰冷的存在。然而，梦之仪用她的脚步、热情，特别是那颗访古探幽的热心，让它们有了温度，与我们有了亲切的接触。读万卷书，行万里路，这些文字已经是她的成绩单。

尽管，有时候，我常说她好以己意去强度前人，然而，大约正是这样，她才能发现今古相通的秘密，才那么兴趣盎然地去探寻心灵的秘密、城市的秘密，而且经常得意于意外的发现，毫无疑问，那些写别人的文字正也是在写她自己，我们难道看不出她的兴趣、爱好和品位吗？

五

记得毛姆谈到契诃夫时说："学医的经历对于一位作家来说非常有益……医生所见的全是病人的本色：自私自利、冷酷无情、贪婪懦弱，但同时也勇敢坚强、慷慨大方、友好善良。"无怪很多医生成作家，我不知道草白是否真的学过医。起初读的是《下雪了》《隔着车窗看风景》，我看到的是一个心思细腻的女孩，然而读到《学医手记》，我看到了目光锐利的她，而到《带爷爷回家》，我感到的是震惊，她对生命的思考已经超出那种小情小调和悲悲凄凄的境界，这是一篇不俗的大作品，写的又不做作，在直感中表达了一切，难得这样的自然天成，我甚至怀疑，这一切不是来自训练，而是来自天分。这真是没有办法的事情。

六

记忆从来不是单纯的存在，它饱含着我们的情感，保鲜着时光，也是我们生命的影子。

简儿深情地说：“青龙并不是我虚构之物，它一定存在于村庄之上，守护着故乡的亲人和远方的游子。”她还说：“时光有一种神奇的力量，能止住这世上所有的疼痛和悲伤。”是时光“止住”疼痛和悲伤，还是疼痛和悲伤染黄了时光？

梦之仪雄心勃勃地宣言：“巴黎有太多我想寻觅的地方，又有太多的未知等待着我去发现。”“风雨半个世纪之后，巴金故居活生生地展示在众人面前，文脉在这里得到延续……”在她的脚步中、文字里，延续的又是什么呢？

草白惘然地写道：“那个医生长得像我多年前的朋友，一张娃娃脸。在这里我看见十年后的他，成为医生后的他，还是一张娃娃脸。他终于也认出我来了，但我的身体却不能给予回应，它们动不了了。在那一刻，我流泪了。我想起许多年前的清晨，那个人站在我的窗台下，那一天是离别呀，他把一束野花扔进我的房间里。这之后，我再也找不到他，他在人群中蒸发了。”文字的森林里，她能够找到这个蒸发了的人吗？

我甚至想到了明清江南地区的那些闺秀诗词，多少年后，我们会传说着新的“嘉兴三秀”的故事吗？

七

这则短评我拖了大半年才写，固然是与懒惰有关，但有时阅读需要与文字相对应的心境，整日里狼奔豖突的是读不了这样的文字的。在这个清晨，我也求助于诗，让它屏蔽那些纷乱的心思，让我沉浸在文字和思考的世界：

六月的一个早晨，醒来太早
但返回梦中已为时太晚

我必须出去，进入坐满记忆的
绿荫，记忆用目光跟随我

它们是无形的，它们和背景
融为一体，善变的蜥蜴。

它们如此的近，我听见
它们的呼吸，尽管鸟声震耳欲聋。[1]

2012年8月21日晨于竹笑居

[1] [瑞典]托马斯·特朗斯特罗姆：《记忆看见我》，载《特朗斯特罗姆诗歌全集》，李笠译，四川文艺出版社，2012，第227页。

与此时此地相关
——读谢有顺的《活在真实中》

在文坛上，谢有顺这个名字是与“天才”“奇迹”这些修饰语联系在一起的，可是熟悉他的人又知道，谢有顺并非出生于什么家藏万卷书的世代书香之门，也并非六岁能诗、七岁能赋出口成章的“神童”，相反，他在封闭的福建农村，一直到读中专，除了《人民文学》和《福建文学》外，他没有接触过其他文学刊物，可是四年之后，他的评论文章已经赫然出现在国内多种重要文学刊物上，并以锐敏的感觉、尖锐的思想锋芒让那些资深教授为之惊叹。这些文章屡屡被怀疑是出自博士、教授之手，而此时他不过是个二十岁出头的本科生，难怪今年春天，在他获得第二届冯牧文学奖青年批评家奖的时候，北大著名教授谢冕惊呼：他这么年轻！年轻、光芒四射的才华都让人联想到中国古代那些才华横溢、风流潇洒的才子，可是谢有顺不是这么轻逸，“杨柳岸，晓风残月”不适合他，我更愿意把他看作一个背负着十字架艰难跋涉的求索者。他自觉地将人类的精神苦难背负在自己的肩上，以理性的笔和思想的刀在喧嚣浮躁的人世中杀出一条血路，这种带着血性的文字，有着智慧的灵动，内心的焦灼，更有着沉重的道义感，相对于他的文学评论，思想随笔更直接地源自内心，更为集中地体现出这些特点，他最近出版的思想随笔集《活在真实中》就是一个很好的证明。

与那些将才华浪费在虚蹈的理论中和自恋式的独语中的人相比，谢有顺的文字里更多的是个人内心与社会现实的冲突及由此产生的焦灼感，他的血脉是与这片土地上的沉重历史和苦难现实联系在一起的，从这里他获得了内心表达的资源和力量。正如他对鲁迅的认识："他的写作是现在的写作，是与自身此时此地的生存密切相关的写作。"并且是"建基于""深切的个人体验之上"的。完全可以循此思路来理解谢有顺的创作，他强调"自身此时此地的生存"，强调外在与内在的呼应，强调作者的在场和"活在真实中"，这是在声色犬马的时代中不曾迷失的理性和沉甸甸的声音。打开这本书，国内近年来思想领域中的较为重要的事件，关于忏悔、关于精神奴性、关于诗歌的讨论等，谢有顺均作出了自己的发言。他关于历史遗忘的问题、关于中国人精神的奴性的问题，及现实与真实等问题的思考，是本书中大气充沛的篇章。这些文字表现出的新一代学人的勇气和良知，让我们看到了他对鲁迅精神传统的承继和发扬。

若强调活在真实中和心灵的在场，那么有些问题就不容回避，如近年来屡为知识界提及却仍让人备感困惑的"失忆症"问题，我们常常轻而易举地被眼前的"太平盛世"所迷惑而放弃了对历史的清醒记忆和反思，谢有顺却敏锐地抓住这被遗忘和遮蔽的部分，直抵事物的核心，以痛切的声音唤醒人们对历史苦难的记忆，他不仅写出许多"心灵细节"，而且提醒我们：对历史的迷茫，也将使我们失去把握现实的可能，丧失了行动的坐标我们也无法抵达灿烂的明天。还有精神奴性的问题，虽然个人主义盛行于世，可谢有顺犀利的目光还是发现中国人头脑中根深蒂固的精神奴性并未消失，对此，他认为："没有信仰，或者说没有固守自己信仰的能力，使大多数的中国人成了墙头草，随意识形态的风而摇摆。"[1]他强调信仰的力量，从朋霍费尔的生活道路中，让我们看到信仰对于一个人人格升华的巨大作用。我想，他并非宣扬某种教义，相反是在呼唤一种责任，基于个体的规范和道德，而这在21世纪中，像坚硬的骨头不被人看好，然而缺了这种硬度，精神的旗帜永远也撑不起来。

读谢有顺的《活在真实中》，你可能不完全赞同他的每一个观点和见解，然而他面对世界的方式、他内心中的压力及缓解这压力的方式是有普遍意义的。比如他对表达个人内心的真实感受的强调，对写作中人格虚化问题的批评等都有很强的现实针对性，同时也超出了他的具体文字和观点本身，带领我们从他的起点上走出很远，谢有顺的文章与此时此地相关，也与我们的心灵相关。

2001年6月25日于病中

[1] 谢有顺：《怯懦在折磨着我们》，《花城》1998年第2期。

批评的第三条道路

闻过则喜，是圣人的话，对常人来说有几个能够做得到可就难说了；不过，闻过不喜也属于正常，雅量者，常常是旁观者最好的风凉话，却是当事人迈不过去的门槛。但不高兴归不高兴，接下来能够认真对待批评、反思问题或者回应批评，也算坦荡君子了。等而下之的是编尽理由来证明自己说的一加一等于三是对的，哪怕在地球上不对，在月球上也对；还有以比窦娥还冤的姿态强调自己错得有理，而对方的批评反而实属不当了。当然，这种近乎无赖的态度还算文明的，更有甚者是勃然变色，破口大骂，你说我不对，你就完全正确吗？让我也来出出你的丑！于是演化成眼中挑刺的全武行。最近四川和北京的两位教授因为一篇书评的争论就愈来愈走上这条道儿了。[1] 被批评者当然有为自己辩护的权利，但不回应对方指出的问题，以差不多是儿童不宜的语言回骂，那真是……真是出人意表啊。这样的事越发让人困惑：难道除了“捧”和“骂”如今就不能有真正的、坦诚的学问切

[1] 参阅陈香：《学术批评招致谩骂：当下学术批评何以如此难》，《中华读书报》2008 年 1 月 30 日。

磋、学术交流了吗？

当批评只有“抬轿子”和“打棍子”两条路可走的时候，它的信誉注定要一落千丈。近来关于批评和批评家的批评越来越多，说他们丧失学术道德，缺乏独立意识，利益大于真理等，都有道理，但又是什么让批评家丧失操守变得“不是东西”了呢？批评家自身当然难辞其咎，可这与总体的学术氛围和批评环境有没有关系呢？一个良性的批评氛围应当让批评家能够充分自主地表达个人见解，被批评者坦诚、认真地回应问题，而读者和其他第三方就事论事地发出呼应。在这样的机制中，批评家实际上只是其中的一个方面，他个人见解的表达除了决定于个人的学识、修养、良知之外，实际上还受制于其他两方面的反应。也就是说，如果大家都喜欢吹鼓手，那么吹吹捧捧的批评就会多起来；如果批评被赋予了严肃的学术讨论之外的权力，那就容易棍子横行。正如清华大学教授肖鹰所指出的那样，当今不正常的舆论环境使得很多正常的学术批评也令人“想入非非”：即使是严肃认真的学术批评也被认为是拆台、使绊子，这样难免形成一种只有赞誉、没有批评，只有表扬和自我表扬的学术状态。见了表扬，喜不自胜，人之常情；可一旦遭遇批评首先考虑的不是对方的批评究竟有没有道理，而是对方的动机是什么，背后有什么意图（或者阴谋！）？与此同时，对方不再是探讨学问的对象，而立即成为不共戴天的仇敌。这种强烈的阶级斗争神经也形成了一个阵线分明的奇怪逻辑：是朋友，就得相互吹捧；唯仇敌，才互相批评。庸俗的社会关系融进了纯洁的学术讨论中，本来正常的批评都被理解成变了味儿的打击。需求决定了产出，批评家也不是傻瓜，这种时候都知道大家见面了握手、拥抱、“今天的天气哈哈哈……”比怒目相对、大打出手要舒服得多，更多人在用沉默纵容这种风气，非得表态的时候，那就：你好，我好，大家好！这简直太好了！

我常常在想，批评难道就没有第三条道路可走吗？我指的是那种批评者无所顾忌、畅所欲言，而被批评者同意则接受，不同意则反驳，不论怎样，学术讨论就是讨论，与人事关系、朋友交情、社会地位、经济利益没有关系。我知道，这话一出口就会得到两个字的批语：天真。天真就天真，我想大声说我向往这种天真，也期望有一个简简单单、干干净净的学术环境。而且，这样的天真事情不是没有过，有些事情已经被人讲过很多次了，但我还是愿意再复述一遍。比如批评家李健吾（刘西渭）与巴金、卞之琳之间的争论。李健吾评论巴金的小说《爱情的三部曲》的文章发表后，巴金立即撰文逐项反驳，甚至不无嘲讽地说李是“坐着流线型汽车”看走了眼，根本不理解小说的实质。李健吾没有屈就作者的想法，又写了《答巴金先生的自白》，并明确表示：“我不惧悔多写那篇关于《爱情的三部曲》的文字……我无从用我的理解钳封巴金先生的‘自白’，巴金先生的‘自白’同样不足以强我影从。”谁都没有说服谁。关于卞之琳《鱼目集》中部分诗作的评论也遇到类似情况，虽然李很欣赏卞的诗，但作者并不领情，发表文章认为李错解了他的意图，甚至对于李文章中“没有内容”的批评大为光火，表示要“断然唾弃”，而李则更为坚定地表示：“诗人的解释可以撵掉我的或者任何其他的解释吗？不！一千个不。”思想的交锋没有四平八稳的，言辞也不都是不温不火，我更欣赏的是不论观点分歧有多大，言辞有多么尖刻，这些思想、学术的交流并没有影响他们的友谊，相反更能看出他们之间友谊的纯洁、真挚。他们当时是极好的朋友，以后差不多半个世纪的时光中同样是。解放初期，当有关部门调查李健吾的“历史问题”时，巴金仗义执言，写材料证明李健吾的清白；而巴金始终不能忘记的是“文革”中李健吾托人带款给他的深情。人们所熟悉的巴金与沈从文的友谊不也是这样的，从当面争论，到文字上的交锋，这对文学观念不一致、争论起来谁也说服不了谁的小说家，不是做了一辈子的朋友吗？而且，他们从来也不以一团和气掩盖这样的分歧，这些论争的文字始终保留在各自的著作中，至今仍在印行；观点的分歧坦荡地见诸文字，在他们那一代人的眼中是再正常不过的事情，用不着去怀疑谁捅了谁刀子，谁不够哥们儿。“朋友”“同道”这样的字眼并没有拴住人们的手脚和思想，没有阻隔正常的讨论和交流，“批评”的第三条道路也完全可以从规划图中落地施工。

就是在今天，我也没有完全丧失信心，最近发生的一件事情坚定了我的看法。华东师范大学出版社出版的一本书抄袭了李辉的《封面中国》，此事被一些媒体指出后，出版社没有因为影响了自己的声誉就遮着掩着地辩护，而是认真查证，不久，我看到了他们的声明，社长说明情况并致歉。这之前，我写过文章批评出版社对此类书把关不严，现在我要说，我同样也欣赏出版社处理此事的态度：不回避问题，勇于承认错误，将问题摆出来请大家一起来探究解决办法。大气！谁能保证自己不犯错？错了也就错了，老老实实认错、纠错也是一种胸怀，更重要的是这样才能少犯错误，才真正看重和维护了自己的声誉。在这件事中，我看到了一种难得的批评者与被批评者良性呼应的氛围。批评需要有不和谐的声音，但也要有容得下这声音的和谐环境，这样才有可能给人明辨是非的力量，而不是恨铁不成钢的叹息。

2008年2月12日晚于大连

批评的面孔与眼泪

毋庸讳言，当代文学批评目下已经成为姥姥不亲舅舅不爱的过街老鼠，这令从事文学批评的人不但没有丝毫自豪感，而且丧失起码的尊严。在很多人的眼中，做批评的要么是抬轿子的，要么就是吹鼓手，还有一群人不甘于此，就成了心态不太正常的酷评家。在另一些人眼中，当代文学批评是最没有学术含量的。可能并不夸张的事实是，当我们读过百万字的作品并认认真真写出一篇评论的时候，认真读过它的人可能只有文章的责编和你的评论对象……当然，我们也曾沉浸在某种虚假的繁荣中，比如作品研讨会一个接一个，评论刊物稿件堆积如山，大学中学习当代文学的博士和硕士越来越多。可是认真想一想，研讨会不过是新书发布会和推广会的代名词，既不研讨，也不交流，各讲各的，讲完拍屁股走人；核心期刊的稿件又何尝不是评职称、做项目的敲门砖？当下不同层面的部门都在呼吁加强文学批评的力量，倡导什么改变什么，上海甚至为文艺批评设立了专项基金，心情之急切跃然可见。当然，把这种现状的改变寄托在某一个团体或什么制度的确立也是不现实，作为当代文学批评的从业者，我觉得现在唯一能抓在我们手中的稻草，恐怕就只有每位文学批评者首先的自尊、自爱和自信。

很多人都说当代文学批评有三分天下，学院、媒体和作协。这三家，作协近官，媒体近商，学院近迂——迂腐的迂，呆板、呆滞、僵化。我们都是学院培养出来的，学院批评在当代文学批评中有独霸天下之势，请容许我忘恩负义地讲几句学院批评的坏话，或者也可以说对所受教育的一点反思，学院批评的所有优点和缺点都集中在那个现在被称作“论文”的东西上，论文使当代文学批评失去活力、活气的样板，很多作家客气地讲：“我们水平低，看不懂。”实际上心里在说：不知所云，或是胡说八道。“意图的谬误”似乎可以成为批评家的万能挡箭牌，但我们是否有反省，你的文字居然让你的研究对象感觉到与他完全无关，这说明了什么；你是否对研究对象有足够的尊重，还是仅仅把它们当作肆意挥刀的鱼肉？更让人无法忍受的是老太太用三句话就讲明白的问题，一个学者居然要花费那么多“理论”云苦雾罩地讲半天。这正常吗？我一直奢望大家能够改变一下目下学院派批评自言自语的境况，充分促进创作与批评的互动、作家与批评家的交流。

1980年代是作协批评充满活力的时候，有过这样的局面，不知道今天作家协会是否有重塑作协良好批评风气的念想呢？至少改变一下批评的论文面孔是大有必要的，五十年前，钱锺书先生就提醒我们：“眼里只有长篇大论，瞧不起片言只语，那是一种粗浅甚至庸俗的看法——假使不是懒惰粗浮的藉口。”“不妨回顾一下思想史罢。许多严密周全的哲学系统经不起历史的推排销蚀，在整体上都已垮塌了，但是它们的一些个别见解还为后世所采取而流传。好比庞大的建筑物已遭破坏，住不得人也唬不得人了，而构成它的一些木石砖瓦仍然不失为可利用的材料。往往整个理论系统剩下来的有价值的东西只是一些片段思想。”[1]我想，尤其是当代文学批评，要有学术含量，但又不同于古典学术研究，它应当充分参与到当代文学的成长和发展中，它有方法有沉思，也应当有叹息、有欢笑、有眼泪、有人的气息和趣味。

为此，我认为，我们需要被重视、需要得到关注、需要有寒夜行路的温暖，但不需要整日出现在目下的研讨会上，当代文学的现场应当在我们的书斋中、在我们的阅读里，在于我们对当代生活的体味和思考上。我也不想成为文学天气预报员或时事评论员，哪位作家发表一篇作品就迫不及待地做出评判，我需要慢阅读、细体味、多比较、深思考。我甚至觉得，有一个所谓的文坛，使大家的趣味越来越趋同化，甚至不是你想阅读什么，而是“被阅读”，我不愿意跳进这个陷阱中，我想理直气壮地说：有些作品，大家都在读，我可以不读……

还记得帕乌斯托夫斯基为我们讲述的那个“金蔷薇”的故事吗？一位又老又丑的清洁工，为了给他热爱的“小姑娘”苏珊娜打一朵据说代表着幸福和好运的金蔷薇，把首饰作坊的尘土运回来，在夜深人静的时候，扬去尘土从中积攒金屑，没有人知道他花了多少工夫，让这些金粉成为金锭，一直到最后可以打成金蔷薇。扬尘取金，数十年的心血，没有坚定信念和深挚的爱支撑，这样的劳动是不可想象的。信与爱，也是我们所需要的，文学与

[1] 钱锺书：《读〈拉奥孔〉》，载《七缀集》，生活·读书·新知三联书店，2007，第36页。

我们的生命彼此温暖的时候，也就不会再那么不堪，那么无力，也不再是物质巨兽脚下的侏儒。帕乌斯托夫斯基说："一个'按心灵'，按内心世界生活的人，永远是创造者，是造福于人类的人，是艺术家。"[1]也许，我们一辈子也成不了"艺术家"，但我希望：多年以后，面对我们写下的文字，我能够回想起和大家在一起的温暖，并自豪地说我用我的情感和信念为自己经历的岁月付出过……

[1] ［苏］康·帕乌斯托夫斯基：《早就打算写的一本书》，载《金蔷薇》，戴骢译，上海译文出版社，2010，第297页。

乡土经验与都市景观
——在对比中看乡土小说

我一直怀疑都市文学、乡土文学（相对于“农村题材”，我多少更喜欢“乡土文学”这个名词）这样的名词是研究者为了偷懒才造出来的，有时还天真地想，如果一个作品写到主人公在乡村生活了十年，接着又到都市生活了十年，那该怎么称呼它？不过这个命名的大略范畴或者人们的习惯用法，我也只能认同。我不能认同的是这个命名背后所附加的意义，比如认为都市代表着一种更文明和先进的强势文化，是人类社会发展的方向，于是连都市文学都高人一等，都变成了强势，都有了“顺我者昌，逆我者亡”的架势。

或许现实常常跟我们开玩笑，中国正在进入高度城市化的时代，可是以都市为题材的当代中国文学却并没有与时俱进。都市文学为什么不发达，乡土文学的丰富之处又在哪里？我认为：除了与人们常常谈起的长期农业社会所形成的强大乡村叙述传统有关外，更重要的还在于目前的关于都市的文学叙述缺乏深入的体验感和精神的投入，作家常常只能做景观式的展示，这种展示中充满了预设的模式和观念而不是体验和感觉；而乡村叙述则更多地调动了记忆和个人的体验，能够比较深入地体察描写对象。所以，我将这种都市文学叙述称作“都市景观”，景观如同橱窗中的展示品，它也有着绚烂的色彩，却缺乏鲜活的生命跃动；在不同的季节它有不同的展示内容，这个内容都是最时尚的，但很多又随季节轮换掉了，人们的记忆总也赶不上它轮换的脚步。在极度模式化的叙述中，都市生活的各种意象没有转变为作者思想情感所融化的有机体，而是凝固成一个个可以陈列的景观，这些景观在作品中是一些碎片，没有被一个强大的主体所吸附起来、凝聚起来，让整个作品散漫疲沓、有气无力。

关于乡村的叙述则是另外一种情况，已经从作家生活中远离了的乡村生活在文字中被召唤为带着情感的记忆，或者温暖，或者悲凉，记忆的召唤不是现实的摹写，从而也使作家获得很多表现的自由，想象在驰骋，情感在涌动，作品不拘一格，自我经验始终在表现的对象中存在着。为什么天天活动在都市中的人却不存在于这种生活中呢？这与精神背景带给人的精神影响有关。一方面是当代都市人生活在一个由无数信息所制造的概念世界中，而自己的感觉、情感和经验常常为这些概念所置换。比如穿名牌衣装，衣服的实用、美观和舒适程度都是次要的，重要的是这个牌子及其派生出来的某些概念所带给穿着者身价和尊严倍增的虚幻感觉。以前去老字号吃东西，吃的可能是口味，现在则首要的是字号，是这个牌子，正如某些流行的广告一再强调和暗示的那样：你吃的是文化。人类的行为本身变得模糊不清了，一潮一浪的概念替代了人们生活的真实感觉，而且正在主导着生活方向。当代生活方式也在无意中阻隔着人与自然、与各种事物的直接碰撞，整天待在空调房和高楼中靠空调取暖送爽、靠灯光照明的人，对于晨昏风雨的感受力一定是在不断下降的，古人诗词中无数的与自然直接面对的生机勃勃青翠欲滴的感觉，在当代人的文章中已经被风干为“热爱自然”的理念了。当代人靠电视机“亲近自然”，靠天气预报来感知天气，人们越来越生活在远离感官的“二次元”世界中，并对这种生活产生了强烈的依赖。

依目前看，都市比农村更远离自然、生活的本身，所以它更容易落入各种概念的陷阱中。另一方面，是在作家的表达之中，作家们不敢面对自我的感受、不敢面对内心，似乎生怕它们不合时宜而换不来读者、媒体、商家的青睐，很多聪明的作家还会写出适合评论家、媒体口味的作品，而口味这个东西通过出版者等各个环节再反馈到写作者那里，写作者那支笔就不知是谁的了，越来越远离了内心和真实的感觉。

谈论当代文学叙述中的都市景观和乡土经验，我没有故意造成两者对立的架势，都市和乡村在现实生活中，随着人口的大量流动、信息的同享及生活方式的不断交融，已经从那种相对对立的状态进入一种共融和对视的状态。长久以来，都市作为物质文明和精神文明较为发达的中心，对农村具有强大的诱惑力和影响力，特别是 1980 年代以来，关于乡村的叙述中已经含有大量都市对乡村的文化观念、生活方式等渗透的描写，城市一直是乡村的理想与归宿，它的影子一直影响、渗透甚至改变着乡村生活。与此同时，随着大量农村人口拥入城市，民工等已经构成了当代都市文学叙述中的重要景观，乡村也成为厌倦都市生活者的精神逃避之所和心目中的理想之地，都市/乡村又在一定程度上达到了彼此对立的消解和互融。那么，在文学上，是否也可以达到这种对视呢？谈论都市文学不能孤立地局限在都市范畴中，既认清都市自身，还要看清都市对面，它们本身是互为存在的一体，对中国当代文学创作而言，彼此间是否有很多值得借鉴和补充的叙述经验呢？我们同时也要警惕乡土经验的表达转化为乡土景观的危险。这一担心不是没有凭据的，目下关于乡村底层生活的描述就充满了景观性。如果作家们一窝蜂地跟上来，造景就开始了……

2008 年 12 月 1 日

被驯养的文学

风云变幻，很多我们熟悉的话题在今天被赋予了不同的意义，在这里，我只能谈一点自己的观察和感想，这些零碎的感想集中在一起，中心意思是：在公共生活中被驯养的文学。

要说明一下，我谈论的这个“文学”究竟指什么，是什么样或哪一种。“文学”在当今是一个颇为暧昧的词，不同的人对它的预想或印象相差很大，它的内核也在不断地裂变，过去很多不在“文学”范畴的“文字”在新一代读者眼中，那就是文学。而我们这些跟不上形势的读者，对于以往知识和教育之外的那一部分“文学”的了解又实在有限。今天想完整地描绘出一幅文学图谱很困难，每一个人只能站在自己看得见的地方谈论文学。我目前能够谈论的、讨论的“文学”，既可以说是我的长处，也有很明显的欠缺，那就是布鲁姆称为“西方正典”的这样一种文学，或者是在这一传统和文学标准影响下的当代创作。布鲁姆称他们是“伟大的作家和不朽的作品”，他特别强调他们的崇高性、经典性和不可替代的原创性。我要谈论的“文学”正是这样一种，尽管我或我们既不是伟大的作家，也没有写出不朽的作品，但这是我们追求的标杆和共同认同的价值。

在这样的前提下讨论今天这个话题，讨论文学与公共生活的关系，我还要强调：即便是在“西方正典”中，也不是所有的作品都必然或者必须直接与公共生活发生关系，文学是各式各样的，有相当一部分作品只能与公共生活保持若即若离的关系，而且并不因为如此，他们的文学价值、历史价值就会降低。那么，我今天着重谈的是可能与公共生活发生密切关系、直接关系的这部分文学作品，有很多特点是专属于他们的，不必涵盖一切。

如此看来，在公共生活中，最有活力的文学，我认为都是“冒犯的文学”。这个“冒犯”至少有两方面的意思，一方面是文学对自我的冒犯，是文学自身的不断探索、否定和发展；另外一方面是它对公共生活的冒犯和挑战。前者如当年普鲁斯特等人的作品，采用意识流等手法，这是对原来文学写作规则和叙事方式的一种冒犯。后者可以拿乔伊斯一系列的作品为例。如《尤利西斯》，它曾被认为是“最危险的书”，甚至被告上法庭。除了对文学规则的冒犯，对社会意识的冒犯也是那么明显，哪怕在今天，它也仍然浑身是刺儿。有人回顾这本书的艰难出版过程时认为：文学史不是一幅风景画，而是一个战场。“战场”，刀光剑影，血肉横飞，这是多大的冒犯啊。

很多优秀的作家，在人类的良知和写作伦理的驱使下，不惜冒犯各种观念的和社会的壁垒。帕慕克在 2005 年 2 月接受采访时，谈到有一百万亚美尼亚人和三万库尔德人在土耳其惨遭杀害，他因此被告上法庭，也有人威胁他的人身安全，甚至到了需要警察保护他安全的地步。在演讲中，他说过这样的话：“我生活的国家，总是很尊重高官、圣人和警察，但却拒绝尊重作家，除非这些作家打官司或坐牢多年。”[1]他被告上法庭后，有的朋友跟他开玩笑：你终于成为一个真正的土耳其作家了。在这里，我们实际上能够看到公众对文学的认知、期待，换言之，这就是文学在公共生活之中的形象。

在一篇题为《你为谁写作》的文章中，帕慕克讲到1970年代中期，当时土耳其处在社会转型中，普通民众都不很富裕，人们认为：“文学艺术是奢侈品，对于贫穷又想进入现代化时代的非西方国家而言，根本担当不起。”[2]在很多人眼里，“像你这样受过教育、有教养的人”当一个医生或者修桥的工程师，可算是对国家有贡献，而写作是不配谈起的。当时，一个写作者会不断地被问起：你为谁写作？如果说你为穷人写作，就会有人认为作品层次很低；如果说你为富人写作，那就有人问你是在保护地主和资产阶级利益吗？而帕慕克的妈妈最关心的是：你能靠写作吃上饭吗？他的朋友则用嘲笑口吻谈道：你的这种作品有人看吗？……后来，帕慕克出名了，他的作品被翻译成多种文字出版，别人又追问，且问题背后有着强烈的民族意识：民族主义者期待他的表态是用土耳其文写作，只为土耳其人写作……所有这些，涉及我们讨论的话题，那就是：不同时代、不同的群体，对作家、作品都有着不同的期待。对于作家来说，是满足这些期待，还是违拗它们以致对其形成冒犯呢？这体现了作家的姿态、立场，进而也决定了他与公共生活的关系。我想这是值得我们认真探讨而非简单地给出结论的一个很重要的问题。

---

[1] ［土耳其］奥尔罕·帕慕克：《别样的色彩》，宗笑飞、林边水译，上海人民出版社，2011，第275页。

[2] ［土耳其］奥尔罕·帕慕克：《别样的色彩》，第279页。

具体到当下，我不禁要问：我们的文学在公共生活中有位置吗，它们究竟占据着什么位置？从我个人观察到的几个层面，大体是这样的状况：

从作品层面而言，在各类文学作品中，经典文学正在被不断重读。这里说的“经典”，比较宽泛，指在公众中影响力较大的作品，从古典到现代的作品，从《诗经》到鲁迅。它们正被大量翻印、改编、谈论，也创造了大量的研究它们的资源，论文、专著源源不断，说是“铺天盖地”也不过分。同时，从各种国学班到各式的读书会、讲座等，也是一个接一个，每个周末城市里都有很多热气腾腾的读书场面，它们所读的大部分都是经典作品。在这样的风潮带动下，作家的故居、纪念馆也处于建设的高潮中，参观人流远远超过前些年。由此而言，在中国当下的公共生活中，文学是有它的位置的。巴金故居 2012 年刚刚开放的那一年，全年总参观人数超 8 万人，到 2019 年，当年有 376502 人次来参观，对于这个占地只有 1400 平方米的小院子来讲，真是超负荷运转。巴金的书一直保持着非常高的印量，品种也不少。打上“经典”标签的各种作品都是这样的，对于一些家庭和读书人来讲，不管我看不看，它们就是必备书，家里得有这本书，有的还不止一个版本。

经典文学，或者当下被打上标签的一些作家，比如莫言，他们不断地被重读，从传媒到读者都极度关注他们。像莫言的小说集《晚熟的人》，一年多的时间里，销量已过百万了吧？余华的《文城》，有人说写得不如以前的作品，可是这并不妨碍，在一段时间里它占据着文化新闻的头条和各大报纸的版面。但是，没有这种标签的青年作家再好的作品也难以形成这样的公众影响力。大概接受过一点教育的人都知道巴金，一部分人读过他的作品，一部分没有读过，这没有关系，这并不妨碍他们饶有兴趣地来参观巴金故居。现在有一种网红现象叫“打卡”，名人故居和纪念馆正是非常重要的打卡地。其中还有明星的扩散效应，比如某个明星穿着什么衣服来巴金故居打卡，紧接着就会有他的粉丝穿同款的衣服、拿着他的那个公仔来这里打卡拍照。读书也在打卡，每年都有不少打卡书，包括很多外国引进的作品，遭到莫名其妙的追捧。对于这种网红打卡的现象，有人忧心忡忡，我倒觉得不必杞人忧天。它是网友们自发形成的，有盲目性也有一定的动因，到文化景观点打卡是一种非功利的行为，是好事而不是坏事，关键看你怎么引导它。

从文学创作者的构成方面来讲，在我们能够看到的余华、莫言等所谓的“顶流”作家之外，还有一个非常庞大的普通写作者群体，也有人称他们为“基层文学工作者”。（我一时也想不出更好的命名，权且用它吧。）从文学的本质和正常状况而言，写作者应当是不问出身的，作家靠的是作品，跟在“基层”还是“中央”完全没有关系。然而，中国的现实却造就了文学写作者的等级，比如，我们还有专业作家制度；发表作品的文学刊物是分等级的，作家也便有了全国性的、省级的、县里的……影响力的确有大小的差别，或者说是话语权的差别。客观上也存在着等级差别与写作水平吻合的部分事实。这样，就形成写作者的等级化，处在最底层的，就是我在这里要讲的基层作者和基层文学吧。这个层面的写作者非常多，在地方作协的组织架构中，他们是基本成员，在各自区域内的影响面也十分广泛。（还有很多写作者并不是作家协会的会员。）然而，他们常常被忽略，进入不了所谓主流文学界的关注；与此形成反差的是，在一定范围内的“公共生活”中，他们却非常活跃。在基层，公众们接触到的文学作品往往是他们的作品，而不是莫言和余华的。他们的自我期许都很高、生活也很滋润，比如得过从全国到地方什么什么文学奖，社会上有某个重大事件和纪念日，代表文学方面来发言和表态的也是他们。这两天我在网上看到一则自我简介：中华文圣、当代伟大诗人、世界艺圣、诺贝尔文学奖候选人、四行诗歌的创立者、瑞典皇家画院名誉教授、中欧文化形象大使……一个人的自我命名就有这么多，似乎很可笑，但人家可是认真的。还有自我经典化，一个人没有写太多的作品，就已经开始编辑作品评论集。还有“全国名家说某某”，里面很多稿子是他自己拉朋友们写的——现在有微信群，更方便了。这也是我们文学一部分的基本生态和现实状况。这个群体，年龄偏大，有些老龄化。可是，这并不妨碍他们对文学的热情，终身热爱，如醉如痴的热爱。其中也有很多优秀的作家，用非常质朴的文字表达了真实自我的生存状态，而不是描写虚假的生活。但是，他给外面的大杂志投稿，很少会有人正眼看，也很难发表，长期以来，他们只好稳居“基层”，不被重视，甚至还被轻视。其中的年轻人呢，则另辟生路，不跟以往的这个文学体系玩，在网上大展身手，这里面的成功者，是今天人们追读的“网络作家”，也有很多不温不火、默默无闻者。

文学具有人自我释放、自娱自乐的功能，不是所有的写作者都要去承包文学史。出于基层的很多人，他们的写作，于个人而言，自然有其价值和意义；对文学史而言，可能价值就不大了。尽管有的人创作量很大，已经写出了几百万字。可是，他们的作品让文学在公共生活中变得更虚空，让文学成为花瓶，成为点缀品，成为香粉……一定程度上拉低了文学的标准和独创性。但是，你不能忽略他们的存在，这不是指独创、创新意义上的存在，而是对于构成当下文学生态，他们可能发挥的作用。他们不是一个隔绝的人群，这些人跟最前沿的中国文学构成了什么关系值得注意。比如某些作家的忠实的粉丝，也可能成为另外一些作家的强烈反对者，他们的认识直接影响了周边人群对文学的看法。他对当代写作会不会构成影响，我没有做过认真研究。比如，很多公众能够接触到的作家，就是他们，阅读过的文学作品，也可能只有他们的作品，那他们对公众文学趣味和修养的实际影响就不能小看了。从直观上看，不是有一个说法吗，最伟大的文学一定要有第一流的读者，这些身兼写作者之职的读者算第几流的读者呢？我们的第一流作品仅限于我们这个圈子阅读，那肯定谈不上文学的公共性，这样文学是高校性、精英性的。那么，它们怎样落地，又如何落到公共生活中呢？基层作者恐怕是一个很关键的落脚点。

第三个层面，就是活跃在各大文学杂志上的作家，出版社的宠儿，研讨会的主角，文学活动中熟悉的名字，在期待和预设中，他们代表着当下“中国文学”的水准。对于这部分作家和他们的作品，我们当然不能一概而论、一概否定，但是，我可以肯定地说其中相当一部分（包括频频出现在某些排行榜单上、文学奖获奖名单上的作品），我认为是不具备我前面讲到的“冒犯性”的，它们和前面谈到的“基层文学”的某些作品“异曲同工”，同样是点缀性的、虚空化的、安慰剂般的。从题材上看，诗歌可能还具有某种敏锐性和前沿性，散文也有相当一部分表现了中国人真实的生存状态，这几年被青眼有加的“非虚构”写作，可能就是因为它们在一定程度上敏锐地触及了中国人的关注点或忽略点，有一定的冒犯性。相比之下，最缺乏冒犯性的就是小说，它仿佛成为作家的梦呓，或者自我抚摸的舒爽的哼唧声。与此同时，小说家用他的美学原则过滤掉了今天讲到的很多所谓“公共性”。

这个问题，可以从另外一个角度来观察，比如近年公共生活中最重要的事件，在小说里有多少得以呈现？好像是越来越少。比如，2020年以来的新冠疫情这样影响全世界、整个人类历史的大事，在小说表达中，仿佛不存在。帕慕克说过：“小说是源自欧洲的最伟大的艺术成就之一……如果还有所谓本质的话，那么欧洲也正是通过它才创造、展现自身的本质……拿起一本小说来读，就等于迈进了欧洲的边境线。”[1]中国现在每年出版的小说成千上万，小说家们自我感觉都好极了，试问有哪一部作品可以展现当代中国的“本质”，拿起他就等于迈进了中国的“边境线”？

要为这种颓靡的文学状况找一个原因的话，我认为是：在公共生活中文学正在被驯养。现在文学是在被资本控制的状态下，小说是最容易被当下的资本控制的一种体裁，因而小说问题也最大。这么讲，可能很空，举一个具体的例子：有一位朋友在图书馆主持讲座，要邀请一批名作家去讲座。他问我有没有联系方式，我说很容易，哪怕没有，我也可以帮你找到。不过，我告诉他，作家们可能不会去讲。他说是演讲费的问题吗？我认为应当

[1] ［土耳其］奥尔罕·帕慕克：《别样的色彩》，第270页。

不是，那批作家不差那一点钱。他不相信，后来联系了一大圈，没有一个答应的，理由种种，都很客气，拒绝得也很坚决。这位朋友很委屈，他说：这些作家明明整天奔波于各个场子，怎么却告诉我没有时间，或根本不外出活动。我说你注意到没有，他们出席的活动多半是出版社带着他们出去的，哪怕中国最偏远的地方，他们都去了。出版社，对作家来说，就代表着资本力量，要出他们的书，就可以雇用他们的时间和身体。现在不仅出书，营销、宣传比拼的不都是背后的资本力量吗？普通的没有资本的作家能够做到吗？资本的背景对文学控制得很厉害。资本是不会冒犯公共生活的，资本只会制造虚假的生活，以扩大资本和增值。被它所控制的文学，多半都是最缺乏冒犯性的文学。

在公共生活中，我们的文学是被驯养的文学。人们驯它是要把它变成产品，规范化，符合市场需求，好推销。养，是拿它盈利，不盈利，绝对不养你，不光是普通作家，有名的作家的作品，出版社首先判断它能不能盈利。现在选题论证就是典型的规训，达不到基本期望值，干脆就排除。这样推出来的产品，示范性效应很强，对其他作品产生了新的规训。评奖也是一种规训，评委永远是那批人，获奖的也总是那么一批人。我们不用去联想更多，至少，这两批人的气味相投，它们制造出来的文学趣味再去规范和引导其他的创作，文学创作就在这样的趣味圈里自我繁殖和自我腐烂，怎么还可能有生机和活力呢？还有不断地从收编到驯养，前些年觉得网络文学是野蛮生长之地，现在网络作家都可以评职称，跟传统作家也没有什么不同了，等于又一块可以野蛮生长的芜杂之地也被修剪整齐了。在这样的情况下，虚假的文学、粉饰的文学、平庸的文学、趣味趋同的文学、没有个性的文学就招摇过市了。

动物园的老虎被驯养久了，便很驯服，失去野性，也不想再重返野地。在这样的圈子混久了，作家的自我圈养、驯养意识也越来越明显。从行为，到思想，再到写作，作家就有了一个人很难突破的圈子，它是外在的，也是作家自己画地为牢。那么作家能否突破这个圈养，也直接决定这个时代的文学水准。比如，作家在公共生活中是否有主动的担当。曾有一个城市发了一则公告，仿佛是恫吓和讹诈，公告说如果未打过疫苗的人造成疫情传播，要承担法律责任。国家明明说接种疫苗是个人自愿，这样的公告就是赤裸裸的恫吓。我把这条消息转到有很多这个城市的作家的群里，非常微妙，只有几个人用嘻嘻笑的状态来回应，剩下是一片沉默，仿佛这是一件与他们完全没有关系的事情。他们每天可以关心长津湖，关心月球上的事情，而且特别活跃，但在关乎每个人切身利益的事上却一片沉默。我们还指望这样的一群人写出有冒犯性的文学作品来？好的文学作品需要有一个承担主体，连主体都缺失，我们还在这里自作多情地谈什么呢？

2021 年 10 月 8 日

作为消费品的文学
——几则读书笔记

一、出圈，流量，消费品

莫言的小说集《晚熟的人》里有一篇《诗人金希普》，这位诗人的名片上写的是："普希金之后最伟大的诗人：金希普。"他不在乎别人的脸色和笑声，经常游走于官场、商场中，说话一般是这种口气："今年一年，我在全国一百所大学做了巡回演讲，出版了五本诗集，并举办了三场诗歌朗诵会。我要掀起一个诗歌复兴高潮，让中国的诗歌走向世界。"还有更完整的自我介绍："我叫金希普，1971 年出生。从小就热爱诗歌，五岁时即能背诵三百首唐诗宋词。小学时即开始写诗，我小学三年级时写的一首诗被编进新加坡国立大学教材，新加坡一位内阁部长亲口对我说，正是读了我这首诗，才发奋立志，走上了从政的道路。初中时我发起成立的女神诗社，成为全中国最有名的学生诗社。截至目前，我已出版诗集五十八部，荣获国际国内重要文学奖项一百零八个，我现在是国内外三十八所著名学府的客座教授，去年我去美国访问时，曾与美国前总统克林顿在林肯中心同台演讲，受到了一万一千多名听众的热烈欢迎……”[1]这种腔调似曾相识，不过，这么“伟大”的人物，小说里竟然给了他一个“骗子、混子、油子”的评价。

金希普只是一个个案，不具备多大的代表性，不足以证明当今从事写作的群体都是这样。然而，读过这个短篇小说之后，面对这个出版了五十八本诗集，得了一百零八项大奖的“诗人”，我感到其中有一件事十分尴尬，那就是曾被很多人视为神圣之物的文学在金希普们的眉飞色舞中，究竟扮演着什么角色？贴在脸上的金箔，交换利益的筹码，招摇撞骗的幌子？在公众层面，文学式微已不是行业秘密，在金希普们这里，它仍然可以风生水起。通过金希普，人们怎么看文学呢？或许，这个问题言过其实、自作多情了，现在早已没有多少人会认真、隆重地对待文学了，文学不过是人们的消费品、娱乐品而已，谈起它来，就像“俄国有个普希金，中国有个金希普”一样，大家只是一笑而过。

当然，对于另外一批作家和作品，人们还是会投以钦佩的目光，比如莫言、余华、迟子建以及李娟等人，毫无疑问，他们个个“货真价实”。然而，他们正在“重生”或“重新”被发现。按说，这里最年轻的一位李娟都不是新涌现出来的作家了，他们的流行作品也是以前的“旧作”，怎么还需要发现呢？他们上一次的名声是靠纸质图书获得的，现在则是网络流量，这是一次语境完全不同的转换。现在，判断一个人成功与否，据说是以能否“出圈”为标准，作家也不例外。出圈依靠的是流量，在流量世

[1] 莫言：《诗人金希普》，载《晚熟的人》，人民文学出版社，2020，第137、139页。

界里，莫言和余华是《红高粱家族》和《活着》的作者未必重要，大家知道的是他们是文坛可爱的段子手，迟子建也是某个主播推出的“新作家”，李娟在直播间之外，还有电视剧《我的阿勒泰》加持。于是，文学再一次尴尬了，作家与读者中间原来是文学作品，到了今天则不一定是什么，它可以是网络短视频。只要自己的作品能像印钞机飞快转动一样飞快印刷，作家本人也不在乎，也乐意去直播间露露面。三十年前，作家聚会的时候，我曾听到有人说：一位诗人，他的诗集要是卖得超过五百本，那是诗人的耻辱。今天，我再也不会听到这么豪迈的表白。在今天，卖上五百万册才是人生的自豪呢。也就是说，作家、诗人面对金钱、销量再也不用那么羞羞答答了。毕竟，谁跟白花花的票子都没有仇啊。

文学在不知不觉中就变成了消费品——它原本也有这个属性，现在是投怀送抱，全面委身。有人说这只是一类文学作品，不是全部。这一类作品的消费属性本来就很强，或经市场选择颇有流量，自然转化为消费品。除了前面提到的出圈的传统作家之外，网络文学应属十分典型的大众消费所构置的产品。然而，从文化层面看消费主义，它就不是一个仅限于经济和市场领域内的问题，它的渗透和“占有”无处不在，几乎不留“死角”，它会把各种因素都纳入消费行为。除了前述的第一类作为消费品的文学，还有第二类，意识形态消费品，以权威部门的某个奖项、倡导意见、主题、纪念日为导向。它们照样不拒绝市场和大众，且以“喜闻乐见”为检验标准。从需求、采购、订货、培育、回馈的流程看，也是典型的消费行为。它们也并不与市场绝缘，而是时时与市场媾和。某个文学大奖颁发时，查一下图书销量就不难明白这一点。第三类是“专业人士”的消费品。“专业人士”可以是从事文学研究、教学的教授、研究员、评论家、编辑等，俗称“圈里人”，依靠传统文学体制下的权力等级，结合市场的需要，他们形成特定的文学阶层，为作家和作品贴标签、评等级、做营销。他们是圈外人几乎不怎么看了的文学期刊（包括评论和研究刊物）的维护者、维持者。以上粗分的三类，并不存在截然的鸿沟，它们完全可以相互关联，相互利用，相互“繁荣”。有一点则是共同的，大家都喜滋滋地躺在消费主义的温床上，乐得本以为无用的文学作为消费品发挥它的社会作用。

二、被收购的灵魂

在网络还没有像今天这么深度参与人们的生活时，有人就曾设想，如果马塞尔·普鲁斯特和卡夫卡也在网上与我们交流，会是一种怎样的场景：

> 如今，社交网络让大家觉得作家一直都在网上，他随时有空，可以近距离接触，就好像他和您住在同一层楼，如果您高兴的话，可以向他问个好：“你好！马塞尔。”文学“交流”在两千多年的时间里，近乎是单向性的。作家在遥远的地方与我们交流，在铺着软木地板的房间深处；在布拉格保险公司的办公室里（这里指的是卡夫卡。——译者注）；有时甚至更遥远，他们用我们陌生的语言、不认识的字母，甚至不是字母的文字，在一两千年以前的时空和我们交流。而如今，作者近在咫尺，这是一种发展趋势，而我们并没有看

> 到这个问题的严重性。近乎两千多年来，作家一直习惯保持距离、保持沉默，突然他们开口和我们说话了。设想，拥有“灵晕”的莎士比亚或普鲁斯特在“脸书”上和您打招呼，那简直就是奇迹，他们一边和马塞尔说“嗨”，突然又和这边的樊尚、威利说“嗨”，同时又和另一边的温妮“嗨”上了。[1]

“灵晕”是那些优秀的艺术品灵光乍现的一刻，按照本雅明在《机械复制时代的艺术作品》中的说法：“在艺术品的可复制时代，枯萎的是艺术品的灵魂。”这大约就是前面那位学者担心的“灵晕”失效。他曾提醒我们：“‘灵晕’和‘脸书’此二者是不可兼容的，近距离地和那个拥有‘灵晕’的人在一起，会让他要么失去‘灵晕’，要么失去自己。”[2]我认为这些并不是尝到商品消费甜头的中国作家所关心的问题，大家更关心印数、流量、奖金。

从某种意义上讲，这是思想解放，传统文人总认为可爱的银元有“铜臭气”何尝不是掩耳盗铃呢？现代文学，自诞生那天起，就与经济和消费有着直接关系。依靠现代的印刷术、传播技术的革命，才有书刊、报纸出版与发达，新的消费群体促使职业作家诞生，稿酬制度保证了创作群体的稳定……尽管现代文学高傲地面对这些，而事实上又无时不与他们融合，在文学、文化从精英化的特权走向普罗大众化共享的趋势里，经济因素是实现文化平等的重要杠杆。1901 年，乔伊斯引用布鲁诺的话说：“一个人，如果他对大众口味不加回避，便不会热爱真和善。”然而，这种

[1] ［瑞士］樊尚·考夫曼：《“景观”文学：媒体对文学的影响》，李适嬿译，南京大学出社，2019，第 210 页。

[2] 同上。

“高傲”在现代社会里未能维持太久，“美国的情况其实一直就是如此，原因之一在于美国早就见证了现代作家制度形式，它一方面带有浓郁的商业气息（1854年，专栏作家范妮·弗恩出版了第一部具有争议的名人小说《路德·霍尔》），另一方面带有自我封闭的、充满着躁动的文学实验的性质，对大众文化既有痴迷，又有排斥”。这个时候还有所“排斥”，而到了伍尔夫评价《尤利西斯》时，她说这是一部“漠视公众意见，追求震撼效果”的小说，显然能够看出“公众意见”在文学领域中的话语权了。随着市场经济的翻云覆雨，很快，文学就全面“沦陷”：“这时的文学与商品文化之间的关系是非常奇妙的。具体而言，文学不得不迎合商品文化，从而使自己沦为通俗杂志的内容……文学是一种矛盾体，它是价值观念的载体，但又享有一定的‘自由’；它强调文化的自主性，但又与文化消费紧密相连。”[1]

“迎合商品文化”的局面，倘若不是从民国走来的中国作家，那还是在1990年以后才有亲身体会。那个时候的思维才刚刚从计划经济的束缚中解脱出来，是带着惊喜接纳消费文化，并充分感受到它带来的解放感。比如对于人性的解放，正视欲望和消费的价值，肯定世俗生活的价值，看到了活跃的商品经济给生活和思想带来的活力，诸如此类，还有很多，到今天，我仍然认为它对文学、文化、世道人心的改变有着特殊的价值和功绩，商品消费对于社会和文化的腐蚀性也不容否认。对此，我不是从道德伦理的层面来评价，而是从影响文学精神的层面来看待，尤其是当

---

[1] ［英］蒂姆·阿姆斯特朗：《现代主义：一部文化史》，孙生茂译，南京大学出版社，2014，第88页。

人们毫无警惕地乐呵呵地拥抱它们的时候，我们得有一种警醒感和忧患感。在当下，文学已无法与商品消费平等对话，文学几乎就是受它驱使的奴隶，听凭它的调度，而且开始投怀送抱。对“出圈”的频频强调，已经看出作家们的躁动不安，流量为大的思维成为不容反驳的真理。

消费挟裹资本，资本成为社会最前沿的因素。有学者谈过“有利于营销”是怎么改变作家的：

> 社交网络变得越来越重要，它们正在建立自身权威，尤其在文化产品的制造领域中，正在为拥有很多粉丝的网民添加“灵晕”，它们试图在市场上制定法规，对市场施加标准（或取消标准）。从最平庸的角度来看，社交网络非常有利于市场营销，所以作者最好是出现在社交网络，在那里和网民合作。您是一位热爱网络的作家，那么很简单，网络也会爱上您，因为您为网络服务。因此，出现在网络，效忠于网络，这一切都关乎您的切身利益，在这样一个美好新世界里，所有的一切就如同智能手机屏幕一样在闪闪发光，尤其是您。[1]

再极端一点，当文学变成消费品时，市场营销便决定作家的思维。市场、消费、产出、投入，在当代都不是自发的现象，而是由社会运转的系统促成，它们带有强大的控制力。这种控制，侵入作家的创作，侵入文学精神，那绝对不是“我替你多卖几本

---

[1] ［瑞士］樊尚·考夫曼：《“景观”文学：媒体对文学的影响》，第 210 页。

书”“扩大销量”这么简单。当一件事物成为消费品时，它不但外在和内在符合消费要求，而且消费也会制约和影响它的生产。在订货的思维下，作家和文学创作的主体性渐渐丧失。鲍德里亚曾一针见血地指出：“消费逻辑取消了艺术表现的传统崇高地位。”“流行以前的一切艺术都是建立在某种‘深刻’世界观基础上的，而流行，则希望自己与符号的这种内在秩序同质：与它们的工业性和系列性生产同质，因而与周围一切人造事物的特点同质、与广延上的完备性同质、同时与这一新的事物秩序的文化修养抽象作用同质。”[1]“内在光辉”不复存在，泯然众人矣，成为大众消费品，于是作家便是一个个“没有个性的人”，作品便是一部部没有个性的作品。你难道没有发现，今天，你越来越记不住一些作家的标志性作品吗？他们创作中的同质化倾向太严重了。而回到1980、1990年代，莫言的小说，你能和韩少功、贾平凹、李锐等人的混同吗？哪怕他们表现的都是乡村中国。

有人说作家做出的是灵魂饭，是“饭”，也要有“灵魂”，现在“灵魂”被购买了……

三、与“此时此地”无关

消费主义制造出来的产品，会腐蚀文学的探索和创新精神。“消费”满足的是公众的社会想象，而不是专属于作家的艺术想象。前者强调的潮流、时尚和平均审美，需要满足市场的消费

[1] ［法］让·鲍德里亚：《消费社会》，刘成富、全志钢译，南京大学出版社，2014，第104、105页。

性，而后者是前卫者，注定也是孤独者，它属于个人，极具探索性。它的特点便是不可复制的唯一性，这与前者针锋相对。由此，我们不难理解为什么当代最缺乏具有原创力的艺术大师，因为消费市场不需要。中国当代小说创作的状况，便是如此，它要为大众趣味所消费，要为影视剧导演所消费，便不可“一意孤行”，平庸的故事和语言反而成为流通“货币”。灵光一现的先锋文学探索，今天不但残骸难寻，就连先锋的精神都成为传说和被质疑与嘲笑的对象。可是，如果文学作品充当的都是平庸生活的赝品、复制品，它自身存在的合法性又在哪里呢？特别是同样也有叙述功能的短视频铺天盖地而来，文学、文学语言、文学表现方式，如果不能从这里超拔出来，还是陈旧的套路不断衍生，它不就是人们文化生活里的痈赘吗？写过《我们》的苏联作家扎米亚京曾说：“真正的文学，唯有创作于疯子、隐士、异教徒、梦想家、反叛者和怀疑者之手，而非勤勉可靠的官员之手，方能存在。”这里并非歧视官员，只是说文学这个行当不适合他们而已，这是一个需要反叛和冒犯精神的行业，平庸是最大的敌人，而生产作为消费品的当代某些作家倒的确像一位“勤勉可靠”的官员。

市场消费还具有相当的麻醉性，它与权力压制不同，权力粗暴、残酷，而消费则是温暖、甜蜜的，给人以相当的舒适感、虚幻的成就感和满足感，这一点，它是符合人性的。可是，人毕竟是一个精神性的动物，以此为终极追求，那么还是把自己降低为生理和心理需求的动物，缺乏精神支撑——也不排除我们误以为这些就是精神性的满足？总而言之，商品消费，在精神上不能给我们以终极皈依，倒可以产生一种归顺感。归顺，安安稳稳，自自在在，一种“幸福感”油然而生。我们即便不是洋洋自得、志得意满，至少也没有忧伤，不存困惑，更不知担忧，完美实现鲁迅所说的“坐稳了奴隶”。体现在创作上，就是不断制造可以作为精神致幻剂的文字消费品。它们最大的特征就是，作品无比“现实”又不见现实，回避了现实和精神生活中的几乎所有的重要事件、重大问题。未来的历史如果检阅本时代的文学作品，会惊讶地发现，作家都生活在另一个星球上，因为他们表现的大部分内容与“此时此地”无关。

不要误会，我并不是在这里主张作家去写“报告文学”，也不主张唯有“现实主义”才称得上上述值得称赞的写作。写过《证言》的加拿大女作家阿特伍德，以“寓言”方式表现的仍然是人类当下面对的现实和精神困境。这是作家与历史和现实的对话，是没有归顺于现世消费世界的一种证明。最近，我在阅读她于 2004—2021 年创作的随笔集《接下来会发生什么》，不难发现，我们身处的这个时代的重要命题在这位作家笔下都有关注和判断，她没有从现实中逃避、缺席、退场，没有装作什么看不见，没有看见了也沉默不语，没有市侩式的随风摇摆。她并非给这个社会寻找解决方案，她在为人心找寻生存的彼岸。然而，她又是多么具体啊，不是高高在上空喊口号。这一句关于小说的看法就是充分证明：“我想，如果你热衷于诸如‘人类的完善’和‘绝对的正义与平等’等抽象概念，就不会怎么喜欢小说，因为所有的小说都是关于个体之人及其处境……”[1]她还说：“有恐惧，

---

[1] ［加］玛格丽特·阿特伍德：《〈形影不离〉序言》，载《接下来会发生什么》，赖小婵、张剑锋译，上海译文出版社，2024，第 384 页。

就有希望：两者并非毫无关联。”[1]

日本学者柄谷行人曾谈论过“现代文学的终结”，他解释，这个“终结”特指小说或小说家有着重要地位的时代的结束，在近代，它们之所以重要，是因为：“对于一个民族——作为‘共情’的共同体，也即想象的共同体——的建构而言，小说成了基础。小说让知识分子与大众，也即让不同的社会阶层，都能借助这一‘共情’而变得一样，从而形成全民族共同体。”“文学虽然是一种虚构，却比那些被当成真实的东西更加透露了真实……却要比（制度化的）革命政治更具有革命性……”[2] 当文学承担的这些功能和责任都丢失时，它的地位也降低了，柄谷行人认为“文学的地位提升，与文学背负起道德责任，两者是互为表里的。一旦从这项责任中解放而获得自由，文学便成了单纯的娱乐”[3]。“单纯的娱乐”，作为消费品的文学，在国民精神生活中的地位将自我瓦解，它的最大作用，就像诗人金希普那样，宴会时给官员、权贵们朗诵一首歌颂家乡大馒头的诗歌？他的才能就是，不仅会做自由诗，而且还会写格律诗呢。

这样的苛责，并不代表我认为作家完全没有超越这种商品消费陷阱的可能，每个时代总会有可以与之抗衡的巨大力量，我们往往称这些人为“大师”。这也并不表示我认为当代文学中没有好作家，没有好作品，我搜集了很多青年作家的短篇小说集，其

[1] ［加］玛格丽特·阿特伍德：《〈证言〉创作谈》，载《接下来会发生什么》，第399页。

[2] ［日］柄谷行人：《现代文学的终结》，载《思想地震：柄谷行人演讲集1995—2015》，吉琛佳译，上海文艺出版社，2022，第24—25页。

[3] 同上，第26页。

中不乏很精彩的创作，可惜这些作品没有流量，他们还不是流量作家，没有资格成为“消费品”，进而也就在各种关注和“推流”之外，更无法对抗强大的文学权力体制。可是，对于真正的写作，这些重要吗？当然，对于作为消费品的文学产品而言，这些太重要了。我真心希望那些有前途的作家珍惜这些还生产不出“消费品”的日子，有定力拒绝“消费”的诱惑，为一个时代留下风吹不走、雨冲不掉的文字。

2024 年 10 月 18 日凌晨两点于上海